黑蝙蝠之谜

MYSTERY OF BLACK BAT

何家弘◎著

精华版

知识产权出版社
全国百佳图书出版单位

图书在版编目（CIP）数据

黑蝙蝠之谜/何家弘著.——北京：知识产权出版社，2016.11
ISBN 978-7-5130-4527-8

Ⅰ.①黑… Ⅱ.①何… Ⅲ.①推理小说-中国-当代 Ⅳ.①I247.5

中国版本图书馆CIP数据核字（2016）第251082号

责任编辑：卢媛媛

黑蝙蝠之谜
HEIBIANFUZHIMI

何家弘　著

出版发行：	知识产权出版社 有限责任公司	网　　址：	http://www.ipph.cn
电　　话：	010-82004826		http://www.laichushu.com
社　　址：	北京市海淀区西外太平庄55号	邮　　编：	100081
责编电话：	010-82000860转8597	责编邮箱：	31964590@qq.com
发行电话：	010-82000860转8101/8029	发行传真：	010-82000893/82003279
印　　刷：	三河市国英印务有限公司	经　　销：	各大网上书店、新华书店及相关专业书店
开　　本：	880mm×1230mm　1/32	印　　张：	8.5
版　　次：	2016年11月第1版	印　　次：	2016年11月第1次印刷
字　　数：	212千字	定　　价：	28.00元

ISBN 978-7-5130-4527-8

出版权专有　侵权必究
如有印装质量问题，本社负责调换。

第一章

孙飞虎的名字很响亮，大概是沾了一位电影演员的光，也算是间接地沾了蒋介石的光。要说呢，他这大半辈子的人生际遇，确实和蒋介石有所牵连。蒋介石是浙江奉化人，他是福建南平人，相距并不太远。说不定，他们的祖先还都是河姆渡人。有人说他长得挺像蒋介石。他却不以为然，你们不能光看头顶，就我这个大肚子，他蒋某人有吗？我这肚子能容天下难容之事，他蒋某人行吗？当然，这里边也有许多不可告人的事情，对老婆也不能说。他看了一眼坐在身边闭目养神的李艳梅，那个问题又浮上脑海：想当年费尽心机把她搞到手，值得吗？他又看了看坐在前边的另外两个女人。其实，无论女人长相如何，下边都是一样的。说到底，男人真正想要的，不就是那么一点地方嘛。这话粗俗，但真实。他看着车里另外两个男人的后背，脸上浮现出轻蔑的笑容。

丰田牌旅行车猛烈地颠簸了几下，昏昏欲睡的乘客都直起腰身，把目光投向窗外。孙飞虎的目光随着武夷山旅游度假区的大广告牌转向车后，他的思绪也被拉到三十年前。那是大学一年级的暑假，学校鼓励学生利用假期分组到偏远山区搞社会调查，他就向本组的五位同学提议去他家乡南平地区的武夷山，并得到大家的赞同。当时，武夷山是个交通不便、经济落后的山区小县。他们在考察山村农民的生活状态时，也游览了武夷山的丹山碧水和密林深洞。不过，给他们留下印象最为深刻的还是武夷山那千姿百态、变化莫测的云。他们幸运地在天游峰上同时看到了红、橙、白、灰、黑的五色云霞。去年秋天，他们在老同学聚会时约定重游武夷山，寻找失去的青春。

如今，武夷山已改县为市。随着旅游业的发展，这里建起了直通省城的高等级公路和直飞北京的机场，还以风景区为中心兴建了各种旅游服务设施齐备的武夷山旅游度假区。度假区内有五条观光公路，分别以红云、橙云、白云、灰云和黑云命名。五云仙宾馆就建在黑云路旁的向阳山坡上，它的门前有一大片茂密的竹林。人们站在山下，只能隐约看到竹叶掩映的彩色楼顶。竹林中有一条弯曲的石阶小路和一条蛇形柏油路，从东西两个方向连接黑云路和宾馆的停车场。

旅行车停在了五云仙宾馆的门前。下车后，六人在停车场上活动着被长途颠簸弄得有些僵硬的腿脚，颇有兴致地四处观望。

这宾馆的建筑很有特色。五栋二层尖顶小楼依山势而建，颜色分别为红、橙、白、灰、黑。楼房之间由曲廊水榭连接。主楼叫红云仙楼，大门上有雕花飞檐，通向大堂的双层玻璃门自动开关。大堂的地面铺着红色地毯，两侧摆放着硬木沙发和茶几，并有楼梯通向二层。大堂正面是总服务台，后面的墙上有一幅浮雕式世界地图，下面有六个挂钟，分别指出北京、东京、纽约、温哥华、伦敦和巴黎的时间；旁边的电子挂历显示的是 1998 年 4 月 30 日。总服务台两边各有台阶向上与长廊连接，左边的长廊通向橙云仙楼和白云仙楼，右边的长廊通向黑云仙楼和灰云仙楼。

六人来到总服务台，办理住房手续。他们本打算像当年住宿舍那样男女分居，但这里只有标准间，而且每间只能住两人。问题有些复杂了。

孙飞虎是文化部的副局长，穿一身乳白色西服，没系领带，脸颊和头顶都闪着红色的油光。他以领导的语调说："我可以和艳梅住一间,弛驹也可以和凤竹住一间,只是梦龙和鸣松嘛,你们看怎么安排一下啦。"

周弛驹是经常在云南边境行走的玉石商人,身材魁梧,面色黝黑,留着背头,蓄着唇须,身穿牛仔裤和花衬衫,还戴着一副颜色很深的墨镜。他没等孙飞虎的话音落地便大声说:"那就让他们临时搭伙吧,这最时髦啦,哈哈!"

吴凤竹推了丈夫一把,嗔怪道:"你别瞎闹。"这位美学教师中等身材,慈眉善目,穿一身蓝底白花的套裙,戴着近视眼镜,长发盘在头顶。

钱鸣松站在一旁,满不在乎地说:"我倒不怕什么临时搭伙,只是一个人住惯了,跟别人在一个房间里怕睡不着。所以嘛,还是我自己开个房间算了。"这位诗人身材娇小,五官清秀,说话时面部表情相当丰富。她穿一身宽松的浅紫色衣裤,戴一副很大的红边太阳镜,头发梳成与年龄不太相称的马尾状。

赵梦龙见别人都把目光投向自己,便慢条斯理地说:"我有打呼噜的毛病,还是一个人住为好,以免影响别人休息。"这位法学教授身材细长,面皮白净,穿一身浅灰色西服,系一条蓝白相间的窄领带,戴一副黑边眼镜,头上的黑发虽然不密,但梳理得非常整齐。总之,他很有学者风度。

李艳梅摇摇头说:"不好,不好,那不合适。我们都合住,就你们单住,太不公平。不行,不行。"这位研究佛教的学者面颊红润,五官端庄,颇有佛家面相。那一双细眉大眼,足以显示她年轻时的魅力。由于坚持锻炼,她虽然年近半百,但是身材依然健美,穿一身合体的红白两色运动服,留着运动员式短发。从后面看,人们还以为她是个姑娘。

周弛驹忙问:"对谁不公平?他们,还是我们?"

钱鸣松在一旁说:"那得问你自己。"

孙飞虎很认真地问妻子:"那你说怎么办?"

李艳梅不假思索地说:"依我看,每人开一个房间吧,不就是多花点儿房钱嘛。鸣松和梦龙的问题解决了,大家也都可以重温单身生活的感觉啦。"

钱鸣松立即鼓掌说艳梅真伟大。周弛驹也一拍大手说,没问题,多出来的房钱他包啦。别人忙说,不用不用。于是,问题就这样解决了。

值班经理告诉客人,黑云仙楼二层的六个房间正好都空着,他们每人一间,非常方便,也非常清静。

办好住宿手续之后,值班经理打电话叫来黑云仙楼的服务员。这是个身材苗条、相貌清秀、穿一身蓝底黑花套裙的青年女子。她笑容可掬地和客人打过招呼,便带路从总服务台的右边走上楼梯。

在左右两个长廊的中间有一处平台,靠窗下坐着一个道士。此人头戴皂巾,身穿黑袍,面皮黑黄,瘦骨嶙峋,长须长髯,二目有神,颇有道家风貌。他的面前放着一个条案,上有竹筒笔砚,背后摆着一个神龛,供奉的是太上老君。

女服务员介绍说,这是道行极高的"五云真人",抽签算命,非常灵验。

钱鸣松对此很感兴趣,便带头走了过去。那道士起身相迎,寒暄几句,问哪位求签。钱鸣松坐到条案外面的竹椅上,其他五人则围站在她的身后。

五云真人从条案上拿起两个竹筒,介绍道:"我这里有两桶竹签。右手这筒画的是武夷山的著名景点,左手这筒画的是武夷山的珍稀动物。请你各选一支，交给我。"

钱鸣松接过道士右手的竹筒，闭上眼睛，认真地摇了摇，再睁开眼睛，小心翼翼地从那些细竹签中选了一根，拿出来，放在道士面前。然后，她又从道士左手的竹筒中选了一支，也放在道士面前。

五云真人放下竹筒，拿起两根竹签，看了看，微笑道："这是一支好签，但是仍有凶险。"他把竹签送到钱鸣松眼前。另外五人也都探头围看。

第一支竹签上画的是一个岩洞，写的是"一线天"。第二支竹签上画的是一只蝙蝠，写的是"白蝙蝠"。

钱鸣松一本正经地说："女子愚昧，请真人解签。"

五云真人沉思片刻，说道："一线天地势险恶，白蝙蝠实属罕见。得此签者往往会有凶险或奇遇。另外，岩洞加蝙蝠，恰恰应了道家的'洞天福地'之说。各位知晓，道教有三十六洞天，七十二福地，都是仙人居留之地，武夷山就在其中。列位来到这洞天福地，一定能逢凶化吉，遇难呈祥。下面，你再求一纸签。"说罢，五云真人从条案上拿起一个红色的纸盒，里面摆着数十个红色小纸袋。

钱鸣松虔诚地闭上眼睛，从纸盒中摸出一个纸袋，递给道士。

五云真人打开纸袋，从中取出一个折叠的纸条，再打开来，低头默诵，然后抬起头来，面露难色，迟疑道："此签不好，不看也罢。"

钱鸣松说："管它好不好，拿给我看看。"

五云真人说："请问，你们一起来的是六个人吗？"

钱鸣松说："是啊，都在这里啦！"

"那可真是巧了！"五云真人不十分情愿地把纸签递到钱鸣松的手中。

钱鸣松接过纸签，只见上面写着四行小字——

黑云北飘雁南飞，

六人同游四人回；

一人乘云随仙去，

一人追雁断魂归。

钱鸣松回头看了看众人，把纸签递给了李艳梅。

五人传看一遍，各有所思，沉默无语。

五云真人看着六人，不断摇头。"如果单看此签，尚无大碍。云雁分飞，朋友歧路，都属人间常事。但这纸签与竹签结合起来，就极为凶险了。"

钱鸣松皱着眉头问："这前两句还好理解。这后两句似乎有具体的含义，但我一时想不明白，请真人指教。"

五云真人沉思片刻才说："此乃天机，不可泄漏。请问，六位中有没有本地人？我说的是福建人。"

钱鸣松指了指身后的孙飞虎，"这位先生就是福建人，三十年前就是他带我们来这里游玩的。"

孙飞虎满不在乎地说："我是南平人。这有什么说法吗？"

五云真人仔细端详一番，才对孙飞虎说："先生一脸福相，只是头顶聚光，易惹是非。另外，先生的鼻梁右侧有一颗黑痣，正在五十流年部位。相术说，纹痣缺陷祸非轻。我看先生的年龄就在五十岁上下，恰逢凶险之年啊！"

孙飞虎笑道："你讲话很有水平嘛。讲得不错，很不错！"

五云真人闭目摇头。

钱鸣松又问："真人，既然有凶险，那我们该怎么办呢？"

五云真人说:"这里是洞天福地,又是五云仙会聚之所。我告诉你们,只要你们每人求一个护身符,日夜佩戴,就能够逢凶化吉,遇难呈祥。"说罢,他从身后的箱子里取出一个护身符——一小块形状宛如人头的浅绿色玉石,上面穿着一根细红线绳。

周驰驹从后面走上前来问道:"多少钱一个?"

五云真人说:"工本费,100元。"

周驰驹拿起玉石看了看说:"就你这块石头,最多值两块钱。"

五云真人冷笑两声,说道:"看来,这位先生是识玉之人,一定见过上等的玉石喽!那就请你指教。"

周驰驹见众人都把目光投到他的身上,便说:"我确实见过好玉。你不信?我身上就有。那好,我今天就让你开开眼!"说着,他解开衬衣领口的扣子,拉出脖子上的金项链,露出下面一块晶莹剔透的翡翠玉坠,让道士观看。

五云真人探身细看,咂舌赞叹:"好,好!这确是A货,翡翠中的上品。"

钱鸣松说:"老周,你这金项链可够粗的!得好几千吧?"

五云真人笑道:"和这块玉相比,那金项链就不值钱喽。我告诉你们,这块玉的价钱,能买一百条金项链呢!"

钱鸣松惊叹道:"哇,这么贵重的东西,老周,你也真敢戴出来!"

周驰驹不无得意地把项链顺回衣内。

五云真人坐回椅子上,用怪异地目光看着周驰驹说:"这位先生,你可犯了大忌!"

周驰驹问:"此话怎讲?"

"出门不可露财!"五云真人沉思片刻,说道:"不过,这里也有我的责任。这样吧,我送各位每人一个护身符,分文不收。"他从箱子里又取出五个护身符，放在条案上。

周驰驹忙说："这不合适，还是我买六个护身符吧！"说完，他从钱包里掏出600元钱，递给道士。

五云真人把钱推了回去，诚恳地说："这钱，我现在绝不能收。这样吧，如果你们日后认为我的签很灵验，真心谢我，再给也不迟。"

钱鸣松笑道："你们二位客气，那我们就别客气啦！"她率先挑了一个护身符，戴在脖子上。其他人也就都拿了护身符，戴在脖子上。

周驰驹对道士说："谢谢你啦！"

五云真人微笑不语。

第二章

女服务员带着六位老同学穿过走廊，拐出一个月亮门，来到一个四面有环廊的天井。从天井向左拐，就到了黑云仙楼；向右拐，则通向宾馆的餐厅。天井中间有一池清水，池边有巨石和翠竹，水中有金鱼和乌龟。众人情不自禁地驻足观赏。

钱鸣松赞叹道："真没想到宾馆里还有这么好的地方。哎，你们说，如果一个人在早晨或者晚上坐在这里，看看鱼，再听听鸟叫，那是什么感觉？水清石出，观鱼戏水；清静无人，闻鸟鸣啼。好！"

李艳梅笑道："看来鸣松的诗兴大发了。"

钱鸣松转过身来，一本正经地对李艳梅说："其实，你一个人在夜深人静之时，到这里来打坐参禅，肯定特有悟性。"

李艳梅忙说："深更半夜，黑灯瞎火的，我可不敢。"

"那怕什么？有佛爷给你做伴儿嘛！"钱鸣松说着，转身问女服务员，"小姐，你们宾馆有佛爷吗？"

一直静静地站在一旁等候的女服务员抿嘴一笑，"没有佛，但是有仙，因为武夷山是道教的发源地，而且我们宾馆的名字就叫'五云仙'嘛。"

"是吗？在什么地方？我们能看见吗？"钱鸣松说话很快。

"您不要着急，有福分的人，自然能够看到啦。"接下来，女服务员像导游那样，用甜美的声音介绍道，"我们这个宾馆的特点就是要让客人们经常感到新奇和意外。客人们住在这里,都会发现一些预想不到的东西,都会感到一些新奇的惊喜。俗话说,有'心'才有意,有惊才有喜嘛。我希望各位做好迎接意外的心理准备,也希望各位能够喜欢我们宾馆为客人安排的一切。"

钱鸣松回过头来,意味深长地瞟了赵梦龙一眼,可惜后者没有注意。

众人走出天井,又穿过一条长廊,便来到黑云仙楼。女服务员带着他们从建在楼房西端的楼梯走上二层,迎面是狭长的走廊,一直通向楼房的东头。走廊的地面铺着深绿色的地毯。走廊的南面是一间间客房,北面是一个个呈不规则云朵状的玻璃窗,玻璃都是深茶色的。因此,人们隔窗向外望去,即使是晴天白日,也会有黑云密布的感觉。

女服务员打开六个房门。他们略经商量,便决定按赵、钱、孙、李、周、吴的顺序,分别住进201、202、203、204、205、206号房间。赵梦龙住在最东边的201房间。他发现走廊尽头没有楼梯,但有一个紧锁的小门,门上画着一团奇形怪状的乌云,便叫来女服务员。"小姐,这个房间是干什么用的?"

女服务员含笑道:"我刚才不是告诉你们这里有仙吗?这就是专门给'黑云仙'留的房间啦。"

"什么?黑云仙还有房间?"钱鸣松好奇地问。其他四人也都走了过来。

女服务员又像导游一样熟练地介绍道:"我们宾馆的每栋小楼上都有这么一个房间,供五云仙使用。这个房间常年都锁着,我也没有进去过。但是听老人们说,这五云仙都是有着数千年道行的仙人,他们神通广大,法力无边,但一般人看不见他们的身影。特别是这位黑云仙,只有那专做坏事的恶人才有机会看见他,而且会受到他的惩罚。各位都是好人，自然也就无缘见到黑云仙喽。不过，这些都是当地人的传说，各位若信便信，不信便当做笑话好啦。"

钱鸣松见屋门上贴着一张红纸，上面写着四行黑字，是一首七言绝句，下面署名为唐朝仙人吕洞宾。她大声念道："独上高峰望八都，黑云散后月还孤；茫茫宇宙人无数，几个男儿是丈夫？"

周弛驹在后面说："这里有三个男儿，两个丈夫。"

钱鸣松转回身，瞪了周弛驹一眼，一本正经地对赵梦龙说："梦龙，万一夜里'黑云仙'回来休息时走错门，进了你的房间，你可别忘了招呼我一声，让我也一饱眼福哦。"

赵梦龙仍然是不紧不慢地说："那好啊，咱们有福同享，有难同当！这样吧，咱们规定个暗号。我敲墙怎么样？三长两短。你一听见信号就赶紧跑过来。"

周弛驹说："三长两短，那不是紧急求救的信号吗？"

孙飞虎说："对呀。你们没听那位小姐说，黑云仙是不见好人的？他要是去找梦龙，那肯定是凶多吉少啦！哈哈哈！"

周弛驹追问："你的意思是说，梦龙是恶人啦？"

还没等孙飞虎回答，李艳梅抢先说道："善恶本来就是相对而言的，也是针对不同人来说的。这世界上既没有绝对的善人，也没有绝对的恶人；既没有对谁都善的人，也没有对谁都恶的人。只要多行善事，剪除恶念，就是人生正道了。"

周弛驹笑道："这可撞在艳梅的枪口上了。"

钱鸣松接过话题说："我这里有'梦龙诗'一首，送与各位共勉——善恶到头终有报，只争来早与来迟；劝君莫把欺心传，湛湛青天不可欺。孙局长，我背得对吗？"

李艳梅诧异地问："梦龙诗？梦龙也写诗吗？"

钱鸣松笑道："这梦龙不是赵梦龙，他是明朝的冯梦龙。"

孙飞虎的脸色突然变得有些难看，但很快就被他用笑容掩饰了，"我说嘛，从来没听说赵梦龙也有写诗的雅兴啊。"

赵梦龙慢条斯理地说："我真羡慕你们，这么快就找到当年的感觉啦。"

吴凤竹说："就是，当地人的一个传说，瞧你们这个借题发挥劲儿。要我说，甭管他善也好恶也好，还是别见什么'黑云仙'的好。"

李艳梅说："对，黑色本身就不吉祥，它代表的不是邪恶，就是死亡。你们看这间小屋门上的黑云，那形状就很诡异！"

钱鸣松后退两步，仔细看了一番，煞有介事地说："我看这云的形状有点像龙，又有点像虎，还有点像马。这不正应了我们这三位男士的名字嘛！"

赵梦龙说："你们再这么说，我可就申请换房啦。怎么样，哪位愿意做'黑云仙'的邻居呀？"

钱鸣松忙说："梦龙，你是见过大世面的人，又是喝过洋墨水的人，怎么会信艳梅吓唬你的话呢？黑色有什么不好？我就最喜欢黑色啦。黑色是三原色的组合，其中包含着各种各样的美。要不信，你们就问问咱们的美学老师。凤竹，我说得对吧？"

吴凤竹认真答道："不同民族的人对颜色的审美观点有所不同，不同职业的人对颜色的审美观点也有所不同。特别是诗人，他们眼中看到的东西往往和我们普通人眼中看到的东西大不一样。"

周弛驹说："得，改学术研讨会了。"

孙飞虎附和道："就是，咱们又不是来开学术研讨会的，就别探讨专业问题啦。要我说，幸亏你们没让我住在最里边那间，否则整夜提心吊胆的，就连我这特别能睡觉的人恐怕也得失眠啦。哈哈哈！"

钱鸣松撇了撇嘴，"当官儿的人就是自私！"

众人七嘴八舌地说笑一番，又问了女服务员一些关于饮食起居的问题。女服务员耐心地做了解答。最后,她说:"我姓沈,就负责这栋楼的服务,你们有任何问题都可以随时来找我,我们服务台就在一层楼梯的旁边。另外,我们宾馆各楼服务员的服装花色都不一样,黑云仙楼的都是黑花。我最后再说一句,这个小屋,你们可绝不能进!"

天黑了,五云仙宾馆笼罩在神秘的氛围之中。灯光在树影中摇曳,鸟鸣在微风中游荡,花草的香味中浸透着潮湿的水气,关闭的门窗后流泻出模糊的私语。黑云仙楼的门打开了,六人鱼贯而出,沿着长廊,有说有笑地来到餐厅。

酒菜上桌后,这六人很快就丢开各自的地位和身份,无拘无束地推杯换盏,插科打诨。平时在上级或下级面前,在家人或邻居面前,他们总得装模作样,只有在老同学面前,他们才难得放松。随着酒精作用的增长,他们的话语越来越多,越来越随便。他们仿佛都年轻了许多,说起话来少了几分城府,多了几分天真。他们回忆当年的趣事,畅谈人生的感悟。

有人让女诗人赋诗,说此时此刻,此情此景,不可无诗。

钱鸣松并不推辞,张口吟道:"东风未肯入东门,走马还寻去岁村;人似秋鸿来有信,事如春梦了无痕。江城白酒三杯酽,野老苍颜一笑温;已约年年为此会,故人不用赋招魂。"

"好!"孙飞虎带头拍手,不无感慨地说,"好一个'人似秋鸿来有信,事如春梦了无痕'。不过,我怎么听着耳熟啊?鸣松,你这诗里有没有著作权的问题啊?"

钱鸣松很认真地看了孙飞虎一眼,一本正经地说:"绝对没有,因为那著作权早就过期了。"

"作者是谁?"

"苏东坡，苏老先生。"

李艳梅看了看丈夫和钱鸣松，说道："那好啊，咱们就借苏老先生诗中的话，'已约年年为此会'，每年都搞一次聚会，怎么样？"

众人举手赞同。

赵梦龙坐在一旁，看着孙飞虎和李艳梅，不无羡慕地说："常言道，人生难得一知音。我看飞虎和艳梅是非常幸福的一对儿，而且，他们是'一官一学'。按照中国人的传统，真是最佳搭档啦！"

钱鸣松很有些不以为然，"要我说，弛驹和凤竹才是幸福的一对儿哪！他们那叫'一家两制'。根据现在的国家政策，这就是梦幻组合啦！"

孙飞虎说："算了吧，我代表弛驹说句不怕两位夫人生气的话。我们这些误入婚姻'围城'的人，早就落后于时代潮流啦！像梦龙和鸣松这样的天马行空，独来独往，才是真正的既风流又潇洒哪！"

周弛驹也附和道："就是。不过，我还是刚才那句话，梦龙和鸣松应该再潇洒一点儿，干脆搞一次'临时搭伙'，过把瘾嘛！"

钱鸣松反言相戏："我真没想到，飞虎和弛驹，你们一个当了大官，一个当了大款，可思想还这么新潮。你们真是好汉不减当年勇啊！正像曹操说的，老骥伏枥，志在千里；烈士暮年，壮心不已。我说艳梅和凤竹，你们遇上这么两位'壮心不已'的'老马'，也真够累心的啦。"

吴凤竹那红润的眼睛里透着酒气，她使劲撇了撇嘴，"你呀，别听他们瞎吹。都什么岁数了！老骥伏枥，伏个屁！什么'当年勇'？他们现在就是真想'勇'，也是心有余而力不足啦，还说什么过把瘾，我看顶多也就是过把嘴瘾！艳梅，我说得对不对？"

"你们说的都是什么疯话呀，简直是有辱斯文。"李艳梅合掌闭目，装模作样地说，"我佛慈悲，弟子六根清静。刚才他们的胡言乱语，我可是什么都没有听见啊！"

钱鸣松也学着李艳梅的语调，"我佛说，一片芳心千万绪，人间没个安排处；若问'情'字怎么写，对不起，这事儿不归我管！"

吴凤竹轻轻地在李艳梅和钱鸣松的头上各打了一掌，嗔道："假尼姑！"

众人大笑，仿佛他们都在这荒唐的说笑中找回了久违的青春。然而，笑声过后，每人的心底又升起一丝酸溜溜的感觉，那是一种对于不愿失去但已失去的东西的无可奈何的留恋。餐桌上出现了一阵令人尴尬的沉默。

钱鸣松终于找到了话题。她看着桌边的三个男人，频频点头说："古人云，士别三日当刮目相看。咱们士别快三十年了，你们的变化好像都不太大嘛。也别说，你们的头发还真有变化。我看看，弛驹的头发数量还可以，但是有点像被霜打过的样子。梦龙的头发嘛，质量不错，就是数量可怜，给人珍稀物种的感觉。飞虎的头发就更彻底啦，借用一句时髦话，就算是濒危物种吧。飞虎，你可别想不开啊。"

室内的气氛又轻松了。李艳梅指着钱鸣松笑道："你当了这么多年的诗人，写了那么多情意缠绵文字优美的诗句，怎么说起话来还是这么刻薄。让我看看，你的舌头上是不是长满了刺儿？"

钱鸣松说："没刺儿，就有舌苔。对了，你这研究佛教的，是不是专门爱看别人的舌苔呀？前些年闹得挺火的那篇文章叫什么来着？《亮出你的舌苔或空空荡荡》？"她说着，果然伸出舌头让李艳梅看。

李艳梅也就大模大样地看了一番说："哇，真有哎，还是倒刺儿哪！"

钱鸣松收起舌头，又咽了口吐沫，弦外有音地对李艳梅说："你可别看走眼。那舌头上长倒刺儿的是你老公——孙大老虎！"

孙飞虎连忙放下手中的酒杯，"我说女诗人，你今天怎么老跟我过不去啊？这不是欺负老实人嘛！"

"您是老实人？那世界上就没有不老实的人啦，孙大局长！"钱鸣松的话似乎说得很认真。

吴凤竹见两人的话语中带了些火药味，连忙解围地对钱鸣松说："你也别光说他们男士啦，咱们女士还不是一样。我这头发早就跟干柴差不多啦，每个月都得去焗油，还是不行。这皮肤也是，每个礼拜去做一次美容，还是越看越让人伤心。"

钱鸣松也意识到自己的话有些偏激，便缓和了语气说："那你就不要看了嘛。我现在呀，是一不照镜子，二不照相。我就老想着自己原来的样子。我告诉你，这就叫眼不见心不烦。别人爱怎么想就怎么想，爱怎么说就怎么说，反正我觉得自己还挺年轻的。"

李艳梅说："你说不照相，这我相信。可是你说不照镜子，这我可不信。我问你，不照镜子，你这眉毛是怎么修的？你这眼影是怎么画的？你这口红是怎么抹的？"

钱鸣松笑道："瞎抹瞎画呗，反正就那么点地方，错也错不到哪儿去。有一回我着急出门，眼影画低了，画到颧骨上。你猜怎么着？别人都说我特新潮！"

众人又笑了。

李艳梅首先收起了笑容，若有所思地说："自古以来，无论是帝王将相还是平民百姓，谁都想长生不老，但谁也做不到。这就是生命的规律，人们只能顺其自然。我认为，能够最大限度地保持身心健康，就是人生最大的幸福了。而保持身心健康的最佳途径就是坚持锻炼身体，我告诉你们……"

孙飞虎在一旁打断了妻子的话，"得，又来了。她这一套谆谆教诲要是说起来，那可至少得两个钟头。我建议，咱们就此打住，干了杯中酒，回去休息吧。明天咱们不是还要起早去坐竹筏吗？"

李艳梅本打算反击丈夫两句,但是看到孙飞虎那红彤彤的脸和那双红通通的眼睛,便把到了嘴边的话又给咽了回去。

　　于是,六个人都端起酒杯,一饮而尽。

第三章

从餐厅回到房间，孙飞虎觉得有些头重脚轻。他一头倒在松软的床上，很快就打着轰轰烈烈的鼾声进入了梦乡。

不知过了多久，他醒了，感到口中干渴，便打开灯，起身倒水，接连喝了两杯。然后，他去厕所方便一下，又回到床上。也许是喝到肚里的水刺激了胃膜上的酒精，他觉得胸中胀闷，身体燥热，头部也有些隐隐作痛。他又想起酒席上钱鸣松对他说的话，心中很有些不快。他觉得钱鸣松是故意让他下不来台，而且他觉得当时其他人脸上的表情也都是怪怪的，包括他的夫人。唯有吴凤竹还算体谅他，及时给解了围。说心里话，他本来不想参加这次旧地重游，但是在上次同学聚会的时候，夫人坚决倡导，大家坚决拥护，他也只好同意。想到此，他情不自禁地叹了口气。

忽然，他听到门外好像有人走动的声音。他看了看手表，快12点了。什么人还在外面？没准是去呼吸新鲜空气的吧。他也觉得室内的空气很浑浊，让人感到窒息，便想出去透透风。他爬起来，晃晃悠悠地向门口走去。但是站在门前，他又犹豫了。这深更半夜，会不会有坏人呢？他把耳朵贴在门上听了一会儿，外面寂静无声。他轻轻拧开房门，刚要探头出去，就见一个黑影从门外很快地飘了过去，吓得他急忙缩回头来把门关上。

他的心怦怦地跳着，大脑一下子清醒了许多。他继续侧耳细听，但是没有听到其他房间开门或关门的声音。他怀疑自己看花了眼,就忍不住又拉开房门,探头向两边张望。走廊里空空荡荡,没有人影,只有那相隔很远的壁灯闪烁着昏黄的光。

他走出屋门,蹑手蹑脚地向东边走去。当走过钱鸣松的屋门和赵梦龙的屋门时,他都停住脚步,仔细倾听,但是房里都没有声音。他来到走廊尽头,站在那个画有乌云的小屋门前。他忽然想起了女服务员说的关于黑云仙的传说,不禁有些毛骨悚然。

他快步回到自己的房间门口,站了一会儿,见周围没有动静,他那颗怦怦急跳的心才渐渐平静下来。他认为自己刚才肯定看见了一个黑影。究竟是什么人呢?他是个不愿意心存疑问的人,因为那样会使他睡不踏实。于是他轻轻地踏着厚厚的地毯,向楼梯走去。

在一层楼梯旁边的服务台,他见到了值班服务员。沈小姐虽然面带倦容,仍然微笑着问道:"孙先生,您需要什么东西吗?"

孙飞虎摇了摇头,"不需要,谢谢。我只想问一下,刚才有人上楼吗?"

"没有啊。"

"那么楼上有人出去吗?"

"也没有啊。"

"那么……你听见楼上有人走动了吗?"

"我听见楼上有人走过来,可那就是您呀。出了什么事情吗?"沈小姐一副莫名其妙的样子。

"这就奇怪了。"孙飞虎自言自语,"我明明看见一个黑影从我的门口过去,但是等我出来,走廊里却没有人。我觉得,我不会看花眼的。"

"是吗?那个人影是往里去的还是往外来的呢?"

"好像是往里去的,很快,一飘就过去了。"

"啊,那一定是'黑云仙'啦!孙先生,你可得小心啦。"沈小姐笑了。

孙飞虎愣愣地看着沈小姐,他觉得这个服务员的笑容很奇怪。他皱着眉头,悻悻地往楼上走去。回到房间门口,他又看了看空荡荡的走廊,才打开房门,见一个纸片飘落下来。他定了定神,弯腰捡起纸片,只见那上面画着一只线条简洁明快、形态怪异夸张的黑蝙蝠。他惊叫一声,晕倒在地上。

服务员沈小姐第一个赶到了孙飞虎的房间门口,接着,李艳梅等人也跑了过来。他们七手八脚地把孙飞虎抬到床上,又七嘴八舌地说着抢救办法。但是,还没等他们达成一致意见,孙飞虎就缓缓地睁开了眼睛。

大家都松了一口气,然后又纷纷问孙飞虎发生了什么事情。孙飞虎愣愣地看着众人,嘴张了几次,但是没有发出声音。

李艳梅问女服务员是怎么发现孙飞虎摔倒的,于是大家又把目光转到沈小姐的脸上。沈小姐讲述了孙飞虎下楼找她的经过,以及随后她听到楼上有人惊叫和她跑上楼后看到的情况。

钱鸣松瞪大眼睛不无惊讶地追问孙飞虎:"你真的看到'黑云仙'啦?那'黑云仙'是什么样子呀?"

孙飞虎毕竟是久经"官"场的人,所以很快就控制了自己的情绪,并且把内心活动掩藏起来。他微微一笑,用自我解嘲的口吻说:"我只是看到了一个黑影,谁知道是不是'黑云仙'啊。我这人没别的毛病,就是胆子小,特别怕那种一惊一乍的东西。今天还真给我吓了一大跳。嘿嘿。"

钱鸣松继续追问:"你真的看到了一个黑影?是人影吗?可这里

没有别人呀？难道是咱们中间的人跟你开了个玩笑？请问，是哪位？"她环视一周，见众人没有反应，又问孙飞虎，"会不会是你看花眼了呢？"

孙飞虎闭上眼睛，"我也没看清楚，也许是我今天晚上的酒喝得太多了。对，醉眼昏花，看错了。"

李艳梅也说："老孙，我也觉得你今天晚上喝得太多了。老同学聚会是高兴事儿，但喝酒还得量力而行。"

孙飞虎又睁开了眼睛，对众人说："谢谢各位的关心，我现在没事儿了，你们都回去休息吧。"

众人安慰了孙飞虎几句，纷纷离去。李艳梅仍然站在床边，用目光询问着孙飞虎。孙飞虎站起身来，"我真的没事儿啦，你也回去休息吧。"

李艳梅说："我还是在这里陪你吧。"

"不用了，咱们约定好一起体验独身生活嘛。你呆在这里，明天又该给他们留下笑柄啦。"

"老孙，鸣松就是那种脾气的人，她说的话你别往心里去。男人嘛，还得度量大一些，别让老同学们笑话。"

"你说我是那种小肚鸡肠的人吗？"孙飞虎把妻子推到门口，"你就放心回去睡觉吧。我明天早上照样跟大家一起去坐竹筏。没有问题啦！"

李艳梅笑了笑，走出门，又回过头来叮嘱道："你有什么事情就叫我。咱们也可以敲墙，三长两短。别忘啦！"

孙飞虎关上房门，立即在地上寻找那张纸片。他发现那纸片静静地躺在门后的墙角，忙捡起来，拿在手中，目不转睛地看着纸上的黑蝙蝠。过了一会儿，他关上灯，走到窗前，从窗帘缝里看着外面的夜景。

山区的夜晚，非常宁静，远处传来潺潺的流水声。孙飞虎认真地分析自己面临的处境。这会不会是偶然的巧合？他从心底希望这是巧合，但理智告诉他这不是。那张纸片显然是有人故意放到门上的，而且那纸片上画的蝙蝠是那么清晰那么独特那么熟悉。毫无疑问，有人在暗中向他发出了威胁的信号，而且很可能还隐藏着一个杀手。这人是谁呢？他分析了身边的每一个人，又仔细回忆了晚饭时大家说的每一句话。突然，另外一个人的身影浮上他的脑海。会是她吗？那个女服务员？她姓什么来着？啊，姓沈。她能和那件事情有什么联系呢？难道是她？孙飞虎闭上眼睛。二十多年前的往事如同电影般浮现在他的眼前——

……1970年，到机关工作不久的孙飞虎和其他许多干部一样被"下放"到了位于宁夏回族自治区一片沙漠边缘的"五七干校"。到干校以后，他被分派去喂马。带着他干活的是一位年近半百的老师傅。此人黑红脸膛，浓眉小眼，尖鼻子，薄嘴唇，中等身材，很瘦，但是很结实，一看就是个跟泥土打了半辈子交道的庄稼汉。初次见面时，老师傅自我介绍："我叫蒋蝙蝠，蒋介石的蒋，蝙蝠嘛，就是燕么虎。你可以叫我蒋师傅，也可以叫我老蝙蝠。"

孙飞虎觉得这个老师傅挺有意思。现在别人都怕和蒋介石这样的人物有关联，而他却主动说自己姓蒋介石的"蒋"。真是不可思议。

不过，蒋师傅待人既诚恳又热情。他们两人同住一间小屋。无论在生活上还是工作上，蒋师傅都对他很关照，经常帮助他。最令他难忘的是蒋师傅还救过他一次命。

那是他到干校之后不久的一个休息日，天气晴朗。他听人说在干校西北有大沙丘，而他一直想看看沙丘究竟是什么样子。吃完午饭之后，他跟蒋师傅打了个招呼，就独自出了干校，沿着小路，向西北方向走去。

走了一个多小时，他终于看见了沙漠，也看见了沙丘。那些沙丘有大有小，都呈月牙形状。月牙的内边朝向东南，坡很陡；外边朝向西北，坡很平缓。他是第一次见到沙丘，非常兴奋，便一口气爬上了一个有好几层楼高的大沙丘。他坐在沙丘顶上，看着近处那些黄绿色的沙棘，又眺望远处干校的房舍。在清澈深邃的蓝天之下，在广袤无垠的天地之间，他感觉很惬意。

坐了一会儿，他想滑下去，便走到沙丘陡坡的边缘，坐着向下滑。细沙在他身下流动。他的身体越滑越快。他竭力保持身体的平衡，但最后还是摔倒了，一溜跟头翻滚到沙丘脚下，停在一棵孤零零的没有多少枝叶的酸枣树旁。他的身上和脸上都沾满了沙粒，但是他很高兴，就爬上沙丘，又滑了一次。这一次，他又摔倒了。他站起身来，决心要不摔倒地滑一次。于是，他又爬上高高的沙丘。他一共试了七次才成功地坐着从沙丘顶部一直滑到下面。他非常高兴，但是也累得筋疲力尽了。

他躺在沙坡上，任凭温暖的阳光直射在脸上。他觉得非常舒服，便闭上了眼睛。没过多久，他就睡着了。

后来，孙飞虎是被猛烈的风沙惊醒的。他睁开眼睛，只见天地间已经变得灰蒙蒙了。一阵阵狂风卷着沙粒从身边呼呼地滚过。他慌忙爬起来，用手挡住扑面而来的风沙，向西望去。啊！一片灰黑色的沙尘遮天蔽日，滚滚而来。夕阳在尘雾后面变成一个暗红色的小球。他被吓坏了，不知所措地在原地转了两圈，然后连滚带爬地跑到大沙丘的陡坡下，以便躲避狂虐的风沙。

这里的风果然小了许多，但是他仍然能够感觉到身边的沙粒在流动。他闭上眼睛，用双手抱着头，在心中盼望着这阵狂风快点过去。

然而，风越刮越大，带着狂虐的吼叫声，仿佛要把大地上的万物一同毁灭。他感到非常恐惧，因为他已经模模糊糊地意识到死亡的威胁。

忽然，他隐隐约约地听到了马蹄的声音，好像还有人在喊叫。他睁开双眼，果然看见一人骑着马在风沙中奔驰而来。他连忙站起身，不顾一切地跑了过去。

来人是蒋师傅。他在孙飞虎身边翻身下马，先把孙飞虎推上马背，然后自己也跳上去，一手抱着孙飞虎的腰，一手抓着马的缰绳，驱马跑回干校。

那一夜，风沙刮得天昏地暗，星月无光。

第二天风停之后，蒋师傅执意带着心有余悸的孙飞虎又去看了那片沙丘。在那里，孙飞虎费了很长时间也没能找到那棵孤零零的酸枣树。蒋师傅告诉他，那棵酸枣树肯定被埋在沙丘下面了，因为那座大沙丘至少又向东南推移了好几十米。孙飞虎明白了，如果不是蒋师傅及时赶来救他，他恐怕已经葬身沙海了。也许在几百年或几千年之后，考古学家们会在这里发现一具干尸。

孙飞虎对蒋师傅感激涕零，也对蒋师傅的身份产生了浓厚的兴趣，他觉得蒋师傅绝不是普通的农民。

后来，孙飞虎从别人口中了解到关于蒋师傅的情况。蒋师傅原名叫蒋百福，是个"老八路"，12级国家干部——属于"高干"。"文化大革命"开始后，他被打成"走资派"。在一次"批斗会"上，"革命群众"问他为什么名叫蒋百福，是不是希望蒋介石有百福？他当即宣布改名为蒋蝙蝠。"造反派"认为他态度较好，没有将他关进"牛棚"，而是"下放"到了这所"五七干校"……

第四章

　　武夷山的旅游资源非常丰富，旅游节目很多，其中最有趣味也最富魅力的当属乘竹筏漂游九曲溪。按照导游的说法，不到九曲坐竹筏，等于没来武夷山。

　　5月1日早上，六位老同学吃过早饭就迫不及待地乘车来到位于九曲溪上游的竹筏码头。尽管昨夜发生了令人惊诧的事情，尽管此时天空中堆积着灰黑色的云层，他们坐竹筏的兴致仍然很高。

　　码头上等待乘竹筏的人排起了长队。河滩上也停满了等候拉客的竹筏。赵梦龙等人买了票，又等了十几分钟，才被码头管理人员分派给一个留着稀疏胡须又黑又瘦的年轻人。他们跟着那个年轻人沿着河边向下走去。河滩上那些大大小小的鹅卵石既硌脚又绊脚。他们深一脚浅一脚地走着，不时把好奇的目光投向那些停靠在岸边的竹筏。

　　一个竹筏是由十几根两头弯起的又长又粗的竹子捆绑而成的，约有十米长，两米宽。竹子弯起的部位还留有黑黢黢的烟熏火烤的痕迹。每个竹筏上有六把竹椅，排成两行，供游客坐。那竹椅只是摆放在竹筏上，没有固定，因为竹筏漂到下游码头后，筏工们还要将竹椅拿下来，并将五六个竹筏高高地叠放在一起，用带拖车的三轮摩托拉回上游码头，以便再次漂流。

　　赵梦龙等人跟着年轻筏工来到竹筏前，只见竹筏上还站着一个皮肤同样黝黑但身材比较强壮的年轻女人。钱鸣松非常兴奋，迈步就要上竹筏，但是吴凤竹拉住了她，说最好等筏工给安排座位。然而，男筏工一点都不着急，而且还阴沉着脸，似乎不太高兴。

周弛驹主动上前问道："小伙子，我们怎么坐呀？"

男筏工看着他们，嘟囔说："六个大人，还这么大块头，准得超重啦。"他特意瞄了一眼孙飞虎和周弛驹。当官的和学者们面对这种阵势都有些不知所措，还是走南闯北的周弛驹反应快，立即从兜里掏出50块钱，递了过去。那位筏工推让一下便接过去揣在兜里，他的脸色也就"阴转晴"了。按照筏工的安排，赵梦龙和吴凤竹坐在第一排，钱鸣松和孙飞虎坐在第二排，周弛驹和李艳梅坐在第三排。这样，竹筏两侧的重量基本上保持平衡。

游客坐好之后，男筏工在前，女筏工在后，用力将手中的竹篙撑入河床，竹筏缓缓地离开岸边，跟着前面的竹筏队伍，慢慢地驶向河心。他们这条竹筏果然吃水较深，河水从竹筒的缝隙中涌上筏面。没走多远，六人的鞋就都被河水浸湿了。这对钱鸣松等人来说，又增添了漂游的乐趣，但是对孙飞虎来说却有所不同，他本来就怕水，两脚一湿心里就更加紧张。他双手紧紧地抓住竹椅的扶手，上身坐得笔直，两眼紧盯前方的水面。

坐在旁边的钱鸣松见状笑道："我说孙局长，您这是干吗哪？又不是坐在主席台上，也没有摄像机对着，别这么目不斜视的，假端庄。"

"我有点儿怕水。"孙飞虎老老实实地说。

李艳梅在后面作证说："是的，老孙有'恐水症'。老孙，你放松点儿，眼睛别老看着水面，往两边儿看看，感觉就会好一点儿。"

钱鸣松回头瞟了李艳梅一眼，继续讥笑孙飞虎，"哎，我记得你过去不怕水呀，什么时候又添了这个新毛病？啊，我知道了，当官儿以后得的吧？没错！"

周弛驹不解其意，在后面问道："这怕水和当官儿有什么关系？"

"太有关系啦！"钱鸣松煞有介事地说，"一位医学专家曾经对我说，现代社会中得'恐高症'和'恐水症'的人都不少，但是在当官儿的人里面，得'恐高症'的很少，得'恐水症'的比较多。"

"那为什么？"周弛驹不知是真不明白还是假装糊涂。

"人一踏上仕途，都唯恐官位不高，怎么能得'恐高症'呢？至于这'恐水症'嘛，古人说得好，水可以载舟也可以覆舟呀！孙局长，我说得对吗？"

孙飞虎早就知道钱鸣松的嘴很厉害，此时无心应战，就自我解嘲地笑了笑，"两回事儿，两回事儿。"

周弛驹却一本正经地在后面赞叹道："思想！这就是思想！艳梅，你是研究佛学的，你说鸣松的话是不是很有哲理？我认为，只有像鸣松这样有思想的诗人才能说出这种话来。深刻！确实深刻！非常深刻！"

钱鸣松转过身来，绷着脸对周弛驹说："嘿嘿，说什么哪？你有病吧？"

"没病，就是俗！"周弛驹在说笑话的时候都是一副诚心诚意的样子，"商人嘛，天天跟钱打交道，瞎忙，能不俗嘛！"

"什么叫瞎忙？无欲自然心似水，有营何止事如毛。"女诗人随口说道。

"就是，在您这位大诗人面前，我们能不俗气嘛。说真格的，就您送给我的那本诗集，有一多半儿我都没看懂。我知道，咱们早就不在一个档次上了！"

"别假谦虚！就你们那些套话，我都听腻了。什么穷得一无所有，就剩下钱了。说得多好听呀！现在谁不知道，有钱就有一切。只要你有钱，还不是想要什么就有什么，想当什么就当什么！诗人算什么?只要你肯出钱,准保有人让你当,还得是著名的!"钱鸣松突然想到一个问题,便用老师的口吻大声问道,"各位同学,你们戴护身符了吗?"

赵、钱、周、吴四人便用小学生的语气齐声回答:"戴——啦!"

孙飞虎在身上摸索一遍,没有找到,就嘟囔了一句。于是,众人又对他讥笑了一番。

竹筏进入主河道之后,速度加快了,竹筏之间也拉开了距离。不过,九曲这一段的水流还比较平缓,竹筏稳稳当当地漂游在水面上,游人们都有怡然自得的感觉。

吴凤竹回头对钱鸣松说:"这么美的景色,这么妙的情趣,你又该诗兴大发了吧?"

钱鸣松看着两岸的山峰和树木,"可我还没找到感觉呢。"

吴凤竹又问:"你最近写什么新诗了吗?"

"没有,写不出来啊。"钱鸣松叹了口气,"我已经好长时间不写诗了,只是写一些换饭吃的东西。现在的中国,根本就没有诗,因为没有写诗的环境。这不是我悲观,也不是我狂妄,这就是中国的现状。我敢说,在今后的半个世纪内,中国都不会有真正的诗歌!"

竹筏漂到了八曲。这里的浅滩多了起来,竹筏的漂流速度也就快了起来。那白花花的河水冲刷着河床上的沙石,发出一阵阵急促的波涛声。游客们不由自主地握紧了竹椅的扶手。

河流在七曲处以较大的落差进入山崖陡峭的峡谷。竹筏带着从谷口冲下来的速度在深不可测的黑水潭边掠过,擦着岸边的峭壁拐入较为平缓的河段。在此,游人目睹湍急奔腾的水流,耳闻如同闷雷般的涛声,自然又有一番惊心动魄的感受。随后,河水便在山谷中左回右转,时缓时急。竹筏则在水流中颠簸,忽而冲上浪峰,忽而滑过浅滩。竹椅不时地前冲后滑,左摇右摆。人们不再说笑,都集中精力让身体保持平衡,体验着随波逐流的感觉。

站在竹筏前面的男筏工不仅负责导航,而且负责导游。他不时用不太标准的普通话向游客们介绍两岸山峰的名称,提示游客们观看景点的角度,而且时常穿插一些民间传说和不太高雅的笑话。游人到此追求的是自然景观和民俗野趣,即使是那些习惯于高雅生活的人在此情此景下也不会对这些玩笑产生反感。

男筏工说,一位国家领导人曾经坐过他的竹筏。在领导人来之前,竹筏游览公司的经理专门给他们开了会,告诉他们在领导人面前不要说那些太庸俗的故事和笑话。但是在漂游的过程中,每到一个景点,那位领导人就主动问他有没有传说故事。他不会讲别的,现编也来不及,只好说那些老话。没想到,那位领导人听得非常开心。再大的官儿也是人嘛!最后,他还给领导人唱了一曲自编的"小小竹排"呢。

于是,钱鸣松带头邀请男筏工为大家唱歌。男筏工并不推辞,清了清嗓子,便放开喉咙唱了起来——

> 小小竹排江中游,
> 巍巍青山两岸走。
> 红星闪闪亮,
> 照我去战斗。
> 革命事业永不忘,
> 前赴后继跟党走。
> 小小竹排江中游,
> 武夷群山两岸走。
> 阿妹脸儿靓,

照我去漂流。

阿妹的嘱托永不忘,

致富路上我争上游。

……

砸烂贫穷的旧帽子,

咱们的生活似锦绣。

咱们的生活——似锦绣!

筏工的歌喉虽然无法同歌唱家李双江同日而语,但是他的激情在这青山碧水的呼应下却有很大的感染力。人们被激动了,情不自禁地鼓起掌来,并进而高喊起来。于是,此起彼伏的喊声在六曲那宽阔的山谷中撞击着,回荡着,形成一片美妙奇特的回音。

周弛驹大概是受了男筏工改编的歌词的启发,便回过头来,对一直默默地在后面撑篙的女筏工说:"这位大姐,你也给我们唱支歌儿吧。"

女筏工不如丈夫能说会道,只是憨厚地笑,然后说:"我唱不好。"

李艳梅也说:"随便唱嘛,唱不好没关系。"

女筏工的脸有些红,一个劲地说:"不行,不行。"

周弛驹见女筏工如此认真,便换了个话题。"我听说当筏工的一般都是男人。你为什么要出来当筏工呢?"

女筏工笨拙地说:"不为什么,就是为了……挣钱。反正……现在还不想养娃,在家里也是闲着嘛!"

人们都被女筏工那淳朴的语言逗乐了。

竹筏继续行进,来到水面更加宽阔的五曲。这时乌云飘过,送来一阵急雨。两位筏工迅速披上蓑衣，但是六位手忙脚乱的游客还没有穿好雨衣，就已经被淋得浑身湿透了。钱鸣松索性把雨衣放在旁边，任凭雨水冲洗身体。

这山中的雨来去匆匆。竹筏进入四曲，雨已经停了。此处水道曲折，巨石罗列。竹筏左冲右撞，让人前仰后合。两岸奇峰怪石，令人目不暇接。竹筏过了三曲，水流就越来越平缓了。游人们的心情也逐渐松弛下来，可以从容观赏两岸的风景，细心回味漂游的情趣。

对于孙飞虎来说，这一路下来就如同连续坐了十次翻滚过山车。他被紧张和惊恐折磨得筋疲力尽，连眼皮都发酸了。此时，竹筏终于平稳地漂流了。他松了口气，慢慢把身体靠在椅背上，活动几下肌肉紧张的胳膊和双手，然后把目光投向岸边的山林。他想让整个身心都轻松一下。

忽然，几只燕子从北岸的山林中飞出来，在竹筏前的水面上盘旋了两圈，又飞向南面的山林。那燕子的身影使孙飞虎骤然想起画在纸上的蝙蝠，想起昨天晚发生的事情，他的身体不由自主地颤抖了一下。

孙飞虎闭上眼睛，在心中自问：那究竟是谁干的？他不相信"黑云仙"，但那个黑影是谁？是此时坐在身边的某个人吗？他从赵梦龙想到钱鸣松，从周弛驹想到吴凤竹，最后又想到自己的妻子李艳梅。他觉得都不大可能，因为他们都不知道那件深藏在他心底的事情。他又想到了昨晚那个纸签上的话语——黑云北飘雁南飞，六人同游四人归；一人乘云随仙去，一人追雁断魂归。追雁？艳梅？难道这最后一句话暗指的是他？他不禁打了个寒颤。

"老孙，该上岸啦！"

孙飞虎的思绪被李艳梅的叫声打断了。他睁开眼，只见竹筏已经停靠在码头边上。他慌忙站起身来，往岸上走，但是没想到竹筏突然一晃,他脚下一滑,竟然落入水中。

众人见状,急忙去救。好在岸边的水不深,孙飞虎很快就被拉上岸来。

李艳梅看着像落汤鸡一样的孙飞虎,嗔怪道:"你这两天是怎么了?净出洋相!"

钱鸣松笑道:"孙局长,怎么样?水可以载舟,也可以覆舟吧?"

赵梦龙说:"别开玩笑了。老孙浑身都湿透了,别感冒。咱们还是赶紧回宾馆吧。"

回到五云仙宾馆,孙飞虎洗了个热水澡,换上干衣服。李艳梅又请餐厅工作人员煮了一碗姜汤,让丈夫趁热喝下去,再睡一觉。

然而,孙飞虎还是病倒了,头痛,发烧。

第五章

天黑了。

孙飞虎吃了一片阿司匹林，发了汗，体温下降一些，他的感觉也就好了一些。李艳梅又给他拿来一瓶感冒胶囊，让他吃了两粒。

孙飞虎躺在床上，看着坐在床边的妻子，若有所思地说："我看咱们还是回家吧。"

"回家？"李艳梅一脸的惊讶，"刚来一天就回去？咱们不是说好了一个星期嘛！"

"我这不是生病了嘛。我想，咱们待在这里，也会影响别人。干脆咱们先回去，别人也就可以尽兴了。对吧？"

"咱们俩先走，那不是扫大家的兴嘛！"

"要不然，我一个人先回去，你继续留在这里，就算代表我吧。"孙飞虎似乎去意已决。

"那也怪别扭的。"李艳梅的脸上露出不高兴的神态，"既然来了，就得有始有终。我看你也没有什么大病，就是昨天夜里受了惊吓，今天上午又让凉水一激，感冒发烧。没什么了不起，吃点药，休息两天就好了。"

"我……"孙飞虎看着妻子，欲言又止。

"老同学难得聚会一次，说不定这辈子也就这么一回了，你还是坚持坚持吧。再说，这宾馆里的条件挺好，你在这里养病比你带着病往家赶强多了,又得坐汽车又得坐飞机的。你今天晚上好好睡一觉。明天早上起来看看,如果还不舒服,就在宾馆里休息。我陪着你,他们别人爱去哪儿玩儿就去哪儿玩儿呗。好啦,你早点睡吧,我再去看看他们。"李艳梅站起身来,走了出去。

孙飞虎看着妻子的背影,无话可说。

李艳梅走后,孙飞虎关上电灯,在黑暗中躺着。他的目光慢慢地在天花板上搜索着,但是自己也不知要寻找什么。忽然,他的目光停滞了。天花板上有一处壁纸裂开一个口子,纸边垂了下来,看上去很像一只倒挂的蝙蝠。他觉得脊背发凉。虽然他明知那不是蝙蝠,但还是忍不住打开电灯。在灯光下,那垂下的壁纸就不像蝙蝠了。他看了一会儿,没有再关灯,而是闭上眼睛,任凭思绪飞回那个荒唐混乱的年代——

……孙飞虎得知蒋师傅的身份后,便在感激之外又增加了几分尊敬。在工作上,他总是主动多干一些。在生活中,他也尽量勤快一些。开始,蒋师傅不习惯让别人替自己干事,但是时间长了,孙飞虎要多干一些诸如打水、买饭、扫地、洗衣服之类的小事,他也就不反对了。他无儿无女,妻子去世多年,所以很高兴有人关心他。再说,他对这个聪明能干的年轻人也确有好感。后来,他们两人就成了干校里众人皆知的"忘年交"。

他们除了同吃、同住,同劳动外,还经常在一起下围棋。蒋师傅喜欢下围棋,孙飞虎在上大学时也曾经背过一些棋谱。两人棋逢对手,互有胜负,几乎每天晚饭之后都得切磋一盘。在那个文化生活极度贫乏的年代,下围棋自然成了他们生活中最大的乐趣。

此外,孙飞虎发现蒋师傅还有绘画才能,特别擅长画漫画。干校每次出黑板报或宣传栏，都请他执笔，他也从不推辞。他爱画蝙蝠，笔画很简单，形象很夸张，但是准确地突出了蝙蝠的特点，让人一看便知，而且觉得那蝙蝠既可笑又可爱。有时，他就把这样一只蝙蝠画在名字旁边，犹如他的印章。他曾经送给孙飞虎一张漫画像，画的是孙飞虎的头加上长着翅膀的虎身。那张画的右下角就有这样一个印章。孙飞虎非常喜欢那张画，视为至宝。

有一次，孙飞虎和蒋师傅一边下棋一边聊天。孙飞虎问蒋师傅是不是很喜欢蝙蝠这种动物，蒋师傅说他确实很喜欢蝙蝠。他认为，蝙蝠的外貌虽然不讨人喜欢，小眼睛，大耳朵，样子像老鼠，但是心地善良，专门吃害虫，为民除害，还能传播植物的种子和花粉，净为人类做好事。而且，蝙蝠常年值夜班，不怕辛苦，任劳任怨。当然，蝙蝠也有缺点，那就是高度弱视，往往看不清面前的东西，只能凭借超声波识别物体。这很危险，因为这容易出错，而且容易让坏人利用。蒋师傅说得很认真，孙飞虎也觉得蒋师傅的话挺有道理。

光阴荏苒，日月如梭。随着时间的流逝，孙飞虎越来越想离开干校这个地方。他并不是单纯地向往大城市的舒适生活，他更向往的是大机关里的"进步"机会。干校的生活太平淡了，他们仿佛生活在被人遗忘的角落。此外，他的内心深处还有一个不能告人的原因……总之，他认为呆在干校只能浪费时间。于是，他想方设法寻找回北京的机会，但是他的一次次努力都失败了。

和城市相比，"五七干校"的政治生活是比较宽松的，但是在一些重大政治运动的影响下，这里的气氛也会发生变化。这年冬天，上级派来工作组，"清理阶级队伍"。在这种"背对背"的审查中，人际关系变得日益微妙，日趋复杂。即使是朋友之间，说话也都格外小心，稍有不慎，就可能大祸临头。蒋蝙蝠的身份使他成了清理审查的对象，于是，他被关进小黑屋。

开始，孙飞虎很关心蒋师傅，多次前去探望，但他很快就发现自己最好避而远之，因为他不能引火烧身。再后来，他发现自己也成了嫌疑对象，就连以前经常在一起说笑打闹的小伙子们都尽量躲避他了。终于有一天，工作组把他单独叫到那间专用来"谈话"的政保办公室。

孙飞虎心神不安地走进那间令人闻名丧胆的小屋。进屋后，他看见办公桌后坐着一个三十多岁的女同志，看样子还挺和善。他的心里稍微轻松了一些。女同志让他坐到桌子前面的凳子上，并自我介绍说，她是工作组的副组长，叫沈青。然后她就开门见山地让孙飞虎揭发蒋蝙蝠的反党言行。孙飞虎说他不知道蒋师傅有什么反党言行，沈青就反复地启发他，教育他，让他提高"阶级斗争觉悟"，但是他仍坚持说自己不知道。他说的是实话，因为在他的印象中，蒋师傅对共产党是忠心耿耿的。

沈青冷笑起来，她那本来挺好看的眼睛也让人望而生畏了。她大声喝道："孙飞虎，你老实点儿！你和蒋蝙蝠是什么关系，你别以为我不知道！你以为我是随随便便找你来聊天儿的吗？那你可就错误地估计了革命形势！"

"我真的不知道。"孙飞虎低着头，喃喃地说。

"你不知道？那谁知道？你不知道蒋蝙蝠的反党言行？那还有谁能知道？我告诉你，你必须和蒋蝙蝠划清界限，否则就只有死路一条！"

孙飞虎低着头，一言不发。他很害怕，确实不知该说什么。

"你好好考虑考虑吧！回头我再来找你谈。"沈青推门走了出去。

小屋的门被锁上了。孙飞虎悄悄地站起来，走到门边向外看了看，见有一个工作组的人在外面来回走着，他便坐回凳子上。他开动脑筋，努力思考。他该怎么办？这样顶下去，看来很难过关，那个姓沈的不是好惹的，弄不好自己也得被戴上反革命的帽子。那自己这辈子可就完了。但是说什么呢？蒋师傅确实没有反党言行，他也不能凭空瞎编呀！再说，蒋师傅还救过他的命，他怎么能够恩将仇报呢？他思来想去，不知如何是好。

孙飞虎一直在那间小屋里坐了一天，没人送饭，也没人让他去吃饭，只让他出去上了一次厕所，当然是有人"陪"着。他想，如果就这样让他一直待下去，倒也不错，省得面对无法作出的抉择。然而，他知道这是不可能的。

天黑后，沈青来了。她一进门就问："孙飞虎，你想好了吗？"

孙飞虎低着头说："我想好了，我愿意跟蒋师傅划清界限，但是我真的不知道他有什么反革命言行。虽然我们俩住一个屋子，还经常一起下棋，但是他心里想什么，从来也不跟我说。我们俩充其量就是棋友。"

"小孙同志，我知道你的工作表现不错。"沈青换了语气，"但是你要注意提高自己的阶级斗争觉悟。年轻人嘛，要敢于在阶级斗争的风口浪尖上锻炼自己。我知道你希望提前回北京。这是可以理解的。但是你也知道，提前回北京是有条件的。我想，如果你揭发了蒋蝙蝠，在这次清理审查运动中有立功表现，组织上就可以提前让你回去。如果你知情不举，那你不仅回不去，还要以包庇反革命论罪。你很年轻，很有革命前途。你可要想清楚这里面的利害关系啊！"

孙飞虎沉默不语。

"小孙同志，你也写了入党申请书，这可是党组织考验你的时刻啊！"沈青语重心长地说，"你好好回忆一下，蒋蝙蝠有没有对你讲过对党不满的话，或者为阶级敌人翻案的话？他不一定直截了当地说，也可能是拐弯抹角说的嘛。"

孙飞虎忽然想起蒋师傅对他讲的关于蝙蝠的话。他抬起头来，看着沈青，犹犹豫豫地说："他说过蝙蝠的好话，我不知道这和阶级斗争有没有关系。"

"他怎么说的？"沈青精神焕发。

孙飞虎讲了一遍那天蒋师傅对他说的关于蝙蝠的话。沈青听完之后，兴奋地说："这很说明问题嘛。看来蒋蝙蝠当初改名字就是别有用心的，从表面上看，他说蒋介石是蝙蝠，好像是在骂蒋介石，但实际上是在赞美蒋介石，因为他说蝙蝠心地善良，为民除害。蒋介石为民除害？那么共产党毛主席呢？这不是公开反对共产党，攻击我们伟大的领袖毛主席嘛！是可忍，孰不可忍！打倒蒋蝙蝠！"

孙飞虎被沈青的话说愣了。他一时也闹不清楚蒋师傅讲那番话究竟是什么意思了。接下来，他就稀里糊涂地按照沈青的口述，写了一份揭发材料，说蒋蝙蝠公开借蝙蝠之名吹捧蒋介石，说蒋介石心地善良，为民除害，等等。

后来，蒋师傅就因为这句话被定为"现行反革命"，判了无期徒刑，押送到新疆的劳改场。

蒋师傅被公开宣判的那一天，孙飞虎躲了出去。他不敢面对蒋师傅，不敢面对蒋师傅那双不大但目光犀利的眼睛。他一人跑到那个曾经埋葬了一棵酸枣树的大沙丘下面，痛哭了一场……

敲门声把孙飞虎从回忆中拉了回来。他心慌意乱地爬起来，走到门边，开门一看，是赵梦龙等人。他们是来看望病人的。进屋后，众人安慰孙飞虎一番，问他吃了什么药，让他安心养病。大家都说明天休息，就在附近转转，等他病好之后再一起去爬山。

众人走后，孙飞虎从枕头底下拿出那张纸，看着那个线条熟悉的蝙蝠。毫无疑问，这是蒋师傅画的。但是，这张画怎么会到这里来呢？

那件事情发生之后不久，孙飞虎就被批准回北京工作了。后来，他的工作几经变动，从北京调到南方，又从南方调回北京，周围的人都不知道他的那些经历。然而，那件事情却一直深埋在他的心底，使他一想起来就会感到愧疚和恐惧。

"文化大革命"结束之后，他曾心惊胆战了一段时间，因为他担心蒋师傅会官复原职。于是，他悄悄地打听蒋师傅的下落。后来，他听说蒋师傅已经死在新疆的劳改场了，他才放下了心。诚然，他仍会为自己的行为感到内疚，但是他已不再提心吊胆。他认为那件事情已经过去了。

然而，这么多年之后，他已经几乎把那件事情忘得一干二净，"蝙蝠"却又突然出现在面前。是什么人又把那个"蝙蝠"带回来了？难道蒋师傅没有死？难道蒋师傅又找到了他？这不太可能。即使他当年听到的消息是假的，蒋师傅今年也该七十高龄了，他还能做这种事情吗？或者是那个沈青？因为知道那件事情的就只有她了。可是，她为什么要这样做呢？那件事情对她来说也同样不光彩呀！再说，她也应该是个年过花甲的老太太了，难道她临死还想抓个垫背的吗？这些年来，孙飞虎一直没有打听沈青的情况，他不想去，也不敢去，但此时他却有些后悔了。他觉得自己疏忽了，忘记应该知己知彼，以防后患。但是，沈青是怎么找到他的呢？此时沈青又在什么地方呢？忽然，他想到了那个女服务员。对了，她也姓沈啊，难道她和沈青有什么关系吗？那也不一定，这世界上姓沈的人很多嘛。

孙飞虎带着乱糟糟的思绪睡着了。

第六章

　　5月2日早上,孙飞虎醒来,感觉好了一些。他刚睁开眼睛,就听见有人敲门,是服务员沈小姐,她是来送开水和打扫卫生的。孙飞虎靠在床头上,默默地看着这个女服务员。他觉得,这个小姐脸上的微笑不太自然,有些怪怪的,但是他又猜不透那微笑后面隐藏的究竟是什么。

　　孙飞虎的心更加不安起来,他认为自己不能被动防御。经过一番思考,他装出漫不经心的样子问道:"沈小姐,你在这家宾馆工作多久啦?"

　　"才几个月啦。"沈小姐停住手里的工作,看了孙飞虎一眼。

　　"你的家是在本地吗?"

　　"是呀。"沈小姐微笑着反问一句,"孙先生,您为什么要问这个呢?"

　　"哦,没什么,随便问问。"孙飞虎支吾了一句,想了想又说,"哦,我看你这样子,不像是山区的姑娘嘛。"

　　"是吗?山区的姑娘应该是什么样子呢?"

　　"好像都晒得比较黑嘛。"

　　"是吗?那大概因为我母亲就比较白吧。"

　　"你母亲是做什么工作的?"

　　"中学教师。"

"那你父亲是做什么工作的呢?"

"是中学校长。"

"你父亲多大年龄?有我的岁数大吗?"

"差不多吧。孙局长,您为什么问得这么详细呀?"沈小姐嫣然一笑。

"哦,没什么。对了,你怎么知道我是局长呢?"

"在旅客住宿登记表上看到的呀。"

"是吗?我在表上写职务了吗?"

"也许是别人替您写的吧?"

"你有姑姑吗?"孙飞虎也不知自己为什么问了这么个问题,好像有些鬼使神差。

"孙局长,您这个人真是怪得很呀!"

"哦,是这样,你知道,我以前认识一个人,已经很多年没有见过面了。她长得和你很像,也姓沈,也是福建人。你知道,我家就是南平人,都是老乡。我就想,她没准儿碰巧是你的姑姑,所以就问了出来。我没有别的意思。"

"孙局长,我父亲在家里是老幺,他有三个姐姐呢。"沈小姐停了一下,用试探的口吻问,"孙局长,您找的那个人叫什么名字呢?"

"叫沈青。"话出口之后,孙飞虎又有些后悔了。他想,如果那张蝙蝠画果真是这个沈小姐放的,而且她果真和沈青有什么关系的话,她也绝不会承认的。但转念一想,他觉得也没有什么不妥。如果真是那样的话,这也算是对她和那个幕后操纵者的警告嘛。别以为我孙某人是个傻瓜!

"沈青?我的姑姑都不叫这个名字呀。孙局长,您要找的这个人有多大岁数了?"这回是沈小姐盘问了。

"大概有60岁了吧。"孙飞虎只好回答。

"孙局长,用我替您打听一下吗?也许我父亲知道,他认识的人可多啦。"

"那就不用了,我这也就是随便问问。谢谢你啦。"

"不用客气。您有什么事情需要我,我都会尽力去做的,孙局长。"沈小姐意味深长地看了孙飞虎一眼,告辞走了出去。

孙飞虎看着沈小姐的背影,琢磨着她那话中的含义。

这天晚上,五云仙宾馆的舞厅里聚集了不少游客,李艳梅等人也在其中。这个房间的四周摆放着座椅和茶几,中间是一个能容纳十几对舞伴的舞池,旁边还有一台大电视机,供人唱卡拉OK。此时,一个西装革履但是农民模样的中年男子正在声嘶力竭地对着话筒唱歌。由于他基本上找不到歌曲的节拍,所以跳舞的人也被他搅得乱了舞步,只好相继退出舞池。这位先生的歌终于唱完了,旁边的女服务员便带头鼓起掌来。

接下来是"快三"舞曲,喜欢跳舞的人又纷纷站了起来。周弛驹、李艳梅和钱鸣松都是"舞迷",所以音乐一响,他们自然就坐不住了。但是赵梦龙不会跳舞,两位女士缺一位男舞伴。李艳梅把钱鸣松推给了周弛驹,自己硬拉着赵梦龙走进舞池。他们勉强跳了一会儿,李艳梅见赵梦龙实在缺乏舞蹈细胞,只好作罢。他们回到吴凤竹身边,坐下闲聊。

乐曲结束,周弛驹把因剧烈运动而有些脸面潮红的钱鸣松送回座位。接下来是一曲"探戈",周弛驹又请李艳梅步入舞池。此时钱鸣松坐在旁边,看着舞池里的人,心中很有些搔痒。她不无抱怨地对赵梦龙说,你怎么连跳舞都没学会。赵梦龙笑了笑说,没有机会嘛。

正在这时,刚才唱歌的中年男子走了过来,很有礼貌地请钱鸣松跳舞。钱鸣松看了一眼这个农民模样的人，心中说了一句"饥不择食"，便站了起来。然而，她很快就发现这个男子的歌喉欠佳，但是舞姿不错，花步很多，而且有表演韵味。钱鸣松很快就意识到自己成了舞场上关注的中心，跳得也很卖力。当然，她的动作舒展却不卖弄。舞曲结束时，周围的女服务员们格外捧场，不住地鼓掌。男子将钱鸣松送回座位，并约她下个舞曲再跳，她欣然接受了邀请。

在一曲节奏欢快的"平四"之后，钱鸣松和那个男子慢慢地走着布鲁斯。男子先夸奖了一番钱鸣松的舞姿，然后问钱最近写了什么新诗。钱鸣松看着陌生的男子，觉得很奇怪，就问他怎么知道自己是诗人。男子说，这屋里每个人的情况他都知道，还知道你们同伴中有一人今晚没来舞厅。钱鸣松问他是干什么的，他说你在这宾馆里一打听就知道了，他叫冯大力。舞曲结束之后，他告辞走了出去。

晚饭后，李艳梅等人都走了，孙飞虎躺在床上。楼上格外安静。他在心里数数，希望快些进入梦乡，但是几番努力之后，大脑仍然很清醒。他的心中不禁有些烦躁。虽然他已经退烧，但鼻子还不通气。他觉得胸中有些憋闷，眼睛又酸又胀，头部也在隐隐作痛。他调整了几次睡姿，但都无济于事。

忽然，他听到玻璃窗上传来一阵"沙沙"的声音。他侧耳细听，那声音不大，但是很清晰，断断续续，好像有人在用坚硬的东西划玻璃和纱窗。他浑身的毛发不禁乍立起来。他坐起身，在黑暗中向窗户望去，窗帘很厚，他什么也看不见。那声音消失了，周围是死一般的寂静。就在他怀疑自己刚才是否产生了幻觉时，那声音又出现了，而且更加急促。他站起身来，轻手轻脚地向窗户走去。

他站在窗户的旁边，心里做好了准备，才轻轻掀起窗帘，向外望去。外面很黑，他看不见任何东西。但是那沙沙的声音仍然存在。他循着声音，绕过沙发，走到窗户的另一边，趴在玻璃上，仔细一看，原来是一只黑黢黢的大蝙蝠正在抓挠纱窗。

他愣了片刻，用手指敲了敲关着的玻璃窗。蝙蝠被惊走了，但很快又飞了回来，仍然在抓纱窗，似乎想钻进来。他连续轰了几次，那蝙蝠又都飞了回来。他觉得非常奇怪，这只蝙蝠为什么不走呢？是什么东西在吸引它呢？他仔细查看，终于发现在纱窗和玻璃窗之间的窗台上有一个黑的东西。他看不清那是什么，便打开茶几上的台灯，举到窗户前面。

蝙蝠的眼睛对光线的反应非常迟钝，因此台灯对蝙蝠没有产生影响。但是孙飞虎借着光线，看清了窗台上的东西，那是一只小蝙蝠，一动不动地趴在那里。孙飞虎突然想起在书上看到的一句话：蝙蝠不是鸟，是哺乳动物，是"飞鼠"。他是飞虎，难道还能怕小小的"飞鼠"吗？他苦笑了一下。

这时，又有两只蝙蝠落在纱窗上，帮助原来那只蝙蝠抓挠纱窗。孙飞虎这时才发现外面有很多蝙蝠在飞来飞去。看着那些飞速极快的黑影，他的心中不禁有些慌乱。他告诫自己要沉住气，蝙蝠就是蝙蝠，没什么可怕，而且都在外面，窗户很结实。这样一想，他的心里踏实了许多。

他想不予理睬，但是那蝙蝠抓挠纱窗的声音又让人心烦意乱。他想了想，回身拿来桌子上的圆珠笔，慢慢打开里面的玻璃窗，小心翼翼地用笔杆捅了捅那只小蝙蝠。小蝙蝠没有任何反应，看来已经死了。这时，外面的大蝙蝠开始用身体撞击窗户。它们犹如第二次世界大战期间撞击美国军舰的日本飞机一样，亡命地撞到窗户上，发生震撼人心的砰砰声。看那气势，它们真是不惜生命也要破窗而入了。

孙飞虎明白了，自己必须把那只小蝙蝠还给它们，否则他甭想安宁。但是小蝙蝠已经死了,那些大蝙蝠见到尸体后会不会移恨于他?也许他应该把小蝙蝠的尸体扔到马桶里去?他真想知道蝙蝠是怎么思考的。然而,大蝙蝠撞击窗户的声音越来越响,他无暇斟酌,决定先把大蝙蝠引开再说。于是,他用手拿起小蝙蝠,把纱窗打开一条缝,很快地把小蝙蝠塞了出去。

大蝙蝠陆续飞走了,消失在漆黑的夜色之中。窗外安静了,孙飞虎那颗剧烈跳动的心脏也渐渐平缓下来。看着已经关得严严实实的窗户,一个问题从他的心底升起:那只小蝙蝠是怎么跑到纱窗里面的呢?是它自己钻进来的吗?不大可能。纱窗都关着,也没有缝。那么,它一定是被什么人放在那里的。想到这里,孙飞虎的心头一震。看来,这一定与那张画着黑蝙蝠的纸出自同一人之手!他又查看一遍窗户。纱窗没有锁,可以从外面打开,但这是二楼,人怎么能爬上来呢?当然,最重要的问题还是:这个人是谁?

孙飞虎愣愣地看着窗外的夜空。几颗稀疏的星星在不停地眨动,几只蝙蝠偶尔在夜幕下飞过,但是并没有再次光临。他拉好窗帘,躺到床上。然而,他已经完全没有睡觉的欲望。

经过一番思考,孙飞虎认为自己应该主动出击。他猛地坐起身来,但是感到一阵晕眩。他扶着桌子,站了一会儿,感觉好一些,才向门口走去。

走廊里寂静无声。他来到李艳梅的房门前,敲了敲,没有任何反应。然后,他又依次敲了另外几个房门,也都没有动静。

在楼下值班的沈小姐听到敲门声快步走上来,站在楼梯口问道:"孙局长,您有事情吗?"

"噢,没有。我就是想找他们问个事儿。"孙飞虎说。

"他们好像都去舞厅了。用不用我给前面的服务台打个电话,叫他们回来一个人?"

"不用，不用。我自己到前面去找他们吧。"

"行吗？您的身体好了吗？"

"基本上好了。我也想去溜达溜达。"孙飞虎说着，回去披上件外衣，关好房门，走下楼去。沈小姐又回到一楼的服务员休息室。

孙飞虎出了黑云仙楼，站在长廊里，四处张望。楼与楼之间的园子里没有路灯，但是在后面楼窗灯光的映衬下，他可以看到一些微微摇动的树影。他想起了那只小蝙蝠，便萌生了到楼后去看看的念头，但是他离开明亮的长廊向黑暗中才走了几步，就又退了回来，因为后面山坡上那片黑黢黢的树林实在让他有些望而生畏。

他沿着长廊向前面走去。来到舞厅门口，他没有进去，而是站在门边的黑影里，向里面张望。他很快就看到了五位旅伴。他们正在舞池的一角，周弛驹带着吴凤竹跳舞，钱鸣松与一个陌生男子跳舞，李艳梅则在指导赵梦龙。孙飞虎心中有些不快。

这支舞曲结束了，与钱鸣松跳舞的男子走了出来。孙飞虎不想让人看见，就退身藏在墙角。这时，他才发现窗外还站着一个人。虽然光线昏暗，但他认出那人是给他们算过命的五云真人。后者也看到了他，便慢步向房后走去。孙飞虎沉思片刻，也转身走了。

回到黑云仙楼，孙飞虎见一楼服务台没有人，想了想，没有像往常那样到旁边的服务员休息室叫人开门，而是径直向楼上走去。上到二楼，他蹑手蹑脚地走到自己门前，先趴在门缝外仔细听了听，才去拧门的把手，但是没有拧开，门锁着呢。他转回身来，向楼道两头望了望。他本打算下楼去找服务员开门，但是他的目光被锁住了，因为他看到那间黑云仙的小屋门缝泻出一缕灯光。

孙飞虎愣了一下，悄悄地走了过去。就在他快到门口时，那扇神秘的门一下子打开了，从里面走出一个人来。孙飞虎被吓了一跳。

那个人也愣了一下，然后爽朗地笑道："是孙局长啊！你的身体好啦,出来走走?啊,别害怕,我不是黑云仙。哈哈哈!"

孙飞虎看着这个身材不高但很健壮的男子,感觉他好像是刚才和钱鸣松跳舞的人,"我还以为沈小姐在这里呢。我找她给我开门。"

"噢,小沈,她在楼下呢。"男子很快地回手关上电灯和房门,然后大声冲楼下喊道,"小沈,客人回来了,开门!"

"来啦。"随着声音,沈小姐快步跑上来,麻利地打开203房间的门,然后满脸堆笑地说,"孙局长,您回来怎么没在楼下叫我呢?"

"没事儿,没事儿。"孙飞虎支吾了两声,走进自己的房间。关上门后,他听见沈小姐和那个男子边说话边走下楼去,好像还提到他的名字。

孙飞虎小心翼翼地锁好房门,躺到床上。

这一夜真难熬,因为他彻夜未眠。

第七章

天终于亮了，孙飞虎的心情好了一些，但他的头仍然是昏沉沉的。他决定出去走走，让新鲜空气促进身体的新陈代谢。

太阳还没有出山，只在东边的天际染上一抹红晕。孙飞虎走出黑云仙楼，站在门口，贪婪地呼吸了几口略带潮湿的空气。他的大脑清醒了许多。

游客们大都沉浸在睡梦之中，宾馆的工作人员还没开始工作。孙飞虎没有往红云仙楼的方向走，而是跨出走廊，朝着他昨晚没敢去的方向，来到黑云仙楼的后面。这里杂草丛生，不远处的山坡上长着茂盛的枇杷树。他踩着露水，来到自己房间的窗户下面。虽然所有的窗户都让窗帘遮得严严实实，他还是不住地伸伸胳膊踢踢腿，作出深呼吸状，但他的眼睛在仔细地查看地面。他发现自己不是第一个到这里来的人，因为草地上有新近被人踩过的痕迹。然而，他没有找到那只小蝙蝠的尸体，心中有些怅惘。

孙飞虎走到黑云仙楼的东头。他抬起头来，看着那间神秘小屋的窗户。他发现那个小屋的窗户竟然是开着的。他愣愣地站了一会儿，迈步往回走去。

在黑云仙楼的门口，孙飞虎遇到了李艳梅。李艳梅不无惊讶地说："老孙，你这么早出去干什么了？"

孙飞虎故作轻松地说："呼吸新鲜空气嘛。"

"你好啦?"

"差不多吧。"

"那太好了。昨天晚上他们还说,如果你好了,咱们就去一线天,反正也不用爬多少山。不过,我对他们说,你至少还得再休息一天。"

"我也是这样想的。但是,我也不愿意耽误大家。"

"没关系,我们原来就计划今天去天游峰。那里的山很高,路也不好走,你就别去了。不过,如果你需要,我也不去,在家陪你。"

"你去吧。我没问题,休息休息就好了。"

"那好,我们就明天去一线天吧。"李艳梅转身往楼里走,嘴里还高兴地说,"今天这天气多好啊! 难得。"

众人走后,孙飞虎站在窗前。他觉得感冒基本上好了,只是身体还很虚弱,偶尔会感到头晕目眩,而且肚子也有些不太舒服。他知道自己目前最需要的是睡眠。他真想吃两片安眠药,但是艳梅说不用吃,因为感冒胶囊里就有帮助睡觉的成分。他觉得妻子的话有道理,就按最大剂量吃了感冒胶囊。

服务员清扫房间之后,楼上一片寂静。孙飞虎躺在床上。然而,睡意好像在和他作对,迟迟不来光顾。他的头又开始隐隐作痛。他的心情又开始烦躁起来。他想到一句俗语:没做亏心事,不怕鬼叫门。然而,他做的是亏心事吗? 他那时还很年轻,又是那种特殊的处境,他当时也没有想到自己那几句话就会给蒋师傅惹来那么大的灾祸呀! 当然,他从心里觉得对不起蒋师傅,因为蒋师傅毕竟救过他的命。无论怎么说,他的行为都不高尚。即使算不上恩将仇报,也得算自私自利。其实,他当时就觉得愧对蒋师傅,并且大哭了一场。不过,他那样做也是无可奈何呀。为了保护自己，为了自己的前程，他还有别的选择吗？

孙飞虎在心中为自己开脱。这些年来，他一直在这样为自己开脱，才能保持"高昂的生活姿态"。这是他很喜欢说的一句话。人就是人，不可能不自私。大难当头，一个人首先要考虑如何保护自己。这有什么错？要说亏心事，谁没有做过？他就不信这世上真有一辈子都没做过亏心事的人。绝对没有！他敢跟任何人打赌。再说，他做过的亏心事也不只那一件啊。后来，他还做过比那更大的亏心事呢！但那是第一次。有了第一次，再做第二次、第三次就不那么困难了。现在看来，他过去做的那些亏心事并不都是必要的。有些就是因为年轻时太荒唐，太欠理智。他有些后悔。然而，如果他当年不那样做，他能有今天的地位和生活吗？想到此，他又心安理得了。人生就是这样，充满了竞争，不，应该说是"斗争"。这也是他喜欢用的词语。强者生存，适者生存，因为优胜劣汰是自然界最基本的生存规律。

现在，有人又找上门来与他"斗争"了。他不怕斗争，甚至有点喜欢斗争。毛主席说过，与人斗，其乐无穷嘛。他算不上身经百战，但也有相当丰富的"斗争"经验了。他觉得自己过去在面对"斗争"的时候都很勇敢很自信，然而，这一次他却有些心虚，甚至有些恐惧，因为他不知道对手是谁，也不知道对手在什么地方。俗话说，明枪易躲，暗箭难防。他站在明处，对手躲在暗处。从这一点上来说，他已经处于劣势了。他必须改变这种形势。

孙飞虎想，怎样才能让对手暴露身份呢？毫无疑问，对手就在他的周围，就在这家宾馆里。这个人是谁呢？也许，他应该假装心神不定，惊惶失措，让对手以为得逞，在得意之时暴露身份。也许，他应该装出若无其事的样子，参与大家的活动，让对手急于采取下一步的行动。这个对手究竟要干什么呢？是恐吓，还是要……想到此，孙飞虎的心又颤抖了一下。

这一天，孙飞虎就在这样的思考与忧虑中度过了。

5月4日早晨，孙飞虎决定跟大家一起行动，以便察言观色，见机行事。虽然他感觉身体虚弱，但是强打精神，和李艳梅一起到餐厅去吃早饭。钱鸣松等人见到孙飞虎，都很高兴。他们谈论了昨天去天游峰的趣事，并约好早饭后就出发去一线天。

武夷山的一线天很有特色，它位于一个山洞的里面。这个山洞分为三部分：前部是一条狭长的岩下石洞，犹如一条长廊；中部是一个高大的洞穴，很像个大厅；后部是一个越来越向上而且越来越狭小的长洞，仿佛是一条通向山体内部的地道。这"地道"的尽头就是一线天。

六位老同学跟随一名女导游走过"长廊"，来到"大厅"。导游说，沿着大厅后面的小洞走过去就到一线天了。不过，一线天的路很难走，又窄又陡。最窄的地方只能容一人侧身通过，而且太胖的人不行。导游说到此特地看了一眼孙飞虎的肚子。众人都笑了。导游说，她不去一线天，游客中不愿意去爬一线天的人可以跟她走洞外的小路，到一线天的出口等候。

李艳梅问丈夫："老孙，你身体不太好，就别爬一线天了吧？"

没等孙飞虎回答，钱鸣松抢先说："咱们孙局长的身体倒没有什么，就是那个肚子大了点儿，恐怕卡在一线天里，就出不来啦！"

孙飞虎笑道："你们别小看我这肚子，其实它可大可小。平时，我让它大，为的是能容天下难容之事。"

"这么说，您是弥勒佛喽！"女诗人快人快语。

"那咱可不敢当，只能说是一种追求。"

"难怪艳梅让你给弄到手了，原来你沾了佛祖的光呀！"

一直没有找到机会说话的周弛驹大声说："飞虎，你别净说大话，先把你那肚子变小一次，让咱们开开眼。"

"这有什么难的？"孙飞虎说着，果然拿出练功的姿势，屏气收腹。那效果还真挺明显，大肚子一下子小了许多。众人鼓掌叫好。

李艳梅仍然有些不放心，"老孙，你可别逞能。"

"没问题，夫人，你就放心吧。我今天是不过一线天非好汉！"孙飞虎说着就要带头往前走。

钱鸣松连忙拦住孙飞虎，"就算您要当好汉，也别打头阵呀。万一您卡在里面，我们也都过不去啦。那可真是'一虎把关，万夫莫开'！绝了！"

"绝路？"周弛驹故意打岔，"那不能够！只要有我老周在，就没有过不去的路！来，还是我打头吧。"周弛驹绕过孙飞虎，大步向前走去。

在小洞的入口处站着几个当地的孩子，拿着手电筒，纷纷劝说游人用他们带路，因为里面很黑，而且石头很滑，容易出危险。于是，周弛驹就掏钱雇了站在最前面的男孩子。

他们穿过小洞，来到一线天入口。这一线天是两块非常巨大的山岩之间的缝隙，高约百米，长近二百米，中间最窄处宽不到一米。众人仰头观望，只见黑暗中一条窄窄的蓝天，都情不自禁地赞叹大自然的神奇。然后，他们沿着岩缝中由石块组成的台阶向上爬去。

跟在男孩子后面的是周弛驹和吴凤竹，然后是钱鸣松，接下来是李艳梅和孙飞虎，寡言少语的赵梦龙断后。

岩缝越来越窄，路越来越难爬，人们都必须手脚并用才行。孙飞虎的呼吸越来越急促，速度也越来越慢，李艳梅不得不停下来等候，并且在脚下石阶太高时拉丈夫一把。赵梦龙则在后面不断鼓励。孙飞虎费了很大力气终于爬上一个将近有一米高的石阶后，感觉有些头晕，便靠在石壁上休息。

在前面，周驰驹紧跟着男孩子，还不断催促。男孩子说，你别着急，这两边还有好看的东西呢。随后，他站在石阶上，蹲下身来，用手电筒的光指着斜上方的岩穴，小声说，你们看，那里是什么东西。就在周驰驹把头靠过去，侧身观看的时候，男孩子一把抓住他胸前的项链，猛力一拽，然后飞身向前跑去。周驰驹大叫一声"我的项链"，刚要去追，只见那岩穴中飞出一片白色的东西，呼啦啦从众人的头上掠过。

下面，孙飞虎惊叫一声，身体摇晃两下，从那块巨石上仰面朝天摔了下来。赵梦龙猝不及防，被砸倒在地上。

前面的李艳梅和周弛驹费了一番周折才退下来，他们在狭窄的岩缝中扶起孙飞虎和赵梦龙，钱鸣松和吴凤竹则站在上面不停地询问。

赵梦龙只是胳膊上有点擦伤，但孙飞虎昏迷不醒。众人决定从原路退回。于是，以赵梦龙和周弛驹为主，众人连抬带抱，费了很大力气才把孙飞虎弄了下来。

来到下面的大厅，光线明亮了。他们把孙飞虎放在地上，只见他双眼紧闭，头发中流出鲜红的血水。这时，大家都不禁有些慌乱。赵梦龙还比较冷静，他让吴凤竹去找导游，又让钱鸣松到公路上去拦截汽车，然后他和周弛驹、李艳梅一起把孙飞虎抬下山去。

汽车把孙飞虎送到武夷山医院。听说受伤者是来自北京的局长，医院领导非常重视，立刻组织人员抢救。经过检查，医生认为孙飞虎头部的伤势并不太重，可能还是身体虚弱造成的昏迷，便一边用药，一边观察。

傍晚，李艳梅见孙飞虎的情况比较稳定，认为没有必要都陪在这里，就让大家回宾馆去，自己留在医院守护。吴凤竹坚决要求在医院陪伴李艳梅，别人也觉得李艳梅应该有个伴，以便关照。于是，赵梦龙、周弛驹和钱鸣松就返回五云仙宾馆。

次日上午，赵、周、钱三人来到医院，发现急救室门口的气氛相当紧张，李艳梅和吴凤竹的神态也不正常。钱鸣松忙问出了什么事。吴凤竹说孙飞虎不仅一直没有清醒过来，还出现了心力衰竭的现象。

医院正在抢救孙飞虎，一些身穿白大褂的医生和护士急匆匆地进出急救室。李艳梅五人焦急不安地等候在走廊里。

时间一分一秒地过去，李艳梅坐在长椅上，面色苍白，目光疲惫。钱鸣松和吴凤竹不时地劝慰，但她们也知道那些话语没有太大意义。

快到中午时，急救室里安静下来。又过了一会儿，一个医生走出来，语音沉重地告诉李艳梅，虽然他们尽了一切抢救的努力，但是孙飞虎的心脏还是不可逆转地停止了跳动。

孙飞虎死了？

李艳梅等人冲进急救室。然而，当她们面对病床上那个已然没有生命的身体时，都惊呆了。

李艳梅伏在病床边上，泣不成声。吴凤竹和钱鸣松也流下了眼泪，赵梦龙和周弛驹则默默地站在一旁。

来时六个人，现在只剩下五个。他们都想到了那个纸签——黑云北飘雁南飞，六人同游四人回；一人乘云随仙去，一人追雁断魂归。签中的话语似乎已然应验，那么下一个人是谁？他们不约而同地摸了摸胸前的护身符。周弛驹愣了，因为他的护身符不见了。

第八章

哭泣声停止了，劝慰声也停止了，武夷山医院的急救室内一片沉寂。敬畏死亡，是人类的本性。面对病床上那个由白布勾勒出来的人体轮廓，每个人的心情都很沉重，尽管他或她想到的事情并不相同。

过了许久，李艳梅才目光呆滞地说："我真傻！明知他感冒刚好，身体还很虚弱，根本就不该让他去爬一线天。我应该坚持让他跟导游一起走……"

钱鸣松打断了李艳梅的话，"这不能怨你，应该怨我。我不该取笑他，不该用话去激他。不过，谁也没想到会发生这种不幸的事情啊！"

周弛驹连忙响应道："这确实是个意外，也应了那句老话——天有不测风云，人有旦夕祸福。我也不好，不该跟着起哄，弄得他没有了退路，只好硬着头皮去爬一线天。其实，我当时觉得他心里并不一定真想去爬。如果咱们给他个台阶下，他大概就不去了。咱们这些老同学呀，聚到一块儿就忘了自己的岁数，净瞎胡闹！咳，现在说什么都晚了，后悔也没有用哇。现在这世界上卖什么的都有，可就是没有卖后悔药的嘛！"

吴凤竹觉得丈夫的话不太得体，便瞪了他一眼，对李艳梅说："我当时也觉得老孙的身体不适于爬一线天，挺虚弱的。我本来想劝他别爬了，可是又怕扫大家的兴，结果话到嘴边却没说出来。现在想起来,真是很后悔。"

赵梦龙看了看大家,皱着眉头说:"这事儿也怪我当时的反应太慢,太迟钝。老孙就从我前面的石头上摔下来,我居然没有抱住他。我真没用!"

"那不能怪你。这事儿来得太突然,谁的心里都没有准备。再说,那里又陡又黑,没把你也摔坏,就已经是万幸了。"虽然李艳梅的声音还很低沉,但是她已经控制了自己的情绪。说完这话,她又对大家说,"你们都不用说了。这事儿已经发生了,大家没必要再责怪自己。我明白,这事儿谁都没有责任,这就是老孙的命!人活在世上,很多事情都是命里注定的。"

众人都沉默了,但脸上的表情轻松了一些。

李艳梅想到另外一个话题,转身问周驰驹:"对了,我一直还没有机会问你。你当时在一线天里看见什么了?怎么还大喊了一声?"

众人都把目光投向了周驰驹,后者用舌头舔了舔嘴唇,小声说:"我喊的是项链。我的项链让那个小孩儿给抢走了。"

"什么?"钱鸣松瞪大了眼睛,"就是你那根金项链?"

"是的。"周驰驹沮丧地点了点头。

"哇,那可值好几十万哪!"钱鸣松不住咂舌。

"你应该去报案。"赵梦龙在一旁说。

"咳,身外之物,就算了吧。"周驰驹摇了摇头。

钱鸣松用惊讶的目光看了一眼周驰驹,又把目光投向吴凤竹,而后者没有做出任何反应。

周驰驹若有所思地说:"我那个护身符也不见了,估计是让那个孩子一把都给抓走了。没准儿,这个损失更大呢!"

赵梦龙说:"我们至少应该去找找那个孩子吧?"

周驰驹摇了摇头,"没有意义。我们人生地不熟的,而且那个孩子身后肯定是有人指使。"

赵梦龙说:"你怀疑那个道士?"

周驰驹点了点头,没有回答。

房间里一片沉静。

钱鸣松又找到了一个话题:"对了,那洞里飞出的究竟是什么东西?"

周驰驹说:"好像是蝙蝠。"

"蝙蝠哪有白的?"女诗人不以为然。

"怎么没有?你在道士那里抽的签上写的不就是白蝙蝠嘛!一线天,白蝙蝠。看来那个道士的签确实很灵啊,我们应该给他钱。"周驰驹很认真。

众人都点了点头。

吴凤竹说:"那确实是蝙蝠。后来我问了导游,她说,那是一种白蝙蝠,非常罕见。她还说,白蝙蝠神出鬼没,通灵性,识善恶。谁要是干了坏事儿,或者得罪了它们,准得遭报应。"

"你的意思是说……"女诗人嘴快,但是没有把心里话都说出来。

赵梦龙说:"算了,大家都别说了,也别胡思乱想了。我看,咱们还是商量商量下一步该怎么办吧。"

大家又都沉默了。原定的旅游该结束了,但是发生了这种事情,他们不能走了。尽管他们的心里都很想立刻离开这不祥之地,但事情没处理完,他们都不好意思离去。

李艳梅明白大家的心思,叹了口气说:"你们回宾馆收拾一下东西,该走就走吧,我一个人留在这里处理后事就行了。真没想到是这么个结局。唉!"

周驰驹看了看女诗人,见她似乎在想着什么心事,便一拍胸脯,对李艳梅说:"咱们是一起来的,就得一起走。艳梅,你也别不好意思，咱们都是老同学了，遇到这种事情，谁能拍拍手就走呢？没什么可说的，咱们帮你一起处理后事。你说呢，梦龙？"

吴凤竹抢先附和道："对，咱们不能把艳梅一个人留在这里处理后事。"

赵梦龙说："我看咱们还是先通知飞虎的单位吧。这种事情，由他们单位的人出面处理比较好。"

周弛驹看着一直没有说话的女诗人，奇怪地问："鸣松，你是不是有什么事情，得先回去呀？"

钱鸣松没有理会周弛驹的话，转身问李艳梅："医生都到哪里去啦？怎么也没人给咱们一份检验报告啊？"

李艳梅问："什么检验报告？"

钱鸣松说："死亡原因呀。"

周弛驹说："这不是很明确的嘛。"

钱鸣松问："明确什么？"

周弛驹说："老孙是摔死的。这是大家都亲眼看见的。难道还有问题吗？"

钱鸣松摇了摇头，"我看问题不那么简单。"

赵梦龙问："那你认为老孙是怎么死的呢？"

钱鸣松说："我怎么会知道呢？我只是觉得老孙死得有些奇怪。挺大的一个人，一个跟头就摔死啦？"

周弛驹说："那有什么可奇怪的？我告诉你，人的生命是很脆弱的！"

李艳梅用疑问的目光看着女诗人，"鸣松，你好像有什么想法。咱们都是老同学了，你的心里有什么话，尽管说出来，让大家听听。"

钱鸣松犹豫了一下才说："我总觉得老孙的死和那些白蝙蝠有关系。"

"为什么?"李艳梅又问。

"我也说不清楚,就是一种朦胧的感觉。"钱鸣松说。

"诗人的感觉,还是朦胧诗,对吧?"周弛驹说。

"都什么时候了,你还开玩笑!"吴凤竹瞪了丈夫一眼。

"我不是开玩笑,我只是想知道鸣松到底有什么根据。"周弛驹解释之后又向钱鸣松说了一句,"对不起。"

"没关系,我不在乎。"钱鸣松宽容地笑了笑,但是那笑容不太自然。

吴凤竹说:"我觉得鸣松的话有一定道理。"

"为什么?"李艳梅又把目光转向了吴凤竹。

"你们忘了那个女导游说的话啦?"

"什么话?"

"白蝙蝠是通灵性,识善恶的,而且……"

"而且什么?"周弛驹用责怪的目光看着妻子,"你怎么能够相信那种话呢?"

"我不是那个意思。"吴凤竹解释说,"我是想,那些白蝙蝠的身上会不会带着什么有毒物质,把老孙给毒死了呢?"

"您这想象力可真够丰富的!"周弛驹苦笑道。

"有道理。"赵梦龙点了点头,若有所思地说,"大千世界,无奇不有啊!"

李艳梅扫了大家一眼,"你们这是怎么啦?怎么说起话来都这么难懂呀!"

"我觉得你们的说法太玄了。不过,你们倒让我产生另外一个念头。你们说,这里会不会有医院的责任啊?"周弛驹这回没用他的大嗓门。

"你是说,医疗事故?"钱鸣松小声问。

"这是一种可能性,还有别的可能性呢。比方说……"周弛驹的话被开门声打断了。众人回头,只见两位身穿白大褂的医生走了进来。

由于孙飞虎是局级干部,所以当地有关部门非常重视。这种级别的干部在北京很多,但是在武夷山这种小城市就绝对是"大官"了。

武夷山市医院的冯院长和负责给孙飞虎治疗的陈医生一起来到急救室。冯院长首先向李艳梅等人表示慰问,然后谨慎地说:"我们对孙局长的抢救工作是竭尽全力的,凡是能够采取的措施我们都采取了,陈大夫也是我们医院最好的医生。但是……我们没能救活孙局长。对此,我们感到非常难过,非常难过。"

李艳梅语音平静地说:"医院确实尽到了努力,这是我们都看到的。陈大夫这两天基本上没有睡觉。我的心里非常感激。冯院长,您放心,我不会提出任何无理要求的。"

冯院长如释重负地说:"谢谢,谢谢!您能够理解我们的工作,我们非常感谢,非常感谢!"

李艳梅说:"您太客气了。不过,我还有一个问题。"

"您请问。"冯院长的表情又有些紧张起来。

李艳梅犹豫片刻,似乎是在考虑措辞,然后问道:"我想知道,老孙究竟是怎么死的?我是说,他真的是因为头部的摔伤而死的吗?"

冯院长说:"啊,这个问题最好由陈大夫回答。"

陈大夫看来早有准备,他向前走了一步,从容地说:"坦率地跟您讲,我现在也不能确定孙局长的死亡原因。根据我对病人的观察和我的经验,我认为孙局长头部的伤不足以导致死亡。"

钱鸣松在一旁忍不住问:"您的意思是说孙飞虎不是摔死的,对吗?"

"我们不是说摔伤和孙局长的死亡毫无关系,但是我们认为,摔伤可能只是死亡的诱因。"冯院长在一旁小心翼翼地补充道。

"那么他死亡的真正原因是什么呢?"钱鸣松追问道。

"到目前为止,我们也没有发现任何明确的致死原因,也许他是死于某种我们还没有发现的疾病。"陈大夫转向李艳梅问道,"李老师,孙局长以前有没有得过病?或者有没有过特殊的症状?"

"没有哇。老孙的身体一直很好,连他们单位的医务室都很少去。"

"所以,我们想跟您商量一下。"陈大夫看了一眼冯院长才继续说,"李老师,如果您同意的话,我们想对孙局长的尸体进行解剖,以便查明死亡原因。您同意吗?"

"有这个必要吗?"李艳梅反问了一句。听声音,她似乎不想让医院解剖丈夫的尸体。

"当然有必要啦。孙局长在我们这里意外死亡,我们有责任查明他的真正死因。我想,您也愿意得到一个明确的答复。对吗?"

"这个……"李艳梅犹豫了。

钱鸣松见状在一旁说:"我看应该查一查。反正尸体最后也得火化,解剖怕什么?把死亡原因查清楚,省得大家心里都闷得慌。"

另外几个人也都认为有必要解剖尸体。李艳梅觉得再坚持下去不太合适,就同意了,跟着陈大夫去办理了解剖尸体所需的有关手续。

五个老同学离开医院,坐车回五云仙宾馆。一路上,他们都没有说话,仿佛都在想着各自的心事。

进入宾馆之后,周驰驹快步走上楼梯。其他人明白了,也都跟了过去。在两廊中间的平台处,他们看到了条案和神龛,却没有见到五云真人。就在他们四处张望时,一位值班经理走过来,问他们有何需要。周驰驹说，他们几天前在这里求过签，非常灵验，想找五云真人，表示感谢。值班经理说，五云真人外出云游了，不知何时回来。五人都有些沮丧，也都有些茫然。

来到黑云仙楼的二层，五个人不约而同地停住脚步，似乎都想说什么，又似乎都在等待别人说什么。后来还是钱鸣松说，大家都回去休息吧，晚上6点一起去吃饭。于是，五个人分别走进自己的房间，而且都关上了房门。

站在安静的房间里，一种难以名状的感觉从李艳梅的心底油然升起。那感觉中既包含着悲哀和恐惧，也包含着忧虑和不安，而且还有一些隐隐约约难以捉摸的东西。她觉得精神疲惫，便躺到床上，慢慢地闭上眼睛。她真想睡一大觉，但是没有困意。她的头也开始隐隐作痛。

突然，隔壁孙飞虎住过的房间传来关门的声音。虽然那声音很轻，但是李艳梅的听觉在内心恐惧的作用下显得非常灵敏，因此她毫不怀疑那声音的来源。于是她一翻身站起来，轻手轻脚地走到门边，开门走了出去。

楼道里没有人。她轻轻走到那房间的门前，仔细听了一会儿。她听到屋里有人走动，便打开房门，她看见姓沈的女服务员正弯着腰在床前打扫卫生。

沈小姐听见开门声，回过头来，见是李艳梅，就直起身来，微笑着问："李老师，您有事情吗？"

"呵，没什么事儿。"李艳梅反倒觉得有些尴尬了。

"您需要什么东西吗？"

"不，不需要。对了，这个房间先不用打扫了。"

"为什么呢？"

"因为，他不会回来住了。"

"您是说孙局长已经走了吗?"

"哦,他……对,他是走了。"

"那需要退房吗?"

"暂时……先不用退了,我还得收拾东西呢。"

"那好吧,我先走了。"沈小姐知趣地告辞了。她从李艳梅的身边走过去,在门口又回过身来说,"李老师,打扰您休息了,请您原谅。"

服务员走了,门也关上了。李艳梅一个人站在孙飞虎曾经住过的房间里,默默地望着室内的东西。

第九章

　　武夷山市公安局刑警队长郑建军身材不高，小平头，国字脸，鼻直口正，浓眉大眼。虽然他已年近不惑，但是身材还像个体操运动员，而且是红光满面，看上去像个小青年。大概因为常年的烟熏酒泡，他的嗓音很有些沙哑。不过，也有人说他的声音"极富男性魅力"，"特招姑娘喜欢"。由于他性格活泼豪爽，爱说爱笑爱打爱闹，所以上下左右的同事都很喜欢他。不过，一旦他瞪起那双圆眼再用烟酒嗓吼人的时候，也能让人心惊胆战。

　　女刑警王卫红的身材很好，相貌一般，再加上皮肤较黑，看上去像个吃苦耐劳的农村姑娘。她的个头儿比郑建军略高，长相也比较老成，两人站在一起，常被别人戏称为姐弟。其实，她比郑建军年轻十岁。

　　郑建军很欣赏手下这员女将的工作能力和吃苦精神，所以在亲手办理重大案件时，总要带上她。眼前这起案件虽然不一定复杂，但死者是个大干部，市里点名让他"急办"，他只好把正在调查的那起走私案交给别人。对此，他心里很有些不痛快。不就是死了个局长嘛，有什么了不起？说不定还是自杀！如果死的是个平头百姓，早就送火葬场了。什么世道！郑建军在肚子里骂了一句。他这人有个刑警中少见的优点，不说脏话。用他自己的话说，脏东西不能"出口"，影响国家形象。有时候，一些难听的语词已经挤到嘴边，他能只做个口型,不出声,再给咽回去。他说,这叫"出口转内销"。牢骚归牢骚,工作还得照样干。郑建军找来王卫红,研究了一下有关的材料,决定先摸摸情况。

5月7日,朝阳刚刚撕开山间的晨雾,郑建军和王卫红就开车来到五云仙宾馆。他们先在经理室找到冯大力。这位冯经理长得五大三粗,黑红脸膛,一身高档西装仍然遮不住农民形象。他见人说话时总是乐呵呵的,但是目光中带着狡黠和机警。听了郑建军的来意,他立即叫来前台服务员,让她向两位刑警介绍孙飞虎一行的情况。然后,他亲自带着郑建军和王卫红来到黑云仙楼,趁游客都去餐厅吃早饭的时间让服务员沈小姐打开孙飞虎死前居住的203房间。一切安排妥当,冯经理才向两位刑警告辞,去忙自己的业务。

站在房间门口,郑建军察看室内的陈设,王卫红随口问女服务员:"你们这里是什么规矩?是把客房钥匙交给客人自带,还是由服务员统一保管?"

沈小姐回答说:"由服务员统一保管。客人每次从外面回来都要叫服务员给开门,这样便于我们管理。"

王卫红又问:"这两天有人来打扫过房间吗?"

"我前天来打扫过一次,但是就只有那一次,因为孙局长的妻子说不用打扫了。那次打扫的时候,我也只是简单地收拾了一下房间,孙局长用过的东西我都没有动。虽然我当时还不知道孙局长已经死了,但是我从不动客人的东西,这也是我们宾馆对服务员的要求。"沈小姐面带微笑。

郑建军觉得这个女服务员有些饶舌。又没问你,说那么多干吗?他往室内走了两步,转回身来,问道:"你觉得有变化吗?我是说,这房间里的东西。你那天收拾房间时就是这个样子?"

沈小姐很认真地看了室内的陈设,"好像没有什么变化。不过,我也说不好，因为我当时没注意。"

郑建军又问："这两天还有别人进过这个房间吗？"

"只有孙局长的妻子李艳梅进过这个房间。"说完之后，沈小姐想了想，又补充了一句，"别人没找我要过钥匙。"

"谢谢。"郑建军戴上白手套，和王卫红一起开始现场勘查。郑建军负责查看，王卫红负责照相和记录。他们按照顺时针方向，沿着墙边摆放的家具，仔细地查看了房间里的衣柜、写字台、电视柜、沙发和茶几，没发现值得注意的情况。然后，他们来到孙飞虎睡过的床边。

郑建军拉开床头柜的抽屉，见里面放着一些药瓶和药盒。他先让王卫红拍了照片，然后小心翼翼地逐个拿起来，查看一番，再交给王卫红，让其放在专门的塑料袋里并做好记录。这也没什么特别之处，一切都是照章办事。

最后，郑建军掀开床上的被单和毛毯看了看，又拿起枕头看了看，也没发现什么。然而，就在他把枕头放回原处时，一点细微的声音引起他的注意。那是纸张折动的声音。他把枕头翻过来，用手轻轻按压一遍，然后从枕套内摸出一张折叠的白纸。他把纸打开，只见上面画着一只黑色的蝙蝠。

郑建军小心翼翼地把那张纸举到眼前，从正面看了看，又从反面看了看，然后递给王卫红，"A4复印纸，蝙蝠画得不错，够专业的，对不对？"

王卫红接过纸来，也前前后后地看了一番，"确实画得不错，可就是样子挺怪。有什么意思吗？"

"难说。不过，看人家藏得这么小心，还真有点意思。人家稀罕的东西，我们也得稀罕，对不对？"这"对不对"是郑建军的口头禅。由于刑警队的人都习惯于把郑队长简称为"郑队"，所以每当郑建军给刑警队开会讲话中说到"对不对"的时候,下面准有人小声答茬说"正对"。

"哪个'人家'?"

"在这床上睡觉的人呗,还有谁?"郑建军看了王卫红一眼,突然又想起一个问题,"啊,你问得也有道理。别人藏的?也不是不可能,不过,"郑建军若有所思,"那可就是孙飞虎死后的事情了。对不对?"

"为什么?"

"谁要是在我的枕头里放这么张纸,我准睡不着觉。你能睡着吗?"

"没试过。"

"回去试试,有好处。"

"记下来吗?"

"当然。我们现在是两手空空,有什么拿什么,别嫌麻烦。这个案子,说不准人家要什么。对不对?"

"这个'人家'又是谁呀?"王卫红明知故问。

"我怎么知道!"郑建军向浴室走去。

王卫红瞟了郑建军一眼,笑了笑,"那也不能连床都给搬走吧?"

"没准儿。先封起来再说。"郑建军也不知为什么心中升起一股无名火。

"跟谁撒气哪?你可是队长。"王卫红早就觉得郑建军今天的气不顺。

郑建军看了王卫红一眼,没有说话。不过,他也意识到自己的态度有些过头。对世道不满,也不能拿工作开玩笑,何况还是在下属面前。他喘了口大气,站在浴室的大镜子面前,冲自己笑了笑,算是调整心态。

郑建军和王卫红勘查完室内现场,又在走廊里看了一圈。郑建军来到走廊东头那间锁着的小屋门前,看了看,问跟在身后的女服务员:"这间不对外吧?"

"是的。"沈小姐点了点头。

"给黑云仙留的?"郑建军又问。

"您以前来过我们宾馆吗?"沈小姐的目光中带着惊奇。

"没有。"

"那您怎么知道的?"

"猜的。我这人没别的本事,就会猜。有时也猜不好,瞎猜。要不,我给你猜猜?"

"我有什么好猜的。"

"比方说,你有没有对象。"

"别净跟人家小姑娘逗闷子。"王卫红在一旁说,"你看人家脸都红了。"

"噢,我忘了,这儿还有一位大姑娘呢。"郑建军用手敲了敲那小屋的门,又问服务员,"能进去参观参观吗?"

沈小姐说:"那得去找经理要钥匙,我们也进不去。"

"那么复杂!算了吧,下次再说。"

郑建军向沈小姐表示感谢,然后和王卫红带着提取的物品向楼下走去。在黑云仙楼与红云仙楼之间的那个天井处,他们遇到了吃饭归来的李艳梅等人。由于郑建军和王卫红都穿便衣,所以那五位游客没有注意他们。

郑建军和王卫红来到经理室。郑建军对冯大力说他们想借一个房间,和那五位游客谈话。冯经理非常热情,立即带他们来到红云仙楼的二层,让人打开一间会议室,供他们使用。冯经理走后,郑建军和王卫红商量一番,然后王卫红便打电话给黑云仙楼的服务台,请二楼的五位游客到主楼二层的会议室来。

李艳梅等人默默地走进会议室,眼睛里带着探询的目光。众人坐下之后,郑建军先做了自我介绍,然后面带微笑地说:"各位,你们都是大学者,大作家。如果我跟你们说什么'久仰大名',你们绝对接受,还很自然。为什么?因为你们的成就已经到这份儿上了。但是我不能说,因为我确实没有'久仰'。对不对?这不是说你们的名气不大,不是那个意思,是我这人知识面太窄,孤陋寡闻。你们那些学问,什么佛学、美学、诗学、玉石学,太深,我不懂,也不能装懂。就法学还沾边,但是也缺乏系统的学习。对不对?这就是我首先要说的一点。还有呢,就是我们今天要谈的正题了。"

郑建军从手包里拿出一个小本,打开来,看了看,继续说:"我想你们已经猜出我们来的目的了。对,就是关于孙飞虎死的事情。通过刚才的话,你们也都看出来了,我这个人喜欢直截了当,不爱绕圈子。浪费时间,对不对?医院的尸体解剖报告出来了。他们没想到,大概你们也没想到,孙飞虎不是摔死的,而是中毒死亡。"

"真是中毒死的?"钱鸣松惊叫一声。

其他四个人也都用不同方式表达了相似的惊讶。

郑建军看着几位听众的表情,故作惊讶地说:"你们已经知道啦?我本来还以为这能让你们大吃一惊呢,结果是你们让我大吃了一惊。医院说,还没有把解剖报告给你们。你们是怎么知道的?"

"是我猜的。"钱鸣松不无得意地看了赵梦龙一眼。

"那我们俩今天可以切磋切磋了。我这人也喜欢猜,当然是猜不准的时候居多。我猜,你就是诗人钱鸣松吧?"郑建军的语调非常轻松,"请问,你是怎么猜出来的呢?我是指那中毒的事情。"

"跟着感觉走呗。"钱鸣松答了一句，便有些迫不及待地追问，"孙飞虎是中什么毒死的？是不是那些白蝙蝠身上的毒啊？"

"白蝙蝠？"郑建军确实有些莫名其妙了。

"对呀，那天我们在一线天碰上一群白蝙蝠，孙飞虎才从石头上摔下来的。我们听说那白蝙蝠能让人死，大概是身上有毒。"钱鸣松说得有声有色。

"啊，不，不，不。"郑建军一连说了三个"不"。"这事儿跟白蝙蝠没什么关系。"

"真的？"钱鸣松的声音中带着明显的失望，"那孙飞虎中的是什么毒？"

"呋喃丹。你们听说过吗？"郑建军似乎是漫不经心地看了几位听众一圈，听众都摇了摇头。

郑建军又说："这是一种农药。说老实话，我以前也没听说过。我请教了专家，专家说，吃这种农药死的，一般都是自杀。今天找各位来，就是想听听你们的意见。你们了解孙飞虎，他会自杀吗？"

五位老同学互相看了看，都沉默了。

郑建军见没人说话，就又说："你们看，我这人可是心里藏不住话，有什么就说什么。当然啦，这也因为我相信你们。我这个人，办案最讲究群众路线。这是我们公安工作的优良传统。对不对？现在有人说什么群众路线过时了。胡说八道！甭管到了什么时候，电子时代，信息时代，超现代，后现代，反正办案都离不开群众的支持。对不对？具体说，就是你们的支持。请各位谈谈吧。"

钱鸣松向两边看了看，见别人都没有说话的意思，就说："我认为孙飞虎不是自杀。我曾经看过一本书，专门研究自杀者行为表现的。那本书上说，自杀者在自杀之前往往都有反常的行为表现。我觉得这话很有道理。但是，孙飞虎这几天的表现一直很正常，情绪也挺乐观，没有一点儿要结束自己生命的迹象嘛。所以我认为，他不可能是自杀！"

郑建军说："可是，我听说孙飞虎到武夷山后就大病了一场。对不对？"

钱鸣松说："这不假。但那不过是感冒，不可能使他产生自杀的念头。"

人们又沉默了。

过了一会儿，吴凤竹说："我也觉得孙飞虎不会自杀。我没有研究过自杀者的行为，但是我认为自杀的人往往都是心眼儿小、想不开的人。孙飞虎不是那种人。"说到这里，她转头看着李艳梅，"艳梅，你和飞虎是老夫老妻了，你最了解他的情况。你说，他这人会自杀吗？"

李艳梅见众人的目光都落到自己身上，只好说："我当然也觉得老孙不会自杀。但是，我想告诉你们一个情况，老孙并不像你们看见的那样心情舒畅。咱们到这儿的第二天，他就对我说，他觉得根本不该来武夷山，不该搞这次旧地重游。我问他为什么，他没有告诉我，就说心里觉得不该来。我当时不愿意影响大家的情绪，就没把这事儿说出来。"

"你的意思是说孙飞虎有可能自杀。对不对？"郑建军眯着眼睛，看着李艳梅。

"我只是说他的心情不好，并没有说他可能自杀。"李艳梅很认真地纠正了郑建军的说法。

赵梦龙在一旁若有所思地说："如果孙飞虎是自杀的话，那他干吗不用别的方法呢？比方说，从山顶上跳下去，或者跳到河里去。对了，他不是有'恐水症'吗？对他来说，跳到水里去应该是最简单的自杀方法嘛！"

吴凤竹说："哎，你们说老孙那天从竹筏上掉到水里去，是不是他故意的？"

钱鸣松说："我看不像。"

周弛驹说："既然他怕水，那他怎么敢往水里跳？就算他想自杀，他也绝不会选择跳河的方法。你们信不信？"

吴凤竹说："话也不能说得那么肯定。"

周弛驹说："你敢跟我打赌么？"

吴凤竹说："去去，什么事儿，就打赌？"

赵梦龙说："老周，我觉得你那根项链被抢的事情应该跟警察说说。"

"什么被抢了？"王卫红很感兴趣地追问。

钱鸣松抢先说道："这位周先生戴了一条很值钱的项链，在一线天让一个小男孩给抢走了。"

"是吗？怎么抢的？"王卫红把目光锁定在周弛驹的脸上。

周弛驹苦笑了一声，"我告诉你们，我那天戴的是一条假项链，值不了几块钱。那事儿就算了吧。"

"咳，我说你当时那么淡定呢！"钱鸣松吸了一口长气，又慢慢吐了出来。

郑建军认真地听着每个人的话，同时观察着每个人的表情。他的心中渐渐升起一种感觉，这个案子并不那么简单。他竭力追索这种感觉的根源，但是费了半天劲，也没找到明确的答案。

王卫红见郑建军坐在那里没有说话，知道他一定又找到了什么感觉。在这些年的共同工作中，她已经熟悉了郑建军的一些习惯。而且她非常佩服郑建军。她觉得这个小个子男人不仅见多识广，能说能干，而且确实很有当刑警的脑瓜。她常想，如果不是在这么个小城市里，一年到头见不到大案要案，说不定郑建军早就成了中国的头号侦探了！人光有才能还不行，还得有机遇。

此时，王卫红见大家都不说话了，又看了一眼郑建军，便站起身来，"既然你们都认为孙飞虎不会自杀，那我们就回去再研究研究。谢谢各位，我们可能会再来麻烦你们的。"

第十章

回公安局的路上，王卫红开车。她看了一眼坐在旁边闭目养神的郑建军，笑道："郑队，你今天装傻装得可以。"

郑建军睁了睁眼，"什么话？本来就傻。"

"还真喘哪！"

"过奖。"

"哎，郑队，你对那五个人印象怎么样？你说他们讲的是真话吗？"王卫红见郑建军没有回答，就自己分析道，"我觉得，那个女诗人挺可爱的，就是不知道她是真天真啊，还是假天真。那个美学老师呢，看上去挺善良，但是我觉得她的话值得琢磨。死者的妻子叫李艳梅，是研究佛学的，对吧？我看这个人很有城府，说话也很谨慎。还有那两个男的，一个是走南闯北的商人，一个还是法学教授哪。看来，这案子比我们预想的要复杂得多。你觉得呢？哎，睡着啦？"王卫红不再说话了。

郑建军没有睡着，但他此时不想讨论案情，因为他在思考。他闭着眼睛，回忆着那五个人说的每一句话，回忆着那五个人的表情和神态，分析着各种的可能性。当汽车开进公安局大门时，他觉得自己终于把案情理出了一些头绪。下车后，他感觉自己真像睡了一觉那样清醒。

坐在办公室里，郑建军喝着茶，看着王卫红登记从现场提取的各种物品，问道："卫红，你觉得孙飞虎是自杀吗？"

"不是。"王卫红抬起头来，等着郑建军下面的问话。

"什么理由？"

王卫红在回来的路上思考过这个问题，此时便胸有成竹地答道："咱没见过这个孙飞虎，不知道他是个什么性格的人。但是我觉得，如果说他是自杀，那么至少有两点不好解释：第一，这种自杀方法不符合孙飞虎的身份和知识。如果是个老农民，吃包农药自杀，还说得过去。像孙飞虎这样有身份又有知识的人，就算他真想自杀，怎么也得用高级点的手段吧？"

"对，这种自杀方法太土。那第二呢？"

"第二嘛，如果孙飞虎是自杀，他已经吃了农药，知道自己的药性就要发作了，那他还能那么兴致勃勃地去爬什么一线天吗？我看这不合逻辑，对不对？"王卫红故意学了一句郑建军的口头禅。

"对。"郑建军似乎没有注意到王卫红在学自己，非常认真地说，"你分析得很有道理，我也认为孙飞虎不是自杀。但作案人是怎么投的毒呢？"郑建军站起身，来回走着，仿佛在自言自语，"专家说了，呋喃丹是颗粒状的，而且不容易化在水里。所以，它很难用于投毒。对不对？你把它放在水里，它不化，沉在底下跟一层沙子似的，一眼就能看出来，怎么让人喝下去？拌在米饭里？那米饭也太牙碜了，一口就能吃出来。对不对？这东西不好投毒啊。除非你蒙人家，说这是药……"

郑建军突然停住脚步，目光盯在王卫红正在登记的物品上。接着，他快步走过去，拿起那瓶感冒胶囊，拧开瓶盖儿，倒出一粒，托在手掌上，仔细察看。

王卫红也看出了郑建军的想法，站起身来，走了过去。

胶囊是两半的。郑建军小心翼翼地把两半胶囊拔开，把里面的药粒倒在手掌上。他看了看,又闻了闻,问王卫红:"你认不认识?这是感冒药吗?"

王卫红凑过去,看了看,摇了摇头。

郑建军说:"吃了这么多年的感冒胶囊,居然没注意过里面的药是什么样子。没办法,拿去化验吧。"

王卫红没有说话,拿着那瓶感冒胶囊走了出去。

晚饭后,郑建军和王卫红又来到五云仙宾馆,又把那五位游客请到红云仙楼二层的会议室。

郑建军请大家坐下之后,说道:"对不起,影响各位休息。但是没有办法,办案嘛,早完事,早踏实。你们也一样。对不对?我们这次来找你们,是因为又有了新的想法。上午我们主要讨论了自杀的问题,但是还有另外一种可能性,那就是误食。对不对?所以,还得听听各位的意见。"

"误食?怎么个误食?"钱鸣松总是第一个说话。

"这就是说,孙飞虎不知道,把呋喃丹当成别的什么东西给吃进去了。"王卫红解释道。

"这……就不好说了。我想,他横竖不能把那农药当饭给吃进去吧?"钱鸣松说。

"那是。"郑建军见周弛驹看着自己,目光中似乎有话,便主动问道,"你是周弛驹先生吧?你认为孙飞虎会不会误食呋喃丹呢?"

周弛驹仍然看着郑建军,不慌不忙地说:"我猜你们已经知道答案了。为什么还要故意问我们呢?"

众人的目光都聚到了周弛驹的脸上,然后又一起移到了郑建军的脸上。郑建军微微一笑说道:"看来,我今天真是棋逢对手了。周老板真是了不起,居然能猜到我脑子里的东西。你肯定有特异功能吧,对不对?"

"我哪有什么特异功能啊!我这人到处做生意,跟各种各样的人打交道。您说这世界上,什么样的人没有啊!我想不上别人的当,就不能不提防,所以也就习惯了猜测别人的心思,分析别人跟我说话时心里想的是什么。"周弛驹的脸上挂着谦虚的微笑。

"那你这可真是本事!等办完这个案子,我请你去给我们刑警队的人讲讲。这对我们刑警来说,太重要了。对不对?"郑建军一脸认真。

"那得看你给我什么报酬。"周弛驹也一本正经。

"好商量。只要是真货,我出高价。怎么样,周老板,这单生意就算成交啦?"

"可是你还没有回答我刚才提的问题呢。"

"噢,你猜得对。我们确实有了一个答案,但是还没有百分之百的把握,所以才想听听你们的意见。侦查办案最忌讳的就是主观臆测,先入为主。对不对?好吧,咱们还是开诚布公地谈吧。"郑建军说着从手包里拿出那瓶所剩不多的速效感冒胶囊,放在桌子上,转向李艳梅说,"这瓶药是我们在孙飞虎的房间里找到的。李老师,你知道这药是从哪里来的吗?"

李艳梅看了看那个药瓶,声音平静地说:"是我从家里带来的。"

郑建军轻轻松了口气,"我们已经让人化验了。这胶囊里装的不是感冒药,正是呋喃丹。"

众人脸上的表情都凝固了。

郑建军站起身来,走到李艳梅面前,问道:"李老师,你们家里有这种农药吗?"

"我上午就说过了,我是第一次听说这种农药的名字。老实说,如果你不告诉我它是农药,我还以为呋喃丹是什么保健品呢。"李艳梅的神情非常坦然。

"可是,这感冒胶囊里怎么会有呋喃丹呢?"郑建军用手指挠着自己的头。

李艳梅皱着眉头反问:"那我怎么会知道?难道你们……怀疑是我毒死了我的丈夫?"

郑建军连忙说:"绝没有那个意思。我这样问,只是想知道有没有误食的可能性。对不对?如果你们家里有这种农药,比如说养花儿用的,也可能是谁把农药放进了胶囊里。对不对?你不知道,错把农药当成了感冒药,给了孙飞虎。孙飞虎也不知道,就错吃了下去。对不对?"

李艳梅斩钉截铁地说:"我们家根本没有这种农药。我们家也没人会干那种无聊的事情。把农药放进感冒胶囊里,吃饱了撑的?"

"我是说,你家有没有小孩子?他们要是淘起气来,那可是什么事情都干得出来的。对不对?"郑建军耐心地解释着。

"我说了,没有就是没有。"李艳梅皱着眉头。

"你是说家里没有小孩子,还是说没有呋喃丹?"郑建军追问道。

"都没有!"李艳梅已经有些不耐烦了。

"李老师,我相信。但是,如果你们家里没有呋喃丹,这瓶药又是你从家里带来的,那误食的可能性就基本上可以排除了。对不对?这样一来,各位的处境就不妙喽!"郑建军摇了摇头。

"什么意思?"钱鸣松急忙问道。

"不是自杀,也不是误食,那就只有他杀了。对不对?"郑建军摇着头说,"究竟是谁把呋喃丹放到感冒胶囊里去的呢?看来,问题复杂喽。如果是这样,那我们也没有办法,只好请各位暂时不要离开此地了。"

"你是要拘留我们吗?"赵梦龙皱着眉头。

"不,不,不。赵教授,你误会了。我知道你是法学专家,我们绝对依法办案。我请各位留在此地,主要是为了减少麻烦。既是为了减少我们的麻烦,也是为了减少你们的麻烦。对不对?"郑建军说,"虽然这药是李老师从家里带来的,也是李老师给孙飞虎的。但是,这并不等于说那呋喃丹是李老师放进去的。对不对?别人也有可能嘛。啊,请别误会,我说的别人不一定在你们中间,也可能是宾馆的人。对不对?但是,投毒杀人一般都是有因果关系的,所以我们在调查过程中需要你们的帮助,帮助我们找出这个因果关系。对不对?如果在调查过程中,你们突然走了,这就麻烦了。我们麻烦,你们也麻烦。对不对?"

五位游客都没有说话。室内非常安静。这时,王卫红在一旁说:"我还想问一个问题,你们这次为什么到武夷山来?"

"旧地重游。"钱鸣松说。

"这就是说你们以前来过。那么,能问一下你们上次来是什么时候吗?"

"那可是三十年前的事情了。"

"哇,那么长时间了。你们怎么又想起来要旧地重游的呢?"

"去年秋天参加校庆聚会的时候决定的。"

"谁的提议?"王卫红的问话很快,几乎不给对方思考的机会。

钱鸣松没有回答这个问题,过了一会儿,李艳梅说:"是我。"

"为什么只有你们六个人来呢?"

"因为我们六个人上大学的时候就是好朋友,而且曾经一起来过武夷山。"李艳梅的声音非常平静。

"还有别人知道你们这次旧地重游的计划吗?或者,有没有原来打算和你们一起来但后来却没来的人呢?"

"从一开始就是我们六个人,没有别人。但是,有没有别人知道……"李艳梅看了看其他同学,又说,"这就不好说了,因为我们也没想保密。"

"原来是这个样子。"王卫红沉思片刻,突然问了一个显然有些鲁莽的问题,"那么,你们认为谁有可能是害死孙飞虎的凶手呢?"

无人回答。

"噢,我不该在这种场合问这个问题。好吧,我们以后可以单独谈。郑队,你看……"王卫红把目光投向郑建军。

"我想,我们可以向各位表示感谢了!"郑建军站起身来,向门口走去,似乎是要去给大家开门。但是他刚走了两步,就又转回身来说,"啊,我还忘了一件事。你们以前见过这张纸吗?"说着,他从手包里掏出那张画着黑蝙蝠的纸,打开来,举到面前。

李艳梅等人看着那张纸,脸上都呈现出迷茫的表情。郑建军又逐个问了一遍,被问者都摇了摇头。

郑建军再次向门口走去。打开门,向外看了看走廊,然后回过身来,对众人说:"我刚才说了,希望各位能够配合我们的工作。今天回去以后,请各位好好回忆一下,在你们来武夷山前后,特别是在孙飞虎得感冒之后,你们有没有发现任何值得怀疑的情况,我们明天会分别找各位谈话的。我想,我的意思已经表达得非常明确了。对不对?现在,我祝各位晚安,最好再做个美梦。"

李艳梅等人相互看了一眼,站起身来,向门口走去。

郑建军目送五位游客默默地走出会议室,他的脸上一直带着令人难以琢磨的微笑。

关上门之后,王卫红一边收拾东西,一边语调轻松地说:"甭管怎么说,这第一天的工作还是挺有收获的。"

"什么收获?"郑建军饶有兴趣地望着助手。

"我们已经查清了案件的性质,而且基本上确定了嫌疑人的范围。"

"范围都定啦?我怎么不知道?"

"跟人家装一天傻,收不住啦?"

"什么话!"

"那就是考我?"

"就算是吧。"

"我认为,凶手肯定就在他们五个人中间。"

"那么肯定?"

"虽然宾馆的人也有投毒的条件和可能,但是用你刚才的话说,投毒杀人一般都是有因果关系的。宾馆的人和孙飞虎素不相识,无冤无仇,怎么会有杀害他的动机呢?这又不是图财害命。我敢说,投毒者就在他们当中。"

"说话还是留点余地好。万一要是真有别人呢?对不对?"郑建军的话音刚落,就听见有人敲门。王卫红打开门一看,来者是宾馆的经理冯大力。

冯大力笑容可掬地说:"郑队长,辛苦啦。我刚才看见那五个客人回去,知道你们刚完事。走吧,一起去吃点夜宵啦。我请客。"

郑建军说:"谢谢冯老板,但是我们得赶回去,局长还等着听汇报呢。"

"不肯赏脸?"

"哪里,哪里。今天确有公务,改日一定奉陪。"郑建军说着,拿起手包,跟王卫红和冯大力一起走出会议室。在楼道里,他看见楼道尽头有一间小屋,关着门,跟黑云仙楼二层的小屋差不多,便问道:"冯老板,那间小屋是干什么用的?"

冯大力带着他们走过去,"给红云仙预备的。生意人嘛,没别的意思，就是图个吉利啦，哈哈哈。"说着，他打开那个小屋的门，让二位刑警参观。

这个房间比一般的客房小，但是里边的陈设也差不多，就是在墙上多了一张红云仙的油画，在桌子上多了一个香炉。

郑建军看了一圈，"冯老板，我记得黑云仙楼上也有这么一间小屋，但是不开门。为什么？"

冯经理笑说："郑队长是本地人，应该知道五云仙的传说吧？那黑云仙可是只见坏人，不见好人。你说我能随便开门，让客人们去看吗？哈哈哈！归根结底，还是图个吉利。郑队长，如果你们不在乎，我可以打开让你们看看啦。"

"那还是不见为好。"郑建军也笑了。

第十一章

　　李艳梅等五人离开会议室后，默默地走回房间。一路上，他们没有说话，只是快步走着，似乎都急于摆脱什么可怕的东西，似乎又都在回味刚刚发生的事情。当他们的脚终于踏上黑云仙楼二层走廊那厚实的地毯时，他们才不约而同地停住脚步。在不太明亮的走廊灯光下，互相望着，似乎都在等别人说话。

　　终于，周弛驹打破了沉默，"我说一句可能有伤感情的话吧。现在大家都得小心点儿了，因为在咱们中间可能有一个凶手。这真让人意想不到，也让人怪害怕的。我这个人眼拙，还看不出是谁。"

　　"别装傻。"钱鸣松快语相讥，"说不定就你一个人心里最明白呢！"

　　"您可不能这么说！"周弛驹连摇头带摆手地叫道，"这都是什么时候了？您还开这种玩笑！"

　　"谁跟你开玩笑啦？"女诗人的目光耐人寻味。

　　李艳梅看了看众人，心平气和地说："咱们也别瞎猜疑，万一公安局的人搞错了呢？大家回屋去休息吧。我相信这件事情一定能够查清楚的。"

　　赵梦龙说："我建议大家都不要单独行动。无论干什么事情，最好找一个伴儿，特别是女士。"

　　周弛驹说："但是找伴儿也得小心点儿。"

赵梦龙看了周弛驹一眼，嘴角浮上一丝宽容的微笑。

五个人分别走进自己的房间。在一阵关门和锁门的声音之后，走廊里变得鸦雀无声了。

李艳梅关好房门之后，筋疲力尽地躺在床上，睁大眼睛看着天花板。她想思考，想分析一下已经发生的事情，但是她的思维变得非常迟钝，她的脑子里仿佛是一片空白。她闭上了眼睛，想用睡眠来消磨时光，但是公安人员的话不停地刺激她的大脑，使她无法进入梦乡。

时间缓慢地前进着。忽然，李艳梅听到门外有轻微的脚步声，而且那脚步仿佛就停在了她的门口。她没有听到其他房间开门的声音呀。这会是谁呢？她侧耳细听，却又没有了声音。她告诉自己不要理睬，门外什么都没有，那声音可能是自己的错觉。然而，她的心和她的感觉都不愿意接受理智的劝告。只要她一闭上眼睛，就仿佛看见有人在门外窥视着她，就仿佛看见屋门被人悄悄地打开了。她犹豫了半天，还是起身下床，蹑手蹑脚地向门口走去。

李艳梅把耳朵贴在门上听了一会儿，没有任何动静。她直起身来，耐心地站了半天，心想，外面如果有人的话，也绝不会待这么长时间。于是，她轻轻地打开了房门。

门外无人。她探出头去向两边张望，整个走廊里都是静悄悄的，没有一个人影。果真是自己听错了吗？她愣愣地站了一会儿，回身把门关上。然而，就在她准备往床边走的时候，发现地面上有一张纸。她弯腰捡起来，打开一看，上面空无一字，只有一个样子别致的黑蝙蝠！她看着看着，拿着纸的手不禁颤抖起来，她的前额上渗出一层细汗。

刚才那位侦查人员让她看那张画着黑蝙蝠的纸时，她就觉得似曾相识，但是没有想起在何处看过。此时，看着这张纸上的黑蝙蝠，看着那怪怪的样子，她终于想起来了……

李艳梅抬起头来，向四周看了一圈，然后回过身，把已经锁好的房门又锁了一遍，她跑到窗边，拉开窗帘，检查了一遍每扇窗户的插销。门窗都是锁好的。她攥着那张纸，慢慢退回床边，坐到床上，后背紧靠床头，眼睛瞪得很大，紧张地注视着周围。她觉得仿佛有一种无法预见又难以名状的危险正在从墙壁里向她逼近。她感到后背一阵发凉，浑身的毛发都乍立起来。

李艳梅在惊恐中煎熬。本能在催促她逃出这个封闭的小屋，理智又告诫她不要惊惶失措。她的内心在艰难地挣扎着。最后，她觉得自己的神经实在坚持不住了，便跳下床，打开房门，冲了出去。

站在走廊里，她感觉好了一些。虽然这里也没有人，但是她觉得开阔一些，一旦发现危险时便于逃脱。她用手按着自己那怦怦急跳的胸口，慢慢向楼梯口走去。她在楼梯口站了一会儿，正不知该到何处去的时候，服务员沈小姐从下面走了上来，面带微笑地问："李老师，您有什么事情吗？"

"呵，没……没有。"李艳梅支吾着。

"您的脸色不太好。是不是您不舒服呀？"

"呵，没有。我就是觉得屋里有点儿闷，想出来走走。"李艳梅的声音开始恢复正常了。

"这深更半夜的，您到哪儿去呀？外面很黑的！"

"呵，没关系，我就随便走走。"李艳梅只好向楼下走去。

"用我陪您吗？"沈小姐跟在后面。

"不用了，谢谢。"李艳梅没有回头。

"不客气。您有什么需要请尽管说。为客人服务是我们的职责。"沈小姐看着李艳梅的背影，收起了脸上的笑容。

李艳梅走出黑云仙楼，来到四面环廊的天井。这里有壁灯，不是特别黑暗，但是她不敢在这里停留，因为那水池里不时传出的金鱼戏水的声音使她一阵阵心惊肉跳。她沿着长廊，走进红云仙楼，来到宾馆的大堂。这里灯光明亮，她的感觉好多了，便若无其事地向门口走去。

在大堂前台值班的女服务员见到李艳梅之后，立刻站起身来热情地问她是否需要帮助。李艳梅又重复了一遍房间里太闷想出来走走的说法。服务员说室内的空气是有些闷热，又说外面有竹林空气要好得多。于是，李艳梅身不由己地走出宾馆大门，来到停车场上。

山区的夜晚格外宁静。微风吹拂竹叶，发出沙沙的声响。远处的黑暗中，随风飘来隐约的流水声。室外的空气确实很清新，沁人心脾。李艳梅做了几次深呼吸，感觉身心都轻松了许多。

她在停车场上来回走着。忽然，她发现那位大堂值班小姐正站在玻璃门里向外张望。她意识到自己此时的行为在他人眼中有些古怪，然而，她不想再回到那个封闭的房间。到什么地方去呢？她不能老在这停车场上转悠啊。她听说离此不远的度假区商业街里有些茶楼开到很晚，便决定到那里去坐坐，消磨时光。她认为，只要离开这个宾馆，恐惧的感觉就不会再纠缠她了。然而，她很快就发现自己的这个决定有些唐突。

李艳梅沿着弯弯曲曲的石阶小路向山下走去。开始时小路上的光线还挺亮，因为有停车场上那明亮的灯光。但是拐了两个弯之后，停车场的灯光被身后的竹林遮蔽了，只有前面的路灯在随风摇晃的竹叶掩映下投放出忽明忽暗的光，犹如在黑暗中窥视行人的鬼怪精灵。

李艳梅硬着头皮往前走。她白天坐车穿过这片竹林时，一直觉得这段路很短，但此时却觉得这条路很长。看着没有尽头的黑黢黢的小路，她的脚步越来越慢，并终于停住了。她丧失了继续走下去的勇气，决定返回宾馆。然而，她刚转过身来，就听见宾馆方向的小路上传来脚步声。那脚步声很重，频率也很快。她无暇思考，本能地向山下跑去。

后面的脚步也加快了，显然那个人也在跑。李艳梅不顾一切地奔跑起来。她那坚持锻炼的腿脚显然比后面那个人灵活，因为她感觉自己与后人之间的距离在拉大。这时，她听到后面的人在叫她的名字。那个声音不大，有些压抑，她觉得好像是孙飞虎的声音。她的心颤抖了一下，双腿跑得更快了。

李艳梅一口气跑下山坡，又沿着黑云路向商业街的方向跑了一段路，才停下来，气喘吁吁地回头张望。然而，那个竹林的出口没有再现任何人影。那个人呢？她明明听到了呼唤声，而且是熟悉的声音。她不相信鬼魂，但那确实很像老孙的声音。她看了一会儿，惊魂未定地向前面的灯光处走去。

这是一家面向游客的茶艺馆。红木门窗，蓝帘白墙，一进门就给人古朴恬静的印象。厅堂不大，像个教室。前面摆着一个红木桌台，上面放着一些茶具；中间放着几个铁桶，桶盖上贴着红纸，上面写着不同的茶叶名称；三面墙边各摆放一溜矮茶几和小竹椅。

李艳梅走进这家茶艺馆的时候，一个身穿蓝布中式服装的小伙子正站在前面的桌台旁边向坐在竹椅上的十几位游客介绍有关茶叶和饮茶的知识，两位身穿蓝色花布裙的小姐则各用一把大茶壶给游客面前的小茶盅内续茶。小伙子看见李艳梅，连忙迎上来，请她到旁边就座。

李艳梅坐下之后，把小姐给她送来的一盅茶一饮而尽，然后才抬起头来，听那个小伙子讲话。

小伙子的声音很浑厚，也很优美。他说茶叶可以分为三大类：第一类是没有经过发酵的茶叶，叫做绿茶；第二类是经过发酵的茶叶，称为红茶；第三类是经过半发酵的茶叶，名为乌龙茶。然后，他又详细介绍了这三类茶叶的特点和识别优劣的方法。他还不时地穿插一些小故事和笑话，茶客们听得津津有味，但李艳梅有些心不在焉，因为她今晚遇到的怪事太多了。

当李艳梅喝完第三盅茶的时候，赵梦龙从门口走了进来。看见李艳梅之后，他微微一笑，然后一瘸一拐地走过来，坐在李艳梅旁边的竹椅上。

等小姐给赵梦龙送上茶之后，李艳梅小声问："你怎么到这儿来了？"

赵梦龙看了她一眼，反问道："你不是也一样吗？"

李艳梅无话可说了。

他们默默地品着茶，听着小伙子的解说，后来又跟着其他茶客买了两包茶叶，然后一起走出茶艺馆。

月色朦胧，他们并肩向五云仙宾馆走去。此时有赵梦龙在身边，李艳梅的心里踏实了许多。她发现赵梦龙的脚有些瘸，便诧异地问："你的脚怎么了？"

"崴了一下。"

"怎么搞的？"

"还不是因为你！"

"因为我？"李艳梅停住脚步，莫名其妙地看着赵梦龙。

"就是嘛。刚才，我在房间里睡不着，听见走廊里有开门的声音。我觉得像是你的房间，不知道你有什么事情，就穿上衣服，起来了。我在门口听见你和服务员说话，就没有出去。但是后来，我发现你没有回屋，又有些不放心，就出来了。我看见那个服务员，问她看见你没有。她说你嫌房间里闷热,出去走走。我想,这大晚上黑灯瞎火的,你一个人出去多危险哪,就回屋穿上外衣,来找你。前台值班的服务员告诉我,你在停车场散步呢。可是我来到大门外,没看见你。我猜你一定是进了竹林,就顺着小路追下来。没走多远,我就听见你的脚步声。我叫你的名字,可是你越跑越快。我在后面紧追,一不留神,把脚给崴了。我坐在地上缓了半天才站起来。等我出了竹林,你早没影儿了。我估计你肯定往这边来了,就找过来,果然在那个茶馆里找到了你。"

听了赵梦龙的话,李艳梅忍不住大笑起来。

赵梦龙莫名其妙地问:"你笑什么?"

"我笑我自己。刚才你在竹林里追我,还喊我的名字。我听见了,觉得那声音特别像老孙,可把我给吓坏了。"

"难怪你跑得那么快!"

"我还以为是鬼追来了呢!"

"要真有鬼,你还能跑得掉?"

"反正是把我吓得够呛。"

"对了,你半夜出来,到底是为了什么事?"

"服务员不是告诉你了吗?我觉得屋里太闷,出来透透气儿。"李艳梅犹豫了一下,没有把纸条的事情讲出来。

"真的没有别的事情?"赵梦龙不无猜疑地看着李艳梅。

李艳梅摇了摇头,迈步向前走去。

两人回到宾馆,在李艳梅的房间门口分了手。赵梦龙小声关照:"你有什么事情,可一定得告诉我。"李艳梅点了点头,进屋了。

第二天早上,李艳梅等人起床后相继来到餐厅。赵梦龙的脚还有点瘸,但他走得比较慢,尽量掩饰着。李艳梅看在眼里,也没有问。坐在餐桌旁,他们互相谦让,不肯先盛稀饭,而且大家的神态都不太自然。

钱鸣松瞪着眼睛说:"怎么啦?你们都怕这粥里有毒哇?我不怕,我先盛。"

周弛驹在一旁不冷不热地说:"你的心里当然最清楚啦!"

"你是什么意思?"钱鸣松一边盛粥一边说,"想报昨天晚上的一箭之仇吗?"

"不敢。"周弛驹起身盛粥。

吴凤竹说:"都什么时候啦,你们还有心思斗嘴。"

大家慢慢地吃着,没有人再说话。过了一会儿,李艳梅似乎实在忍不住了,问道:"昨天夜里你们睡得怎么样?有没有什么特别的事情?"

"什么特别的事情?"钱鸣松和吴凤竹异口同声问道。

"真是奇怪得很。"李艳梅向前探了探身子,小声说道,"我昨天晚上明明听到有人走到我的门前,但是开门去看时却什么人都没有。"

"你也是遇到黑云仙了吧?我记得……"周弛驹欲言又止。

"你记得什么?"李艳梅追问道。

"没什么,没什么。我说走嘴了。"

"你有什么话就说嘛。别说一半又咽回去,让人家怪闷得慌的。"吴凤竹嗔怪自己的丈夫。

周弛驹见大家的目光都集中到他的脸上,不太情愿地说:"我是说,我记得老孙到这儿的第一天晚上也遇到了这种事情,大家还跟他开玩笑,说他遇到了黑云仙嘛。"

"是啊,这也正是我觉得奇怪的地方。这是巧合吗?还是有人故意安排的?"李艳梅似乎在自言自语。

"你有没有捡到什么东西?"钱鸣松的声音很认真,但脸上却是一副漫不经心的样子。

李艳梅看着女诗人,犹豫着,似乎心里正经历着激烈的斗争。别人此时也都看着李艳梅,等待着她的回答。李艳梅终于下了决心,"我在门口捡到一张纸,上面没有字,只画了一只黑蝙蝠,样子怪得很。"说着,她从衣兜里掏出那张纸,放在餐桌上。

钱鸣松如释重负地吐出一口气,"我今天早上也在门口捡到一张。"

这时,另外三个人几乎是不约而同地说了句,"我也……"于是,他们每人都从自己的衣袋里掏出一张白纸,上面都画着一只相同的黑蝙蝠。

五张相同的纸,五只相同的黑蝙蝠。

五个老同学面面相觑,哑口无言。

第十二章

1998年的秋天,法国南部的雨水似乎比往年要多一些。乌云笼罩着小小的山城,把黄昏提前送进大街小巷。来自地中海的风把细密的雨滴泼洒在玻璃窗上,发出刷刷的声响。

何人默默地坐在窗前,透过朦胧的雨雾,望着近处那些黄墙红瓦的楼房和远处那些黑绿相间的山峦。他记得,在蓝天白云下,那座高高的圣·维多利亚山峰是多么醒目和与众不同。在平缓圆滑的山峦中间,它那挺拔的火山口形状的峰巅显得异常高贵。在暗绿色的山林中间,它那晶莹的闪着白光的岩石显得格外圣洁。然而,此时此刻,在乌云下,在雨雾中,它却变成了一座浑浑噩噩的黑色秃山,几乎与周围那些平庸的山峦没有任何差异。

埃克斯市坐落于马赛市北面的群山之中。虽然它的地理位置比较偏僻,而且方圆不过数公里,人口不过数万,但它的名气并不小。据说很多法国人都向往这座小城市,因为这里的生活质量仅次于巴黎。这里既有丰厚的历史文化底蕴,又有美丽的自然生活环境。早在两千年前,这里就形成了村镇。到公元9世纪,埃克斯已成为法兰西南部普罗旺斯地区的首府,因此其市内和周边留下了许多名胜古迹。地中海季风的频繁光顾和四面山林的精心养护,使这块群山中的盆地冬暖夏凉,气候宜人。那些被枝叶繁茂的梧桐树遮蔽的大道,那些店铺鳞次栉比的老街,那些以黄色和红色为主调并配有精美雕塑的建筑,以及那座高高的可以随天气变化而由白色变成黑色的圣·维多利亚山峰，吸引着来自法国乃至世界各地的游人，令他们沉醉痴迷，流连忘返。

也许，何人是个例外。他来到这个小城还不到一个月，但已产生了离去的念头。特别是在这阴云密布、细雨连绵的天气里，伴随在他心中的只有浓浓的乡愁和淡淡的寂寞。他反复自问，你为什么要不远万里来到这个陌生的小城？他可以找出许多理由，但是没有一个能令自己满意。

在这里，他感受到强烈的异国情调。他居住的阿伯拉姆旅馆也带有似乎只能在电影中才能领略到的神秘色彩。这是一座土黄色的古堡式建筑，墙壁用花岗岩石砌成，给人浑然一体的感觉。门窗很高，上部呈拱形，看上去都很坚固。通向阳台的门是双层的，里面是木门，外面是铁门。木制的玻璃窗外还有用厚实的木板条做成的卷帘，由粗铁链连接。与门窗相比，卷帘显得破旧不堪。楼顶上有两个高高的拱形钟楼，但是没有钟。通向钟楼的门紧锁着，那段楼梯上积有很厚的尘土。他住的房间是顶层，就在一个钟楼下面。房间不太大，但是很高。室内的陈设简单而古朴。在这里，他能得到一种与以往不同的生活体验。然而，这就是他所追求的吗？

窗外的雨水被愈来愈强猛的阵风吹得歪歪斜斜，一轮接一轮地冲刷墙体和窗户。何人不忍心再听那玻璃窗在暴雨冲击下发出的呻吟，便用力拉动室内的铁链，把窗外的卷帘吱吱呀呀地放了下来。室内顿时安静了许多，但是他的视线也就被禁锢在这狭小的空间内了。

何人看了看桌子上的武夷山旅游图，但是那红红绿绿的图标和密密麻麻的小字让他心烦意乱。他把目光移向窗户，那已没有漆色的木卷帘使他看到了时间的痕迹。

时间是人类无法改变也无法抗拒的力量。任何人都要经受时间的侵蚀和消磨,无论你是王公贵族名人伟人,还是平民百姓庸人小人;也无论你是四处奔波忙忙碌碌,还是置身一隅寂寞孤独。

何人的感觉很奇怪。生活在喧嚣的大城市里,他向往无人推攘无人搅扰的宁静生活。然而,真的过上这种近乎世外桃源的生活时,他却没有了享受宁静和悠闲的心情。他的心底又升起对闹市和熟人的期盼。也许,人们正是因此而永远不知满足。也许,人们正是因此而永远不知自己究竟想要什么。天空中的乌云被风驱赶向东方,西边的蓝天便带着光明向东推进。雨终于停了。何人又拉起木窗帘,看着越来越亮的天空。忽然,他看到东方的天边挂上一抹彩虹。开始,它的颜色很淡,而且是断续模糊的。后来,它渐渐清晰起来,浓重起来,连接成一架高大完整的拱桥。雨后的山峦和楼宇都在彩虹的辉映下显得靓丽和清秀。

他凝望着,忘记了乡愁,也忘记了时间。这是静止的幸福。他不想从这意境中走出来,便竭力冻结自己的思维,凝望着,感觉着。

一阵悠长的钟声传入耳鼓,打破了静止的感觉。他情不自禁地循声望去——钟声是从东北方向那座教堂传来的。那教堂的土黄色尖顶高高地耸立在周围的红色楼顶之上。那是教堂的钟楼,一座哥特式建筑。那楼顶非常尖细,顶端有一个金属的十字架,在彩虹下反射出绚丽的辉光。他曾多次站在阳台上眺望那座教堂,想去观看却不知何时开放。

此时此刻,那教堂钟声是如此深长如此悠扬,执著地钩走了他的魂魄,使他不由自主地站起身来,走下楼去。

街道两旁的楼房阻隔了视线,使他无法看到教堂的尖顶,他便凭着感觉向东北方向走去。小城的街上平时就行人稀少,此时就更难见行人了,只有一些车辆溅着水花从街心疾驰而过。他走过几条狭窄但很干净的街道,拐了几个弯,终于看到那座已然饱经风霜的教堂。

在近处观看，这座教堂并不像他在远处眺望时那么宏伟壮观。教堂的墙体是用黄色的大方砖砌成的，有些砖的光面已然剥落，露出了粗糙的砖芯。墙面还染上一片片黑褐的颜色，如同患了皮肤病的巨人。两扇红色的大门面向西方，门两旁各有一根白色的大理石门柱，上面也都有岁月留下的污痕。

教堂门前有一个小广场。广场中央是一个圆形的水池，池中有一个侧卧的石雕神像，一股清泉从其身下汩汩流出，然后从雕像底座漫入池中。此时，广场上非常安静。在夕阳的辉光下，一群鸽子在水池边慢条斯理地觅食，一个男青年坐在教堂门旁的石阶上专心致志地写生。何人不忍心打破这宁静和谐的氛围，便从北边绕过广场，轻手轻脚地走到门前。

他推开红色的大门，里面是一个黑木的门斗。再推开侧面的小门，走进去，站在高大的教堂里面。在外面时，他没有想到里面会如此高大。他的心被这建筑内部的恢弘气势震撼了。他一动不动地站在门边，观看着。

教堂的主体是一个大约有三四层楼高一个半篮球场大的长方形大堂，中间的地上整齐地摆放着几十排木椅；大堂的前端是一个犹如苍穹般的圆顶大厅，正面墙上是一排高大的拱形彩绘玻璃窗；大堂两旁是一个个相互隔开的侧殿。门边的侧殿大概是神职人员的办公室，看上去很现代化，有文件柜和写字台，写字台上有台灯和电话机。写字台旁的转椅上坐着一位身穿黑袍的中年男子。那人侧头看着何人，当目光相遇时，那人便送来友好的微笑，然后又低头工作了。

教堂里没有其他人，也没有声音，显得庄严肃穆。何人犹豫了一下，迈步轻轻地沿着右侧的通道向前走去。他边走边欣赏墙上的壁画和雕像。教堂里的光线不太明亮，所以壁画和雕像看起来都有些朦胧。

他来到大堂正面的彩窗下,抬头观看彩窗上的画像。由于外亮内暗,所以彩窗上的画像相当清晰。彩窗的上部用大理石窗棂分成6个花瓣形窗面,每个花瓣里有一个人像,大概都是《圣经》里的人物;彩窗的下部分成上下两层,共有12个长方形窗面,每个窗面上画着一组或坐或立或行或说的人物,大概讲述的都是《圣经》中的故事。所有画像都很精细,形态逼真,栩栩如生。

彩窗下面的墙上有一幅巨大的油画,是基督受难像。那画面已经发黑了。画像前面是一个大平台,犹如剧场的舞台,台上铺着厚厚的地毯。平台的最里面有一个很大的红木桌台,上面摆放着两个大花篮,那五颜六色的鲜花中插着几支红色的大蜡烛。桌台前面是一个大理石棺材,旁边有一个金色十字架,周围摆放着许多铜蜡烛台和花篮。平台的左前角有一把红绒布木椅,前面有一个落地式麦克风和一个红木讲台,上面放着一本很大的《圣经》。平台的右前角有一尊铜像,是一位怀抱裸体男童的女神,旁边也摆着一个大花篮。

他看了一圈之后,沿着左边的通道向后退去,目光依然留在正面的彩窗和画像上。他觉得这里的环境有一种让人说不出来的感觉,便坐到木椅上细心体会。他昂起头,观看着,心里想象着信教者在这环境下的感觉。过了一会儿,他放弃了假装教徒的努力,转过身来观看左边的侧殿。

侧殿里有一个大理石桌台,上面的墙壁上是一个基督被钉在十字架上的雕像;两侧的墙壁上各有一幅很大的油画,但是因画面发黑而且光线昏暗,看不清画的内容。基督受难像前有一个很大的蜡烛台,再前面是一个让信徒跪拜的木台,上面铺着红地毯。

这时,何人才发现自己并非教堂的唯一访客,因为在木台上跪着一个人。由于那人一动不动,所以他开始没有发现。侧殿里的光线很暗,他看不清那人的外貌,但觉得那是位男子,大概已经不年轻了。

出于职业习惯，也由于无所事事，何人便对这位独自在教堂中默默祈祷的人产生了兴趣，开始观察并做出一些推测。他盼望那人站起身，转过来，以便看到其相貌和表情。然而，那人似乎在故意考验他的耐心。他并不着急，反正现在最富裕的就是时间。而且，等待的时间越长，他就越要等下去。

大约过了半个多小时，那位虔诚的祈祷者终于站起身来，又用手在胸前画了个十字，才转过身，慢慢地向这边走来。何人看清了他的相貌，但同时也大吃一惊，因为那是个中国人！

来到小城之后，何人一直没有看到中国人，也一直想看到中国人。然而，他没想到会在这种情况下看到同胞——尽管他还需要进一步验证，但心底已经有了这种认同。

那人从何人身边走过时慢慢地看了一眼，但脸上没有表情的变化——不仅没有在异国他乡遇同胞的惊喜，甚至都没有看到同类时的正常反应。不过，那人的外貌和表情还是给何人留下了足够回味的印象。那是一个面颊清瘦腰板挺直的老人，下巴上留着很长的花白胡须。他的目光呆板，似乎饱含沧桑。

老人走到大堂门口，回过身来，非常认真地在胸前又画了一遍十字，才从小门走出去。何人不想放弃在小城里认识中国人的机会，就起身跟了出去。

出了教堂之后，老人走得很慢，何人也走得很慢。开始何人还担心被发现，但很快就放心了，因为老人只知往前走，没有回头观看，大概他没有想到这里会有人跟踪。

何人跟着老人走过几条清静狭窄的街道，来到埃克斯市中心的米拉堡大道。按照小城的标准，这里已是相当繁华和热闹了。街道中央排满了走走停停的车辆，两旁的人行道上人流熙攘。其中既有急匆匆赶路的人，也有慢悠悠闲逛的人。道旁有很多商店和咖啡馆。每个咖啡馆的门前都紧密地摆放着桌椅，有方的也有圆的，有木头的也有金属的。法国人喜欢在街头露天的咖啡座上消磨时光。据说，米拉堡大道上的咖啡座夜景可以和巴黎香榭丽舍大道的夜景媲美。

老人沿着米拉堡大道走了一段，拐进北面的一条窄街，走进一家门脸很小的艺术品商店。何人稍等片刻，也走了进去。

这家商店的门脸虽小，但里面的展厅很大，而且格调高雅。何人刚进门，一位店主模样的中年男子就热情地迎上来说了一通法语。何人听不懂，便很有礼貌地用英语说他不懂法语。店主宽容地笑了笑，立刻改用英语介绍，并问何人对什么样的艺术品感兴趣。何人说只想随便看看。店主说希望有人来欣赏店里陈设的艺术品，特别是外国人，买不买都没有关系。然后他建议何人到地下室去看看，因为那里陈设着几幅著名画家塞尚的真迹，并执着地引导他向门后的楼梯走去。

何人知道，塞尚曾经在埃克斯生活一段时间，所以当地人都视他为骄傲。何人看了一眼正在角落里观赏画作的"跟踪对象"，不很情愿地跟随店主走了下去。

地下室布置得比上面还要高雅，墙上挂着一幅幅精美的油画。何人对油画近乎无知，此时更无兴趣，但是店主的热情使他不得不耐心地听着介绍。店主终于介绍完了，何人向他表示感谢，然后快步向楼上走去。店主也跟了上来，并坚决地送了一本自编的画册。

何人环视楼上的展厅，那位老人已经不见了。他连忙向店主告辞。走出店门，快步向两边的街道找了一遍，但是没有看到老人的踪影。他又到米拉堡大道转了一圈，也没有收获。他在街头怅然四望，不无沮丧地向旅馆走去。

第十三章

阿伯拉姆旅馆的东面是佐敦公园。何人经常站在阳台上，观赏公园里的景色以及来来往往或休闲散步的人。虽然埃克斯市的环境很美，宛如一座大花园，当地居民还是喜欢到佐敦公园来休息娱乐，特别是在阳光灿烂的下午和红霞满天的傍晚。

佐敦公园的大门向北，门内是一条很宽的土路。路旁那些高大的梧桐树刚修剪过，光秃秃的，只在树尖上长着一些绿叶，样子有些怪异。何人不喜欢这种样子的树，因为那些黄绿色的树干上长着大大小小的圆形白斑，很容易让他联想到得了白癜风的皮肤；而那些曲曲折折向四外伸张的枝杈上长着一个个鼓包，又很容易让他联想到得了大骨节病的手指。

土路两旁立着黑褐色的铁灯柱，不太高，顶部有一个向前伸出的螺旋状弯勾，上面挂着老式的方框街灯，也是铁的。土路的南端有一个圆形喷水池和一个高高的平台，那里经常有孩子在滑旱冰。平台后面的山坡上有四通八达的小路，连接着绿茵茵的草坪和儿童游乐场。小山坡的顶上长着几棵极高的柏树，远远望去，犹如树干顶着几片怪云。此外，山坡上还星罗棋布地长着各种树木。其中有暗绿色小叶的橄榄树，有鲜绿色大叶的枇杷树，有黄绿色长叶的棕榈树，还有尖细的塔松和高大的白杨。

公园的东北角有一片用铁栅栏隔开的土场地。那里常有许多中老年人在玩一种当地人非常喜爱的滚铁球游戏。玩者以男子居多。他们每人手中拿着两个铅球般大小的铁球，而且不时相互撞击，发出清脆的声音。游戏时，先由一人抛出小球定位，然后参加游戏者依次抛出手中的大球，球停的位置离小球最近者为胜。他们在抛球前都很认真地蹲在地上查看地形，就像高尔夫球手那样。他们抛球的姿势也很优美，手背向上握球，手臂向前扬，把球抛向高空。那样子很像中国人扭秧歌的慢动作。

由于这个公园就在埃克斯-马赛大学的后面，所以常有大学生在公园里休息聊天。当然，在天气晴好的时候，当地居民也会来此休闲。那些绿色的长椅上，经常坐着一些上了年纪的人。

这天下午，何人站在阳台上，漫无目的地观望着下面的公园。忽然，他的目光被吸引了——那个坐在草坪前长椅上的人不就是那天在教堂里看见的老人嘛！虽然他只能看到那人的侧脸，而且距离挺远，但是那张留着长胡须的脸给他留下了深刻的印象。他感到一阵兴奋。

自从那天"跟踪"失败之后，他的心中一直有些后悔，甚至有些茫然若失的感觉。就好像一个无聊至极的人忽然发现了一点能够让他好奇的东西，却因一时疏忽而失之交臂。他对自己说，不要想入非非，那就是一个流落他乡的老华侨，也许还不是华人，而是日本人或越南人。然而，他越是这样对自己说，心中的好奇心就越加强烈。他觉得老人的身上有一种神秘的东西在吸引他。

此时，又见老人，他自然十分高兴，心底有一种失而复得的欣快感。而且他处于一种方便的位置，不出门就可以居高临下地观看老人，还不易被发觉。他并不急于找出答案，他要慢慢享受这一发现的过程。就好像面对喜欢的菜肴时，他不愿意狼吞虎咽，而是要细细品味。他重视过程，而不是结果。

何人远远地观察那人的举动。严格地说，老人根本没有举动，一动不动地坐在那里,似乎在全神贯注地思考,就连身旁草坪上那对青年男女的亲昵动作都没能分散他的注意力。

夕阳的辉光透过树叶洒落在老人的身上,使他的周围笼罩上一层近乎迷幻的色彩。何人凝望着,猜想着。也许,他应该到公园去见见老人,聊一聊。但是说什么呢?说自己对他感兴趣,想了解他的情况?异国他乡,素不相识,又是公共场所,显然不太合适。就在他犹豫时,老人站起身,慢慢地向北走来。

何人虽身在楼上,还是本能地蹲下身,让阳台的护墙遮挡身体。他不想让老人发现自己,尽管老人对他可能毫无兴趣。

何人的头随着老人的步伐慢慢升起,而一旦对方抬起头来,他又迅速藏到墙下。就这样,他看着老人穿过平台,走过林荫土路,出了公园大门,向东北方向走去。他明白了,那是去教堂的方向。他看了看手表,快到那天在教堂见面的时间了。看来,老人会定时到教堂去。那么,老人是不是每天下午都到这个公园里来呢?何人望着老人的背影,希望第二天还能在这里看到他。

夜深人静,佐敦公园的喷水池中传来阵阵蛙鸣。

何人坐在小屋的写字台前,冥思苦想。然而,他的思维无论如何也无法集中到面前的纸上。坚持了一段时间,他终于明白自己的努力又将毫无结果,便索性关上台灯,在黑暗中眺望窗外的夜景。

对面的楼窗稀稀拉拉地亮着几盏或明或暗的灯。远处的天际若隐若现地闪烁着几点星光。东北方向那个被聚光灯从下向上照得通明的教堂尖顶在黑暗的夜空中格外醒目,宛如一座神话中的城堡。然而,何人此时没有欣赏夜色的心境,因为那并不响亮的蛙鸣已然吵得他心烦意乱了。

最近,何人的工作不太顺利,或者说,他总是找不到感觉。时间一天天流逝,而离他此行任务的完成还有很大距离。这才是他心烦急躁的主要原因。蛙鸣似乎越来越近,越来越响。他知道自己再坐下去也是浪费时间,便无可奈何地关上门窗,上床睡觉了。

第二天下午,何人果然又在佐敦公园的长椅上看到了老人。现在,他不急于去见面了,因为他相信已经找到了老人的行动规律,或者说老人已经在他的监视之下了。他觉得自己在扮演侦探的角色。他喜欢这种感觉,也需要这种感觉。这也是体验生活嘛!

在以后的几天内,何人发现老人每天下午三点钟准时来到公园,一直坐到五点半,然后去教堂。天天如此,风雨无阻。

随着时间的推移,何人的好奇心发生了变化。他已不满足于每天下午在远处的观察,他要走近老人,去交谈。这天下午,他拿定主意,走下楼去。

何人走出旅馆大门,绕过街角,走进佐敦公园。他隔着围栏看了一会儿玩铁球的人们,然后走上平台,沿着小路,走走停停地来到老人的长椅旁边。

他用悠闲的目光向四周看了看,然后很有礼貌地对老人说:"布舒(日安)!"他的法语很糟。

"布舒!"老人也说了一句,声音不高,但发音纯正。

何人坐在旁边,搜肠刮肚地寻找话题。他用余光看了老人一眼,发现老人一动不动地坐在那里,目光注视着前面不远处一棵大树的树干。他也把目光移了过去,只见树干上有一队黑色的大蚂蚁,正在不知疲倦地上下奔走。他没有明白那些蚂蚁在忙什么,因为它们没有搬运,只是不停地爬上去,再爬下来。

何人又看了一眼老人,后者仍在目不转睛地看着蚂蚁。他尝试用汉语问道:"先生,您讲汉语吗?"

老人看了他一眼,点了点头,没有说话,又把目光投回蚂蚁身上,似乎早就料到他会问这句话。

何人很高兴。在异国他乡的小城,每天听到的都是陌生的语言。如今,他终于遇到一位能讲汉语的人,怎能不高兴呢?他情不自禁地说:"太好了,在这里遇到中国人,真没想到!您好,我叫何人,如何的'何',人类的'人'。朋友们都叫我'什么人'。"

"你是什么人?"老人终于把目光停在了何人的脸上。

"对。不过,说老实话,有时候我也不知道自己究竟是'什么人'。我是北京来的,用北京人的话说,您以为您是谁哪!什么人呀!哈哈……"他见老人的脸上没有笑容,便止住笑声,很认真地问,"您老贵姓?"

"杨。"老人的目光又回到蚂蚁身上。

何人等了片刻,见老人没有继续说话的意思,便又说:"杨先生,我真高兴能在这里认识您。我到法国已经一个多月了,每天见到的都是外国人,每天听到的都是外国话,那种感觉真是太糟糕了。您老到法国很长时间了吧?您是……研究动物的吗?您是不是对蚂蚁很感兴趣?"

"是的。"老人终于说话了。

何人很高兴,连忙又问:"您说那些蚂蚁在干什么哪?是在搬家吗?"

"不是。"

"那它们怎么上下跑个不停啊?"

"没有任何目标,也没有任何意义。"

"那它们一定是在锻炼身体吧?就像咱们人一样,吃饱了就要用一定方式来消耗体内的能量。您看,这公园里就有不少人在跑步呢。"

"我希望这些蚂蚁是在锻炼身体,那毕竟是对它们有益的事情。但是,我恐怕它们只是在盲目地跟随或者服从。那就是非常可悲的事情了。"

"跟随？跟随什么？"

"跟随它们的首领啊。你看那只领头的大蚂蚁，其实别的蚂蚁都是在跟着它奔跑。"

何人仔细观察了一会儿，果然看明白了。虽然这些蚂蚁有上有下，但是实际上都是在按照那只领头大蚂蚁的路线奔跑，而且是一丝不苟，即使是落在后面的蚂蚁也绝不偷懒。他情不自禁地说："您别说，还真挺有意思的！这就跟我们在学校上体育课时跟着老师跑步的情景差不多。不过，我们那时候可没有蚂蚁这么认真，落在后面的同学经常搞些小迂回，抄个近道什么的。"

"那还好。最可怕的是没有个人的思想和意志，就知道盲目地跟随和服从。你看，如果那只大蚂蚁确实想带领大家锻炼身体，这些蚂蚁还算有福气。如果那只大蚂蚁发了疯，到处乱跑，别的蚂蚁也都跟着发疯，那就是蚂蚁的悲剧了。你明白我的意思吗？"

"明白，明白。我觉得您的话很有哲理。不仅蚂蚁是这样，其实咱们人类也是这样。咱们中国的'文化大革命'不就是很好的例子嘛！您说对吧？"

老人没有回答，继续看树干上的蚂蚁。

"那个时候，我的年龄还小。杨先生，您那个时候在国内吗？"

"……"

何人看杨先生不爱谈"文化大革命"的事情，就换了个话题，"杨先生，您对宗教感兴趣吗？我觉得，您刚才讲的话用在宗教上也挺合适，至少对有些宗教来说是这样。比如说那些狂热的教派吧，什么组织集体自杀啦，什么预言世界末日啦。要我说，盲目跟随宗教首领的教徒也怪可怜的。杨先生，您信教吗？"

"……"

何人本来以为宗教是老人感兴趣的话题，但是他仍然没有回答。何人又试图寻找其他话题，然而，杨先生一直没有再说话，也没有再看他，似乎这世界上唯一能够让他感兴趣的东西就是蚂蚁。

何人无话可说了，内心感到有些尴尬。他回头看了看坐在旁边草坪上和长椅上的外国人，他们都没有注意到他的感觉，大概因为他们都听不懂他的语言，或者他们根本就无心去注意别人的事情。

这时，一只鸽子叼着一个苹果核飞到旁边的草坪上，认真地啄食。接着，一只麻雀飞了过来，围着鸽子绕了一圈，大胆地跳过去，要与鸽子争食。鸽子不客气地扑上去，啄了麻雀一口，麻雀便慌忙地逃走了。

何人看出杨先生没有继续交谈的兴趣，便知趣地起身告辞了。

回到小屋，何人的思绪仍不能摆脱那位老人。职业已经使他养成了观察人和研究人的习惯。他在心中自问，老人是干什么的？是来法国经商的吗？看来不像。他的气质不像商人，倒有学者风度。那么，他是来此工作或教书的吗？也不像。他怎么能这么悠闲呢？而且他衣着高雅，看上去是个有钱人。那么，他是从香港或台湾来此养老的富翁吗？也不像。听他说普通话的口音，他应该是大陆人，还可能是北京人。那么，他会不会是因为政治原因而流落他乡的呢？

何人喜欢给别人设下谜团，让别人思考，也喜欢开动脑筋去解开别人留下的谜团，这是他的职业和爱好所决定的。他决心解开这位老先生身上的谜团。

第十四章

　　第二天上午，何人改变了工作方式，放下手中的笔，找出那本关于证据学的书，坐在窗前认真阅读。然而，书中的内容比他想象得更为深奥，或者说更为枯燥。他看得很吃力，总是不得要领。他告诉自己万事开头难，只要看进去就好了。但是在读了几十页之后，他仍然觉得大脑中一片空白，似乎什么都没有看到，或者说什么都没有记住。

　　也许，这不是书的问题。也许，他根本就不应该到书中寻找感觉，而应该到外面的生活中去开拓思路。然而，在陌生的环境中，他不知道自己究竟应该到什么地方去寻找想要的东西。于是，他感到一阵怅惘。

　　午饭后，何人睡了一觉。工作不见成效，睡觉的效率倒是挺高。他宽慰着自己。起来后，他别无选择地坐在桌前阅读了一阵，然后拿着那本书走出旅馆，来到佐敦公园。

　　何人沿着小路走上山坡，果然在那个长椅上又见到熟悉的身影。他走过去，向杨先生问好。杨先生依然像往常那样用最简洁的语言回答他的问候，然后面无表情地目视前方。他坐到旁边，打开手中的书，心不在焉地阅读起来。

　　突然，这位从不主动说话的杨先生问道："何先生，你看的是什么书？"

何人愣了一下，有些喜出望外，连忙把书合上，递了过去，"是关于证据学的书。"

杨先生扫了一眼书的封面，又问："你对证据学很感兴趣？"

"谈不上很感兴趣，只是想学习学习，因为我现在需要这方面的知识。"

"你还看过其他关于证据学的书吗？"

"没有，这是第一本，而且才看了几章。"

"那还好。我告诉你，这本书不值一读。"

"为什么？"

"因为编这本书的人自己都没弄清楚什么是证据。"杨先生看了一眼书签的位置，"既然你已经看了不少内容，那我问你一个基本问题：什么是证据？"

何人暗自庆幸，他终于找到了能让杨先生感兴趣的话题，连忙说："我看过证据的概念那一节，但是没记住。"说着，他打开书，翻找着。

"算啦，别找了。那书上说，证据就是证明案件真实情况的事实。"

"对对，书上就是这么说的，我想起来了。"

"你觉得怎么样？"

"概括得挺准确。"

"什么挺准确？狗屁不通！"杨先生有些激动，"其实，证据就是证明的根据，老百姓都是这么理解的，词典上也是这么解释的。但是有人非要把问题复杂化，以显示他们有学问。你明白我的意思吗？"

"我不太明白。"何人说的是老实话。

"我告诉你，按照这本书中的定义，证据就是证明案件真实情况的事实。作者觉得仅仅强调证据是'事实'还不够劲儿，还要强调其证明的必须是案件的真实情况。一句话，不属实的东西都不是证据！你明白我的意思吗？"

"这话不是挺有道理吗？"何人并非故意和杨先生抬杠。

"狗屁道理！我告诉你，证据一词本身并没有真假善恶的价值取向。真的可以成为证据，假的也可以成为证据。好人可以使用证据，坏人也可以使用证据。我告诉你，无论你要证明的是什么，也无论你证明的根据是什么，只要你能用甲来证明乙的存在，甲就是证据。你明白我的意思吗？"杨先生习惯性地用左手捋着长长的胡须。

"这个……"何人的思维没能跟上杨先生讲话的速度，但知道这句问话只是个口头语。

"这个定义的根源是刑诉法的规定，可刑诉法的规定本身就是有问题的，是自相矛盾的。我告诉你，《刑事诉讼法》第42条第一款规定'证明案件真实情况的一切事实都是证据'；第二款列举了7种证据；第三款又说，'以上证据必须经过查证属实，才能作为定案的根据'。这话是自相矛盾的。你明白我的意思吗？既然不属实的东西都不是证据，那还有什么必要去'查证属实'呢？你已经肯定是事实的东西却还要让人去审查它是不是事实，你有病啊？这就好像让人去审查一只狗是不是狗一样荒唐！你明白我的意思吗？"

杨先生说得慷慨激昂，旁边的几个法国人莫名其妙地看着他们。何人忙说："杨先生，您别激动。"

杨先生看了旁边的法国人一眼，不以为然地继续说下去，俨然是在讲课，"从司法实践来看，他们这种观点也是很难成立的。我告诉你，无论在刑事案件中还是在民事案件中，当事人提交司法机关的证据和司法机关自己收集的证据中都是有真有假的。律师提交的证据中有没有假的？侦查人员收集的证据中有没有假的？当然有假的，所以才需要审查评断嘛。你明白我的意思吗？"

杨先生的嘴终于停止了运动。他仰靠在长椅上，脸色有些苍白，目光又变得安宁了，甚至有些呆滞。过了一会儿，他站起身来，说了句"再见"，走了。

何人有些惶然地站起身来，"我送送您吧？"

杨先生没有停住脚步也没有回头，只是扬起右手，摆了摆。

何人望着老人的背影，直到消失在树篱的后面。他知道，老人又去教堂了。

次日下午，何人又来到佐敦公园，又来到那张长椅旁边，但是没有看见杨先生。他看了看手表，已经三点多钟了。根据这段时间的观察结果，杨先生每天都在三点钟准时到这里。今天为什么没有来？他不无担心地四处张望。

由于天气晴朗，气温较高，公园的草地上躺着一些半裸的享受日光浴的青年男女。西方人真是怪得很，本来白皙的皮肤，非要晒成褐色才觉得美丽。而且那些大姑娘在大庭广众之下袒胸露臂，一点也不觉得难为情。他还听说法国有的海滩和草场完全被一丝不挂的人占据了，号称"裸滩"。穿着衣服的人到了那里，反而会感觉不自然。

在公园中休闲散步的法国人一般都是短装打扮。然而，杨先生总是穿着长衣长裤，再加上肤色的差异和长长的胡须，他每次出现在公园中时都很显眼。何人搜寻了半天，视野中始终没有出现那个身材细高的老人。他便坐在长椅上，耐心地等待。

二十分钟过去了，杨先生仍然没有出现。何人情不自禁地猜想起来：杨先生为什么突然改变生活习惯？是他突然生病或者发生了特殊的事情？还是昨天的谈话引起他的疑虑，决定不再来见面？他似乎一直把自己封闭在一个神秘的外套里，不愿意让别人看到他的内心世界，也不愿意让别人了解他的过去。然而，昨天那段意外的谈话，使何人隐约窥视到那个外套里的东西。难道是何人惊扰了他那原本宁静的生活？

就在何人胡思乱想的时候，一个声音在耳畔响起："何先生，你好！"

何人回头一看，杨先生站在身后，便高兴地站起身来，"您好！我还以为您老今天不来了呢。"

"呵，我昨天谈得比较兴奋，结果夜里失眠了。今天吃完午饭后，我觉得很疲倦，就睡了一觉，没想到就睡到了这个时候。惭愧，惭愧。"杨先生坐到长椅上，不无感慨。"我已经很长时间没有说过这么多话啦！"

"我昨天也很兴奋，因为我没想到在这个地方能遇见您这么有水平的老师。真的，杨先生，昨天听了您的话，我觉得比自己看半天书强多了。"何人的表情非常诚恳。

"是吗？我也没有想到会在这里遇见对证据学感兴趣的年轻人。看来这就是你我的缘分了。"杨先生用左手捋着长长的胡须。

何人看着杨先生的面容，觉得对方的年龄可能并不像他想的那么大，这更增加了他的探查意愿。为了拉近与杨先生的关系，他用随便的语气说："杨先生，要说证据这个词儿，大家都知道，但是其中有些问题大家还真不明白。反正我就不明白，看书也看不懂。要我说，这证据的学问还真挺深奥的。"

"其实，证据问题也没有那么复杂，只不过有人把问题复杂化了。你明白我的意思吗？目前对中国人来说，最重要的不是证据概念，而是证据意识。"

"什么是证据意识？"何人饶有兴趣。

杨先生沉思片刻，说道："所谓证据意识，就是指人们在社会生活和交往中对证据作用和价值的一种觉醒和知晓的心理状态，是人们在面对纠纷或处理争议时重视证据并自觉运用证据的心理觉悟。你明白我的意思吗？"

"您这话可够专业的。"

"用通俗的话说，就是人们在做事儿的时候，知不知道运用证据，重不重视证据。我告诉你，由于历史传统和法律文化的影响，中国人的证据意识是很淡薄的。你明白我的意思吗？人们在社会交往中重视人情和关系，不重视收集证据，对可能发生的纠纷缺乏证据准备。例如，张三借钱给李四却不好意思让李四给写个借条，似乎一写借条就冷了朋友关系。结果发生借贷纠纷，张三手无证据，后悔莫及。"

杨先生的话在何人的心里产生了共鸣。他似乎找到一种朦胧的灵感，他竭尽全力去捕捉，但始终未能把握。

"何先生，"杨先生大概看出何人有些心不在焉，就叫了一声，"我告诉你，司法人员缺乏证据意识才是最为可怕的，因为这不仅是一个国家法制不健全的表现，甚至会成为百姓的灾难。你明白我的意思吗？虽然《刑事诉讼法》第46条规定，对一切案件的判处都要重证据，重调查研究，不轻信口供。但是在司法实践中，有些警察、检察官、法官，就认口供，没有证据意识，更没有法治意识，刑讯逼供，枉法裁判，制造了许多冤假错案！我告诉你，一个守法公民，莫名其妙地就被扣上个罪名，那真是飞天横祸，而且是叫天天不应，叫地地不灵！你明白我的意思吗？"

看着杨先生那红涨的脸，一个奇怪的问题突然浮上何人的脑海——这位杨先生是个逃犯吗？他想了想，用漫不经心的口吻问道："杨先生，看来您很熟悉国内的情况。您经常回国吗？"

杨先生没有回答。他大概也意识到自己的激动，便看了看手表，轻声说了一句,"我该走了。"

何人不想失去这个机会,便问道:"杨先生,我现在对证据学很感兴趣,但是不知道该怎么学习。您能给我一些指教吗?"

杨先生看着何人,沉思片刻才说:"如果你真想学,我可以给你讲课。"

"我真想学!"何人喜出望外。

"反正我现在也有时间。"杨先生用左手捋着胡须,"这样吧,你明天上午九点钟到我家里来,我给你讲课。单独授课,这就跟指导研究生一样啦。"

"那我就太感谢您了。"何人犹豫一下,又问,"杨先生,这学费我该怎么付给您呢?"

杨先生笑道:"你以为我在给自己找工作吗?你错啦。我不收学费。"

"这不太合适吧。"何人不好意思地说。

"这没有什么不合适的。我告诉你,第一,我现在不缺钱;第二,我喜欢教学;第三,收了你这个研究生,我就是研究生导师啦。你明白我的意思吗?"杨先生站起身来,用手指了指公园东边的一栋黄色小楼,"我就住在那栋楼房里,二层。明天上午九点钟上课。你可不许迟到啊!"

"谢谢杨老师。"

杨先生站起身来,脸上带着满意的微笑,向北走去。何人心想,他这次去教堂的心情不错,也许他期望自己能够得到上帝的嘉奖了。

何人走出佐敦公园,到大学的餐厅里吃了晚饭,然后回到旅馆的房间。

躺在小床上,何人的脑子里闪出一串问题:这位杨先生到底是什么人?他为什么要免费讲课?他为什么要把讲课的地点安排在他的家中？去他家会有什么危险吗？这里面会不会有什么圈套呢？然而，当最后一个问题出现在脑海时，他立即责骂自己的心理太阴暗。凭直觉，他认为杨先生没有恶意。据分析，他也觉得杨先生没有害他的理由。然而，他又难以驱散内心的疑云。他想起一句老话，不入虎穴，焉得虎子。

第十五章

上午八点半,何人带着既兴奋又忐忑的心情走出旅馆,绕过佐敦公园的大门和围墙,走进一条看上去历史相当悠久的小街。

这街道只有两米多宽,两边各立着一排约有半米高、看上去挺结实的黑漆铁柱。铁柱两旁是人行道,中间是车行道,都很窄。人行道只能容一人行走,两人相遇便要侧身而过。车行道仅能容一辆小型轿车通过,难怪法国街上跑的多为体积很小的汽车。街口有一家咖啡店,门外紧凑地摆放着十几套桌椅,也都很小。

何人沿着小街拐了两个弯,来到那栋老式的黄色小楼前。他走上台阶,按了门锁旁的对讲器按钮。

过了一会,一个人用汉语问道:"是何先生吗?"

"是我,何人。"

门锁"咔"地响了一声,打开了。何人用力拉开沉重的楼门,走了进去。

楼内很干净,但光线有些暗。他踏着很窄的木楼梯,走上二层。每层只有一个房门。他敲了敲门,听见里面有人说:"门没锁,进来吧。"

他推开门,走了进去。面前是一个横向的细长走廊,右手一侧的尽头有两个门,都关着。左手一侧被打开的房门挡着,看不见。他又听见了声音,"客厅在你的左边,你得把房门关上才能走过来。"

何人关上房门，这才看见客厅的门。客厅很大，里面铺着很厚的地毯，摆放着沙发、茶几、书柜、写字台等家具。正面墙上有一幅很大的中国山水画，画上题的诗句是：月落乌啼霜满天，江枫渔火对愁眠；姑苏城外寒山寺，夜半钟声到客船。侧面的墙上挂着一个竖条幅，上面写着一个大字——"忍"。房间里还有一种怪怪的香草气味，不太强烈，但是很悠长。整个房间的东西都摆放得井井有条，不像单身男子的住所。

杨先生已在等候了。寒暄之后，他很认真地说："既然你想跟我学习证据学，那我就要系统地给你讲授。你明白我的意思吗？我不仅要让你了解证据学的基本内容，而且要让你了解这门学科的历史。有人说，不了解一门学科的历史就不可能把握这门学科的精髓。今天，我就给你讲第一课：证据制度的历史沿革。"

何人坐在沙发上，微微扬着头，看着杨先生。他想，自己的样子一定很像认真听讲的学生。

杨先生慢慢走到窗前，转过身来，犹如站在讲台上面对一班学生那样，声音朗朗地讲了起来："在古代社会中，人们生活和交往的地域范围比较小，或者说，在同一群体内生活的人口数量比较少。因此，案件的情况一般都不太复杂，案件发生的形式一般也都表现为双方争讼。你明白我的意思吗？张三说李四偷了他的牛，李四说张三杀了他家的羊，双方发生了纠纷，怎么办？去找酋长或长老裁断。在有些案件中，裁断人员在听取双方陈述或他人的陈述之后就能认定事实。但是在有些案件中，没有证人，仅凭双方的陈述就很难分辨曲直。你明白我的意思吗？当时，人类的认识能力很有限，没有科学的证明方法，只好求助于神明的力量。于是，神明裁判的方法就应运而生了。"

"什么叫神明裁判啊？"何人第一次听到这个名词。

"神明裁判就是用一定形式来请神灵帮助裁断案情，并且用一定方式把神灵的意旨表现出来。神明裁判的方法很多，如水审法和火审法。"

"杨先生，我没听明白。水和火怎么审案呀？"

"比方说，古代巴比伦人在审理案件的时候，就经常采用水审法。按照《汉谟拉比法典》中的规定，如果某自由民的妻子被人告发有通奸行为，但是她自己不承认，那么法官就会命令人把该妻子扔到河里去。如果那个女子沉到水里去了，就证明她有罪；如果她浮在水面上，就证明她无罪。"

"看来那个时候的人都不会游泳。"

"有这种可能。不过，古代日耳曼人采用的水审法恰恰相反。他们把犯罪嫌疑人扔到河里之后，如果那个人浮在水面上，就证明他有罪；如果他沉下去，就证明他无罪。因为，日耳曼人认为水是圣洁的，不会容纳有罪的人。"

"这么说，如果被扔到河里的人沉了下去，法官还得让人去打捞。真是怪麻烦的。我看还是巴比伦人的方法比较简单，淹死就算了。"

"古时候的人可能不像你这么聪明，他们把这些方法看得非常神圣。也正因为当时的人都相信神灵，这些方法才能发挥作用。你明白我的意思吗？"

"那么火审法是怎么回事儿呢？"

"火审法就是利用火的灼热对人体的考验来查明案情。我告诉你，法国人的祖先就曾经使用过这种方法。甲说乙偷了他的东西，乙说没偷，法官也无法分辨真相，就在严格的宗教仪式下让当事人手捧烧红的铁犁铧，然后看谁的手掌没有伤，或者伤得轻，或者伤口好得快。你明白我的意思吗？"

"我要是那个丢了东西的人，宁愿认倒霉也不去接受什么火审法。"

"是啊，后来这种考验就变成单方的了，法官只让被告人接受考验。你明白我的意思吗？"

"我看这跟刑讯逼供差不多。"

"确实有些人在面对火的考验时就主动招供了，免受皮肉之苦嘛。"

"还有别的神明裁判方法吗？"

"当然有啦。例如，古印度的法律就明文规定了八种神明裁判的方法，包括火审法、水审法、秤审法、毒审法、圣水审法、圣谷审法、热油审法和抽签审法。"

杨先生说得很快，如数家珍。何人不便打断，只好在他说完之后才问："杨先生，中国古代有神明裁判方法吗？"

"当然有啦。你听说过'皋陶治狱用神羊'吗？皋陶是舜帝时期的司法官员。每当他遇到疑难案件的时候，他就让人把'神羊'带上来，对着被告人。如果'神羊'用角去顶被告人，就证明被告人有罪；如果'神羊'不顶，就证明被告人无罪。这也是一种神明裁判的方法。你明白我的意思吗？"

"杨先生，现在的办案人员还有使用这些神明裁判方法的吗？"

"现在？神明裁判的方法是特定历史条件下的产物，你明白我的意思吗？我告诉你……"杨先生兴致勃勃地讲起了人类的认识发展规律。但是，何人的脑子里仍然在想着现在的司法人员会不会使用神明裁判方法来查明案情的问题，以至于杨先生后面讲的内容他都没有听进去。

次日上午9点，何人又来到杨先生家中。杨先生让何人坐下之后，没有任何寒暄，便迫不及待地讲了起来："今天，我们要讨论证据的种类问题。你已经看过那本书中的有关内容了吧？"

何人点了点头。他昨天晚上确实预习了这部分内容，因为他知道要想取得杨先生的信任，就必须先当一名好学生。

"那好，我讲起来就比较容易了。"杨先生的眼睛里流露出满意的目光，然后便滔滔不绝地讲了起来。从证据包括物证、书证；证人证言；被害人陈述；犯罪嫌疑人、被告人供述与辩解；鉴定结论；勘验、检查笔录；视听资料等种类，讲到了证据可以有原始证据和传来证据、直接证据和间接证据等分类……

杨先生讲完之后，问道："你看过中国的刑诉法吗？"

"没有。我正想找一本看看呢。"

"你应该看看。"杨先生转身到书柜里取出一本蓝皮小册子，递给何人。"我这有一本新版的，你拿去看看吧。不过，这书是借给你的，可要还给我呀。"

"谢谢您。"何人接过书，翻了翻，又说，"证据学的问题太复杂了。看书的时候，我好像是懂了，但是之后一想，我又好像没懂。"

"生活中的事情往往就是这样。你以为懂了，但是细细一想，其实还没有懂。你明白我的意思吗？人啊，经常是似懂非懂，有些人还不懂装懂。"杨先生很有感触地点点头，目光停留在那个很大的"忍"字上面。

何人终于找到了改变话题的机会，连忙说道："杨先生，我觉得您这话特有道理。昨天，我在市中心的大街上看到一幅宣传画。我的法文不好，看了半天，就是似懂非懂。"

"什么宣传画？"杨先生转过头来。

"那张画很大，上面画着几个年轻的法国人，穿着中国'文化大革命'期间流行的绿军装,还戴着绿军帽,看上去很滑稽的样子。"

"呵,那是一些法国人搞的纪念活动,没什么意思。"

"纪念什么?难道是纪念中国的'文化大革命'吗?"何人不想放弃这个好不容易抓到的机会。

"那可就说来话长喽。"杨先生看着何人,似乎在等待何人放弃,但是何人执着地看着他,等待他继续讲下去。他皱起眉头,似乎很不情愿地说,"在中国人闹'文化大革命'的时候,不少法国青年也跟着折腾。他们以中国的'红卫兵'为榜样,要造反,要打倒贪官污吏。可这是在法国。你明白我的意思吗?法国政府当然不能容忍这种扰乱社会秩序的行为。有的地方还出动了警察。结果,许多年轻人成了'革命'的牺牲品。你明白我的意思吗?"

"您的意思是说他们被警察打死啦?"

"倒没有那么严重。有人受到了肉体上的伤害,有人受到了精神上的伤害。今年是30周年,所以有人搞了那些宣传画,以作纪念!"

"真有意思!"何人装成若有所思的样子。

杨先生看了何人一眼,冷冷地说:"关于这个问题,你可以自己去图书馆查阅当时的报纸,如果你感兴趣的话。"

"我只是随便问问。杨先生,您最近回过中国吗?"

"我已经很久没有回国了。"杨先生愣愣地看着何人,长叹一声,"算了吧,今天的课就上到这里吧。"

何人沮丧地走出杨先生的家,因为他没能解开杨先生之谜。杨先生为什么在异国他乡过着这种隐居的生活?他的内心深处隐藏着什么秘密?忽然,何人想起了杨先生的话,对呀,应该到图书馆去。

埃克斯市的图书馆不大。如果没人指点,何人从外面真看不出它是图书馆。不过,工作人员的态度很好。一位女士知道何人的法语不好,就给他找来一位懂英语的人,耐心地询问他的要求,然后带他去查阅英文报刊。何人在图书馆里呆了半天,翻阅了许多报刊,但是没有找到想要的东西。离开图书馆的时候,他不禁有些失望。

何人无法摆脱好奇心的缠绕。有时他也觉得自己是多管闲事,浪费精力。但这是他多年形成的职业习惯。谁让他选择了这个职业呢!而且他已经投入了这么多时间和精力,怎能半途而废呢?他觉得自己有了赌徒的心态,投入的钱越多,就越想赢回来。

晚饭后,何人坐在桌前,拿出杨教授借给他的书。那书名很长——《〈中华人民共和国刑法〉〈中国人民共和国刑事诉讼法〉及相关配套司法解释》,是中国方正出版社1998年3月出版的新书。突然,一个问题浮上脑海——这本书显然不能在法国买到,因此,它或者是别人送给杨先生的,或者是杨先生自己回国买的。如果是后者,那杨先生就应该在今年回过中国。可是,他为什么说很久都没有回国了呢?他是在撒谎吗?

何人决定给国内一位当律师的朋友写封信。杨先生在证据学上这么有造诣,肯定会在国内的法学界有一定影响。他请那个朋友帮忙打听一下,或许能够查清这位神秘人物的来龙去脉。他在信中详细描述了杨先生的外貌特征和动作习惯,甚至包括他讲话时的口头语——"你明白我的意思吗?"这是何人的强项。他相信这条调查途径是正确的,并且想起了一个专业术语:协查通报。

这一夜,他睡得很踏实。

第十六章

第二天上午,何人出了旅馆大门之后,先到邮局去发信,然后到杨先生家上课。杨先生见到何人,也很高兴。看来他有些担心,怕何人会逃学。何人也很高兴,但是没有表现出来。

杨先生开门见山说:"今天我给你讲证据调查方法。首先,我们要明确一下证据调查的概念,因为很多人对这个概念的认识也是似懂非懂。你明白我的意思吗?有人认为,证据调查就是警察的事情,其实不然。法官、检察官、律师和行政执法人员都要进行证据调查。你明白我的意思吗?常用的证据调查方法包括现场勘查、询问、辨认、搜查、讯问、鉴定,等等。"

"这里有些方法是我比较熟悉的,像现场勘查和搜查,几乎所有侦查破案的小说和电影中都有。询问和讯问嘛,其实就是问话和谈话,也没有太多特别之处,但是辨认的问题好像挺复杂。对吗?"

"辨认既是一种重要的证据调查方法,也是人们日常生活中常用的认识方法。我告诉你,辨认就是辨认者根据大脑记忆中的印象来判断某个人或者某个东西是不是他以前曾经看到过的那个人或者那个东西。你明白我的意思吗?当然,根据以前听到的声音来判断也行。例如,抢劫案件或者强奸案件的受害人曾经与作案人有过正面接触,记住了作案人的外貌特征,然后侦查人员在案件调查过程中发现了嫌疑人,就可以让受害人对嫌疑人进行辨认。证人也是常见的辨认主体。

你明白我的意思吗？犯罪分子在作案前曾经到一家商店去购买作案工具，比方说菜刀或者毒药，那么商店售货员的大脑中就留下了犯罪分子的印象。如果侦查人员找到了嫌疑人，就可以让售货员去进行辨认。所以，辨认实际上就是让人看一看这个人或者这个东西是不是以前看到过的那个人或者那个东西。你想一想，在你的日常生活中，有没有这种辨认活动呢？"

"当然有啦。比方说，我原来在教堂里见过您，当我后来又在公园里看到您的时候就一眼认出来了。这就是辨认，对吗？"

"你以前在教堂里见过我？"杨先生用奇怪的目光看着何人。

何人意识到自己说走了嘴，但是话已经收不回来了，便笑了笑说："是啊，因为您是我到这里之后见到的第一个中国人，所以我一下子就记住了。"

"你……"杨先生似乎把一句已到嘴边的话又咽了回去，转而说道，"日常生活中的辨认很多。当然，司法活动中的辨认不能像生活中的辨认这么简单，必须遵守一定的规则。"

"辨认都有哪些规则呀？"何人需要这方面的知识。

"辨认规则包括个别辨认、混杂辨认和自由辨认等。其中，混杂辨认是最重要的。按照这条规则，侦查人员在组织辨认的时候，不能只把辨认对象一人或一物安排在辨认人面前，让其辨认，因为这等于在心理上暗示辨认人，这个人就是作案人，这把刀子就是作案人使用的那把刀子。你明白我的意思吗？因此，侦查人员应该找几个跟嫌疑人的外貌特征基本相似的人和嫌疑人站在一起，让受害人进行辨认。这就是混杂辨认，也叫列队辨认。无论是对人的辨认，还是对物的辨认；无论是通过照片进行辨认，还是对真人进行辨认，只要条件允许，就都要坚持混杂辨认的原则。你明白我的意思吗？"

"那么混杂的人应该有几个呢？"

"这个嘛，各国的规定不完全一样。有的要求5个，有的要求7个，有的要求9个，但是一般来说都不应少于5人，否则就起不到混杂的作用了。"

"我在美国的电视剧里看到过，警察让嫌疑人和陪衬的人站成一排，其中还有警察，然后让受害人进行辨认。但是在有些情况下，侦查人员只能让受害人偷偷地进行辨认，那怎么安排混杂对象呢？"

"你讲的是秘密辨认的对象混杂问题。在公开辨认的时候，侦查人员可以安排一些混杂对象，这很简单。在秘密辨认的时候，侦查人员不好安排混杂对象，但是也可以进行混杂辨认。例如，侦查人员可以在辨认对象上班或者下班的时候，让辨认人坐在传达室里或者汽车里，这时出来进去的人很多，自然就和辨认对象混杂起来了。你明白我的意思吗？有人把这种混杂叫做自然混杂。我告诉你，辨认是一种应用很广、效率很高的证据调查方法，但也是一种很容易失误很容易导致冤假错案的证据调查方法。你明白我的意思吗？如果是很熟悉的人，那辨认结果是比较可靠的。但是在犯罪侦查中，受害人或者证人对辨认对象的感知可能只有一次，而且时间很短，感知条件也不太好，所以辨认结果就容易出现误差。你明白我的意思吗？在这个问题上，古今中外的教训很多。很多冤假错案就是因为辨认错误导致的。"

"但是据我所知，刑讯逼供才是导致冤假错案的罪魁祸首呀！"

"可以这么说。因此，讯问也是特别需要法律规制的证据调查方法。讯问的对象是案件中的犯罪嫌疑人或被告人，他们的这种特殊身份就决定了他们很容易成为不正当审讯行为的牺牲品。你明白我的意思吗？虽然他们是犯罪嫌疑人或者被告人，但是在法院没有正式判定有罪之前，他们应该被视为无罪之人。你明白我的意思吗？"

"您说的是无罪推定原则吧？"

"非常正确。中国修订的刑诉法在一定程度上吸纳了这一原则，这是一个很大的进步，但是仅仅在法律上规定了无罪推定原则还不能有效地杜绝司法实践中的刑讯逼供。你明白我的意思吗？对于刑讯逼供来说，更有效的法律规制手段是非法证据排除规则。"

何人轻轻叹了口气，因为他心中刚刚形成的一个想法破灭了。这时，另外一个问题浮上脑海，他问道："杨先生，您熟悉测谎仪吗？我听说测谎仪在西方国家的审讯中用得很普遍，这是真的吗？"

"我对测谎技术的了解很肤浅。我没有给别人测过谎，也没有被别人测过谎。不过，测谎技术涉及证据问题，所以我比较关注。"杨先生沉思片刻，慢慢说道，"很多人都把测谎技术当成一种审讯手段，其实它的应用范围要广泛得多。例如在美国，测谎技术不仅用于对犯罪嫌疑人或被告人的讯问，而且用于机要人员的审查和雇员的雇前审查。当然啦，测谎技术首先是从审讯问案的需要中发展起来的。我国春秋时期就有人提出了'以五声听狱讼'的问案方法。"

"什么叫'以五声听狱讼'呀？"

"所谓'五声'，包括辞听、色听、气听、耳听、目听。'以五声听狱讼'，实际上就是说办案人员在审问当事人的时候要注意察言观色，要看被问话的人说话是否自然，要看他的脸红不红，要看他的呼吸是否平稳，要看他的听力是否正常，要看他的目光是否坦然，然后在这些观察的基础上分析被审问者说的是真话还是假话。你明白我的意思吗？"

何人突然想起另外一个问题，便问道："杨先生，我听说指纹是证据之王，那么现在的技术能不能显现那些遗留在特殊物体上的手印，比方说，遗留在感冒胶囊上的手印？"

"感冒胶囊？"杨先生用猜疑的目光看着何人。

"哦，我突然产生了这个念头，连我自己也觉得挺奇怪的。比方说，有人在感冒胶囊上留下了手印，现在有没有办法把它显现出来呢？"

"我不是指纹专家，不过，据我所知，现在有一些先进的显现潜在手印的方法，例如激光显现法和502胶显现法，用这些方法显现感冒胶囊上的手印应该是没有问题的。你为什么问这个问题呢？"

"哦，真的没什么，就是突发奇想。"何人支吾着。

杨先生看着何人的眼睛，突然问道："你是公安部的还是安全部的？"

"什么？啊，我是大学老师呀！"

"哦，算了，下课吧。明天你不用来了，下周一再来。"

走出这栋黄色小楼时，何人的心中有些不安。

第十七章

何人决定利用这个周末去意大利旅行。星期五上午,他准备好行装,走下楼来。刚走出楼梯间,他看见杨先生正在门厅里,便下意识地退回去,站在门后观望。杨先生在和旅馆的服务员说话,似乎是在询问。服务员在解释,不时用手指向楼上。何人感觉,杨先生是在查问自己的情况。

杨先生走后,何人又等了一会儿,才走出来。他走到前台,彬彬有礼地用英文问道:"有我的信吗?"

服务员用不太流利的英语说:"啊,没有。不过,刚才有一位老先生来找你。很奇怪。他问了你的情况,我以为他会上楼去找你,但是他走了。"

"没关系。如果他再来,你就说我去意大利了。"

何人坐公交车到马赛,吃了午饭,在市区游览一番,傍晚坐上火车,次日凌晨便到达了以斜塔闻名于世的比萨。他在朝阳下领略斜塔之后,又乘火车赶到佛罗伦萨。他以急行军的速度游览了大半天,欣赏了一座座色彩斑斓、气势恢弘的古老建筑和一个个蕴含丰富、精品众多的博物馆,感受了千百年前欧洲文明的博大精深。夜里,他再乘火车赶回比萨,搭乘从罗马开来的火车返回法国。

在回马赛的路上,何人又走马观花地游览了以"蓝色海岸"著称的尼斯市和以电影节闻名的戛纳市,以及作为法国境内"飞地"的小国摩纳哥。当他回到埃克斯住所时，已是星期天的深夜。他洗了个痛快的热水澡，然后静静地躺在床上，虽然身体疲惫，但是心情愉快。

星期一上午，何人按时走进杨先生的客厅，不无兴奋地讲述了他的意大利之行。其间，他不住观察杨先生的神态。

"我曾经在佛罗伦萨住过一年。"杨先生轻描淡写地说了一句，就把话题转到讲课上，"今天，我们来讲证明的问题。我以前讲过，证据就是证明的根据。我还讲过，证据调查的目的不仅要查明案情，而且要证明案件事实。因此，证明是证据学中非常重要的组成部分。你明白我的意思吗？"

杨先生滔滔不绝地讲述起来。但是他的话并没有全部进入何人的大脑，因为后者的思维被另一个问题占据了。终于，他找到了问话的机会——"杨先生，您的话使我想起一个问题。我知道，通过笔迹鉴定可以证明某封信是某人写的。但是，绘画能鉴定吗？不是画家的画儿，就是普通人画的，而且笔画很简单。能鉴定吗？"

"应该也可以啦。你说的是笔迹同一认定，就是根据书写动作习惯进行的人身同一认定。笔迹特征也包括绘画的特征。你明白我的意思吗？"

"字迹经过伪装之后，还能进行鉴定吗？或者按照您的说法儿，叫什么来着？啊，同一认定。一个人故意伪装自己的笔迹，还能进行同一认定吗？"

"从理论上来讲，伪装字迹也是可以进行同一认定的，因为一个人要想改变自己的书写习惯，必须靠高度集中的注意力和意志力来控制书写动作。但是人的书写动作是高度自动化的。只要大脑里出现一个字的信号，手马上就会自动写出来。而且人的注意力和意志力都是有局限性的，所以一个人在书写伪装字迹的时候，只要稍微一走神，就会按照原来的习惯书写，于是便露出了马脚。特别是在书写字迹较多的情况下，伪装往往是不彻底的。你明白我的意思吗？不过，就具体的笔迹鉴定工作来说，伪装字迹的鉴定是比较困难的，需要鉴定人员有丰富的识别伪装字迹的经验。"

"要进行笔迹鉴定，必须得有嫌疑人的笔迹样本。对吧？但是让嫌疑人书写样本的时候，他故意伪装自己的书写习惯特征，怎么办呢？"

"这个嘛，你可以让他多写一些字，还可以让他加快书写速度。另外，在他书写的时候，你可以用说话等方式干扰他的注意力。总之，你要千方百计让他不能集中精力进行伪装。你明白我的意思吗？"

"就是要给他捣乱。对吗？"

"你这种说法儿很通俗。"杨先生看了一下手表，"我们再谈谈证明方法的问题。证明的方法很多，如逻辑证明方法，实验证明方法，科学证明方法，等等。"

"杨先生，我对推理最感兴趣，因为它能让人感受到人类思维的能量和智慧的魅力，而且它还能给人一种神秘感，一种出人意料的效果……"

"你说的是推理小说吧？"杨先生打断了何人的话，眼睛里流露出奇怪的目光。

"啊，推理小说也是源于生活的嘛！"何人意识到自己的话有些离题，"我认为，从侦查破案的角度来说，推理小说作家和犯罪侦查人员的目标是一致的。"

"看来这是你非常感兴趣的一个话题。"杨先生很认真地说，"那好，咱们就从推理小说谈起吧。我同意，推理小说是源于生活的，但它又是高于生活的，而且有些推理小说高出生活很多。你明白我的意思吗？福尔摩斯是首屈一指的推理大师吧？但他是柯南·道尔虚构出来的人物，他只有在柯南·道尔笔下才能有那么大的本领。如果你把他放到现实生活中,让他去侦查破案,他的推理就不会有那么神奇的力量了。"

何人不完全赞同杨先生的观点,便婉转地说:"我听说,国外有些研究犯罪侦查的学者甚至提出现代犯罪侦查的鼻祖应该是福尔摩斯。"

杨先生看出了何人的心理活动,微微一笑道:"你这么崇拜福尔摩斯,那么你一定很熟悉柯南·道尔借福尔摩斯之手写的那篇题为'生活宝鉴'的文章啦。我给你背一段其中的话,如果我的记忆不准确,你可要给我纠正啦。"他眯着眼睛,用播音员的语气朗诵道,"一个逻辑学家不需亲眼见到或者听说过大西洋或尼亚加拉瀑布,他能从一滴水上推测出它有可能存在。所以整个生活就是一条巨大的链条,只要见到其中的一环,整个链条的情况就可推想出来了。"

何人目瞪口呆了。他没想到杨先生对福尔摩斯也有这么深入的研究,此时此刻,他更想知道这位神秘的杨先生究竟是什么人物了。

杨先生没有理会何人的惊奇,继续说道:"福尔摩斯这种推理本领确实让普通人望尘莫及。我记得那篇文章中还说,逻辑学家可以从一个人瞬息之间的表情和肌肉的每一牵动以及眼睛的每一转动推测出他人内心深处的想法。福尔摩斯的思维能力如此神奇,难怪要被人称为'魔鬼的把戏'了!你明白我的意思吗?我告诉你,侦查人员也是普通人。他们既没有魔鬼的本领,也没有特异功能,他们不可能感知到普通人无法感知到的东西。他们之所以被人以为有非凡的推理能力,主要是因为他们的职业活动使他们养成了特殊的思维方式和习惯。"

"什么是侦查人员的特殊思维方式和习惯呢?"何人又恢复了小学生的谦恭,而且是发自内心的。

杨先生说:"我认为,侦查人员的特殊思维方式和习惯主要表现在两个方面：其一是侦查思维的逆向性或溯源性；其二是侦查思维的对抗性或博弈性。所谓逆向性，是指主体的思维方向与客观事物的发展方向相反，即不是从事物的原因去探索结果及结果的结果，而是从结果去探索原因及原因的原因。你明白我的意思吗？所谓对抗性，是指主体的思维活动表现为两方对抗的形式，其中一方的思维正确与否往往要取决于另一方的思维活动。你明白我的意思吗？"

"杨先生，请您再讲具体一些。"何人确实对此很感兴趣。

杨先生思考片刻，说道："在犯罪侦查的过程中，逆向思维是侦查人员的基本思维模式。从整个案件来说，侦查人员在开始调查时接触的往往都是犯罪行为的结果，而侦查思维就是要从这些结果出发去查明其产生的原因，即通过溯源推理去查明案件事实。你明白我的意思吗？例如，侦查人员在现场上发现了一具尸体，便要从这个结果去推导它产生的原因，即他是怎么死的；如果查明他是被人杀死的，还要进一步推断他是怎么被人杀死的，是为什么被人杀死的，是被什么人杀死的，等等。那么从案件中的具体情节来说呢，侦查人员也经常要从结果出发去推断原因。例如，现场的保险柜门被人打开了，侦查人员要分析其打开的原因；现场发现一块痰迹，侦查人员要研究其形成的原因；现场某些物品被烧毁了，侦查人员要推断其烧毁的原因等。总之，根据现在去认识过去是犯罪侦查思维的一个重要特征。你明白我的意思吗？"

"逆向思维一定很难，是不是？"

"逆向思维要求侦查人员具备广博的知识，而且要熟悉溯源推理的方法。在犯罪侦查中，由于案件情况错综复杂，所以不习惯逆向思维的人往往会感到束手无策，但是优秀的侦查人员却能够很快找出其中的因果关系并准确选择溯源推理的途径。你明白我的意思吗？福尔摩斯当然是这方面的'超人'啦，这大概也正是普通人感到侦查思维非常神秘的主要原因之一。你明白我的意思吗?"

"那么思维的对抗性呢?"

"对抗思维是犯罪侦查思维的另一个重要特征。侦查就好像下棋一样,一方要想获胜,必须准确地掌握对方的思维动态和途径。因此,它又称为博弈性。你明白我的意思吗?俗话说,道高一尺,魔高一丈,讲的也是这个道理。"

"我记得西方推理小说的鼻祖爱伦·坡在《被窃的信件》中讲到一个特别擅长猜枚游戏的男孩子。那种游戏很简单,一个人手里攥着几个石子,另一个人猜是单数还是双数。那个男孩子几乎是百猜百中,人们都说他运气好,我看他运用的就是对抗思维的方法。对吗?"

"非常正确。在对抗思维中,最关键的是要准确地判定对方的智力水平和思维模式。我也看过爱伦·坡的著作。那个男孩子在猜枚时首先就要弄清对方的聪明程度,然后在猜枚的过程中注意观察对方的面部表情和身体动作,并运用心理换位法去体会对方的想法。以此为基础,他就可以根据每一次猜枚的结果推断出对方下一次的对策,并作出相应的选择。当然,这也是推理小说中的人物,在现实生活中恐怕很难找到这么聪明的孩子。你明白我的意思吗?"杨先生看了看手表,说,"我问你,你知道什么是演绎法吗?"

"我知道,就是从一般到个别的思维方法,它是和归纳法相对而言的。归纳法是从个别到一般的思维方法。"何人曾经认真学过逻辑学,所以对这些内容比较熟悉。

"那我再问你,福尔摩斯的推理方法是演绎法还是归纳法?"杨先生俨然是在考试。

何人曾经看过一本关于这个问题的书。那本书的作者批评柯南·道尔在推理方法问题上犯了一个非常幼稚的逻辑学错误,因为福尔摩斯使用的推理方法是归纳法,而不是像柯南·道尔所说的演绎法。当然，他认为该作者的观点也有些片面，于是，他胸有成竹地回答说："虽然柯南·道尔在书中把福尔摩斯的推理方法称为演绎法，但是我认为他说得不准确，实际上，福尔摩斯使用的推理方法既有演绎法也有归纳法。"

"你说得不错。演绎法是从一般到个别的认识方法，归纳法是从个别到一般的认识方法。毫无疑问，在侦查破案的推理过程中，这两种方法都会得到运用，而且二者是互相渗透的。你明白我的意思吗？例如，在分析某尸体的死亡原因时，侦查人员可以运用演绎法思维，即根据死亡原因的一般知识来推断本案的具体死亡原因；在并案侦查中，侦查人员可以运用归纳法思维，即根据这些具体案件中反映出来的共同特点确定它们为同一个人或同一伙人所为的结论。你明白我的意思吗？另外，就犯罪侦查中具体的思维活动而言，往往也是演绎法与归纳法的结合使用或交叉使用。"

正在这时，电话铃响了。杨先生快步走到茶几旁边，抓起话筒，用法文讲了起来。何人听不懂他的话，只能根据他脸上的表情猜测。开始，他仿佛有些兴奋，然后又似乎有些失望，最后他好像无可奈何地同意了对方的意见。放下电话之后，杨先生略带歉意地说："对不起，我有个约会，一会儿要出去。今天的课就上到这里吧。"

何人连忙向杨先生告辞，走下楼来。在回旅馆的路上，他情不自禁地问自己，杨先生要和什么人去约会呢？

第十八章

　　星期二早上，何人按时到杨先生家去上课。他按了几次门铃，但楼上一直没人回答，那门锁也没有发出"咔哒"的开启声。他正在纳闷，忽见门边用透明胶条粘着一张纸条。他走近一看，上面是中文，是杨先生写给他的——

　　何人：
　　　　我今天要去马赛办事，不能给你上课。如果你有兴趣去参观基督山岛，可以在11点钟到马赛火车站门口找我。

　　这就是杨先生的作风。
　　何人拿着那张纸条，考虑片刻，决定到马赛去。一方面，他到法国之后一直想去拜访那座因大仲马的小说《基督山伯爵》而闻名于世的地中海小岛；另一方面，他觉得杨先生的意思显然是希望他去。
　　他看了看手表，时间还很充裕，就回旅馆换了身适宜旅游的衣服，然后来到公共汽车站，坐上了开往马赛的大客车。
　　法国的高速公路建得很好，平坦宽阔，四通八达，但是立交桥并不多。一路上，何人欣赏着两旁的美景，感觉格外惬意。他特别喜欢路旁那一簇簇殷红的小花，可惜不知它们的名称。
　　大客车进入马赛市区之后，减慢了速度。马赛市的街道和建筑很一般，甚至让人觉得有些土气。它既没有巴黎的雄伟壮观，也没有埃克斯的玲珑精致。因此，有人把巴黎比作大家闺秀，把埃克斯比作小家碧玉，把马赛比作乡村壮妇。不过，马赛人也在努力改变这种形象。

大客车在尚未揭去"面纱"的"马赛凯旋门"边驶过，停在占地面积很大的马赛火车站西边。下车后，何人看时间还早，就从车站西门走进候车大厅，他想借此时间查看旅客列车时刻表。

马赛火车站是半封闭式的，十几道铁轨在拱形玻璃屋顶下延伸到候车大厅。每道铁轨旁边都有长长的站台，站台前端的标牌上有一个很大的字母，表示站台的顺序。在法国上火车时没人检票，旅客要把车票插进自动检票机，打上检票时间，以备火车上的乘务员查验。

由于马赛是法国南部最重要的铁路枢纽，所以车站里的人很多。何人从熙熙攘攘的人流中穿过，来到售票厅那玻璃橱窗中的列车时刻表前。这里的人也很多，他挤在人群中查看从马赛去巴黎的车次。归国日期已近，他开始计划回程了。

何人不懂法文，费了很大力气才找到去巴黎的车次。他伸着脑袋仔细看了一会，记下合适的车次时间，然后转身向人群外挤去。突然，他的目光被一个熟悉的身影吸引住了——

售票厅和候车大厅是由一道玻璃墙分隔开的。透过玻璃墙，何人看见在候车大厅那一人多高的自动售货机后面站着两个人。由于那是一个角落，所以候车大厅里的人看不见他们，但是售票厅里的人却可以透过玻璃看见他们。

那两个人面对面站着。面向何人一方的是一个中年女子，中国人。她的嘴动作很快，显然是在急切地说着什么。背对着他的是一个男子，根据那个人的头发、体形和衣着，何人一眼就认出他是杨先生。

那个女子一边说着,一边不时地回头向站台方向望去。杨先生的身体在抖动着,不知是在说话,还是因为激动。突然,他一把抱住那个中年女子,女子把头伏在他的肩头,蓬松的头发剧烈地抖动着,显然是在哭泣。

过了一会儿,女子推开杨先生的身体,掏出手绢擦去脸上的泪水。她的嘴唇颤抖了几下,然后猛地转过身,快步向站台方向走去。她在站台入口处追上了几个西服革履的中国人。

杨先生探着头,从自动售货机的边上偷看那个女子的身影。当那个女子的身影从他的视野中消失之后,他又快步向前走去,站在一个售报亭后面继续观望。就这样,他不断变换位置,一直追到站台的入口处才停住脚步。此时,那个女子已经登上了火车。

刚才,何人被那离别的场景感动了。此时,他又觉得杨先生的举止有些滑稽。不过,他不想让杨先生发现他在盯梢,便从另一个方向走出候车大厅。

11点整,何人从公共汽车站的方向绕到火车站的正门前面。这里有一个小广场,由几十个台阶连接着下面的街道。台阶两旁还有一组组造型精美的雕像。他刚站稳,就看见杨先生从火车站的正门走了出来。他连忙迎了过去,"杨先生,您好。您是刚坐火车来的吗?我是坐大客车来的。"

杨先生见到何人,脸上没有任何表情的变化,甚至连眼睛都没有眨动一下。他也没有回答问题,只是简单地说了声"走吧",就继续向前走去。

何人跟着杨先生走下台阶,沿着大街一直走到马赛的老港。一路上,他几次寻找话题,但是杨先生始终一言不发。站在岸边,看着千帆林立的港湾,杨先生的心情似乎恢复了常态。他的眼睛里又流露出带有生气的目光,但是他仍然没有说话的意思。

何人买了船票，又买了食品，然后排队走上开往基督山岛的轮船。那是一艘两层的旅游客船。他跟着杨先生走上二层的甲板，沿着船舷转了一圈，然后走进船舱，坐在船头处的长椅上。虽然他已经在尼斯和摩纳哥的海岸上浏览过地中海的美景，但是还没有在船上领略地中海的风浪，所以很有几分兴奋。

轮船缓缓地向后倒退，驶离岸边，然后调转船头，加快速度，从港湾入口处的古炮台下驶过，迎着愈渐汹涌的波浪，跟着盘旋鸣叫的海鸥，驶向一望无际的大海。

轮船向西航行了一段时间之后，慢慢地转头向南行驶。这时，何人在正前方看见一座光秃秃的小岛，岛上那座土黄色的城堡式建筑在阳光下泛出一片亮点。他知道，那就是大仲马笔下那连魔鬼都难以逃脱的监狱，而那座小岛就是人们俗称的"基督山岛"。

轮船停靠在小岛东北边的码头上。他们跟着游客下船，沿着悬崖上开凿出来的相当陡峭的石阶向上爬去。石阶的上面是一道很高的石墙。他们从门洞穿过去之后，面前有一片开阔地。这里没有树木花草，显得十分荒凉。他们走过开阔地，来到城堡的门外。

他们买了门票，跟着游人的队伍，走进这座虽然不再阴森恐怖，却仍能令人浮想联翩的"监狱"。

这是一座以花岗岩为主要材料的方形建筑。中间是一个很小的天井，大概是当年囚犯放风的地方；四周是三层楼房，每层楼的前面是走廊，后面是大小不一的牢房；在北面的两个角上还各有一个圆柱形塔楼，其中一个是螺旋形楼梯通道，另一个大概是狱警站岗的地方。

他们一层一层地参观了石头牢房。每间牢房的门口都有文字说明，记述着当年曾经被关押在那里的著名人物。何人特别注意观看了基督山伯爵当年被关押和逃跑的地方。当然，这是后人按照大仲马在小说中的描写改建的，因为基督山伯爵是个虚构的人物。不过，没有大仲马，这座小岛不会有今日的繁荣。

然后，他们顺着楼梯爬到房顶的平台上。除了那个"游人止步"的岗楼之外，这里就是小岛的制高点了。他们站在齐胸高的围墙边，眺望海天一色的远方。

何人的心情格外开朗，便兴致勃勃地对杨先生说："这里真是太美啦！如果我们能够住在这里，早上看日出，晚上看夕阳……"他的声音不自然地停住了，因为他看到杨先生那饱经风霜的眼角挂着两颗晶莹的泪珠。

杨先生意识到何人的目光，便用手背轻轻擦去泪水，自言自语地说了一句，"这里的海风太大了。"然后，他转身向楼梯口走去。

何人默默地跟着杨先生走下楼梯，出了"监狱"，穿过那片寸草不生的开阔地，走下悬崖上的石阶，来到轮船码头。然而，由于他们在"监狱"里流连忘返，所以错过了回马赛港的轮船，只好等候下一班轮船。于是，他们沿着岸边那崎岖的小路向西走去，找到一块平坦的岩石，坐在上面，望着下面的海水。

这里风平浪静，海水清澈，但是因为水的深浅不同和下面水草的映衬，水面呈现为多种层次的蓝色和绿色。岸边没有沙滩，只有黑褐色的礁石。几个白人青年穿着游泳衣裤坐在礁石中间，自由自在地享受着地中海的阳光。

杨先生看了看手表，"这里的环境不错，很安静。我们不应该让这段时间白白浪费过去。你明白我的意思吗？我是说，我今天上午本来是要给你讲课的，后来因为发生了一点事情而不得不取消。我这个人比较死板，不愿意改变已经制定好的计划，更不愿意把今天的事情推到明天去做。你明白我的意思吗？另外，我知道你和我的时间都不多了。我们必须抓紧时间，才能完成这次教学任务。这大概是我的最后一次教学任务了。"杨先生轻轻地叹了口气。

何人觉得杨先生的语调有些伤感，就点了点头，诚恳地说："杨先生，只要您不累，我什么时候都愿意听您讲课。而且，我还从来没有在这种环境下听过讲课。背靠古老的监狱，面向平静的大海，这种环境肯定能加深我对证据学的理解。"何人的话并不完全是对杨先生的恭维，因为他这段时间确实从杨先生的讲课中受益匪浅。而且他非常佩服杨先生的博学强记，无论是在公园里讲课还是在家中讲课，无论是准备的内容还是提问的内容，杨先生从来不用看书或者讲稿，引经据典，出口成章。

杨先生的嘴角浮上一丝不易察觉的苦笑。他略微转动了一下身体，面对大海讲道："按照计划，我们该讲证明责任了。对吧？所谓证明责任，就是说谁有责任对案件事实或者争议事实进行证明。你明白我的意思吗？"杨先生仿佛自言自语地讲了起来……

何人默默地倾听着。杨先生的声音和大海的涛声融汇在一起，在何人的心底产生了奇特的共鸣。

响亮的汽笛声打断了杨先生的讲述。他们回头一看，只见轮船已经快驶到码头了。他们站起身来，向码头走去。

上船后，杨先生若有所思地说："证明责任的问题确实很复杂。也许，我应该带你去旁听一次审判。有了感性认识，你就容易理解了。你想去吗？"

何人很感兴趣，立即表示同意。

第十九章

杨先生办事很认真，也很讲究效率。星期四上午，他就带何人去了位于埃克斯市老城中心的马赛地区法院。

法院大楼的周围是一圈土黄色围墙，看上去犹如古老的城堡。杨先生告诉何人，这里以前是关押重罪犯人的监狱。果然，走进"城堡"的大铁门之后，面前就是一个十几米长的铁吊桥。如今那吊桥已然装饰一新，下面还种上了花草，但是仍能想见当年桥下那深深的黑水。法院大楼已经改建，金属门窗，茶色玻璃，完全是现代建筑的气派。

何人跟着杨先生走进大楼，来到一间重罪法庭的门口，通过安全检查门，便进入了相当大的法庭。这间法庭的墙壁和所有的桌椅都是木质的，暗黄色，线条整齐明晰，给人庄严肃穆的感觉。法庭正面的法官席较高，一共有13个座椅。法官席的左下手是检察官席，其下面是法庭职员的座椅；法官席的右下手是书记员席，稍低处是辩护律师席；辩护律师身后是用防弹玻璃隔开的被告席；法庭中间是证人陈述席。法庭内坐席的安排给人检察官与法官平起平坐的印象，难怪法国人称检察官是"站着的法官"。

此时，法庭内只有后边的旁听席上坐着一些人，一位身穿黑袍的女书记员正在对他们讲解着什么。何人和杨先生坐在了后边的长椅上，趁着还没有开庭的时间，杨先生向他简要介绍了审判的基本程序，并告知即将审理的是一起在当地颇为引人关注的杀人案——

此案发生在马赛市。一个姑娘爱上了两个男人，一个是风流倜傥的富家子，一个是家境贫寒的痴情郎。姑娘与富家子同居数年并生有一子，但是未能得到后者的珍爱。富家子时而对姑娘拳打脚踢，时而将姑娘逐出家门。后来，姑娘遇到了知冷知热的痴情郎。但是，姑娘想东食西宿，便脚踩两只船。案发的夜晚，痴情郎无法容忍心爱的姑娘遭受他人虐待，便找富家子警告，结果却死于后者枪下。检察官以故意杀人罪提起公诉，但富家子声称自己是正当防卫。

审判就要开始了。身穿红袍的检察官和身穿黑袍的辩护律师以及在两名法警看押下的被告人都已就座，后面的旁听席上也坐满了人。这时，法庭左前方角落处的小门打开了，身穿红袍的主审法官带着两名身穿黑袍的助审法官快步走进法庭。于是全场起立，向法官致敬。

法官宣布开庭及法庭组成人员之后，便开始了审判的第一道程序：挑选陪审员。最初坐在旁听席上的那些人都是本案的候选陪审员，他们是从在法庭注册的陪审员名单中随机挑选出来的。法官先按照名单点名，应到27人，但是有一人缺席。法官把写有到场者姓名的纸条放到面前的小木箱中，摇晃几下，然后再从里面随机摸取。他拿出一张纸片便大声宣读上面的名字，于是被叫者便站起身来，走到前面去。如果辩诉双方无人反对，他们便按照先右后左的顺序坐在法官两侧的椅子上，成为本案的陪审员。

当被叫到名字的人从法庭中间走过的时候，检察官和律师都仔细观察他们的表情和举止，决定是否提出否决意见。他们的否决都很简短，不用说明理由。有一位女士已经走过法庭来到陪审员座椅旁边，检察官突然说要否决，那位女士便有些悻悻地走回旁听席。检察官一共否决了三个人，辩护律师否决了两个人，另外还有三名候选人声称自己不适宜担任本案的陪审员。最后选出的陪审员共有九人，还有一名替补陪审员,他们共同宣誓将公正地参与本案的审判。

杨先生似乎有猜透别人心思的本领。每当何人对法庭上发生的事情感到困惑时,他就会侧过头来,小声地讲解或翻译。

法庭调查开始了,首先由主审法官向被告人提问。被告是个仪表堂堂的年轻人,他站起身来,面向法官,脸上带着自信的微笑。法官核实了他的姓名身份之后,把问题转向本案的事实。讯问被告人之后,法官开始传唤证人出庭。每个证人都先由法官主问,然后由检察官和辩护律师补充提问。审判按部就班地进行,没有出现激动人心的场面。

中午休庭,杨先生利用吃饭的时候又给何人讲解审判的情况。他说:"上次谈到刑讯逼供的问题时,我讲了无罪推定的原则。不过,无罪推定原则的基本功能是确定刑事诉讼中证明责任的分配。你明白我的意思吗?因为在法庭判定被告人有罪之前,被告人应该先被假定为无罪之人,所以,公诉方主张被告人有罪,就要承担证明责任。这就是说,公诉方要用证据来证明被告人有罪,被告方既没有证明自己有罪的义务,也没有证明自己无罪的责任。你明白我的意思吗?"

何人问:"那被告方可不可以证明自己无罪呢?"

"当然可以啦,这是被告人的权利嘛!证明权利和证明责任是两个截然不同的概念。你明白我的意思吗?作为权利,被告人可以证明,也可以不证明,这不会影响审判的结果。但如果是责任,那就必须证明了,否则就要承担不利的后果。所以,证明责任包括三层含义:第一,就本方的主张向法庭举出证据;第二,用充分的证据说服裁判者;第三,在未能说服裁判者的情况下承担不利的裁判后果。你明白我的意思吗?"

"但是像今天这个案子,被告人说是正当防卫,他也不需要举证吗?"

"你这个问题很好。看来，你已经入门了。一般来说，刑事诉讼的被告人不承担证明责任，但是也有例外，那就是当被告方提出一个积极的抗辩主张时，就要承担相应的证明责任了。你明白我的意思吗？如果被告人只说自己没有杀人，这是消极的事实主张，他不承担证明责任。但是，如果被告人说自己是正当防卫，这就是一个积极的事实主张，他就要承担相应的证明责任了。这是刑事诉讼中证明责任的转移。你明白我的意思吗？不过，被告方的证明不用达到公诉方那么高的标准。这是证明标准问题，我们下次再讲。"

"可是，我还有一个问题。既然被告方没有证明责任，那还要辩护律师干什么，就等着检察官证明不就行了吗？"

"辩护律师是非常重要的。即使在被告方不举证的情况下，辩护律师也要质证，就是对公诉方的证据进行质疑。你明白我的意思吗？辩护方的质证一般针对公诉方证据的三个问题，即证据的关联性、合法性、真实性。今天上午，公诉方的一个证人证明被告人有虐待那个姑娘的行为，辩护律师就提出，这个证言与本案的杀人事实没有关联性，要求法庭排除。公诉方还有一个证人是被告人的邻居。她作证说，案发当晚曾听见被告人说：'你再不走，我就打死你。'辩护律师指出，这个邻居的住房离现场几十米远，很难听清当事人的谈话，因此这个证言不可信。你明白我的意思吗？另外，辩护律师的重要作用会在法庭辩论阶段体现出来，下午你就会看到了。"

下午开庭，法官传唤了最后一个证人，即那位东食西宿的姑娘。何人听不懂她的陈述，但是可以看到她在哭泣，特别是在辩护律师提问的时候。不知为什么，杨先生一直沉默不语，没有给何人翻译或解释。

下午3点钟,法庭调查结束了。接下来是公诉方和辩护方的法庭辩论。首先是检察官发言。这是一位中年男子,看上去精明强干。他站在与法官席同等高度的公诉人席上,胸有成竹地讲了起来。他的发言持续了将近一个小时。辩护律师是一位白发苍苍的老太太,由于辩护律师席位较低而且她身材矮小,所以她讲话时必须抬头看着高高在上的法官。这与检察官讲话时居高临下的姿态形成鲜明的对照。然而,根据法庭上人们的表情来看,辩护律师的发言相当精彩。

法官让被告人做最后陈述之后,便宣布退庭。法官和陪审员将一起对案件进行评议。杨先生解释说,法国的陪审员职能与美国的不同。在美国的审判中,陪审团负责认定案件事实,法官负责适用法律,二者分工明确。但是在法国的审判中,法官与陪审员没有职责分工。他们一起评议,共同表决。在投票表决时必须有三分之二以上的人同意才能作出有罪判决。

何人和杨先生随着人群走出法庭,站在明亮的走廊里,等待宣判的时间。据说至少得等两个小时呢。何人看了看手表,知道这正是杨先生每天去教堂的时间,就问他是否在这里等候宣布判决。看来杨先生对这个案件的审判结果很感兴趣,因为他居然放弃了去教堂的生活习惯,这让何人感到几分惊讶。走廊里等着听判决的人们分别聚在一起,或站或坐,小声地谈论着。

杨先生带着何人参观了法院的设施。何人是第一次走进外国的法院,自然对一切都感到新鲜。当然,有很多房间的门是锁着的。当他们回到一层侧楼的走廊时,何人看见旁边有一些小单间,没有门,便走了进去,里面只有一张长条桌和两把长椅。杨先生说这是供律师和当事人谈话和休息用的。两人便面对面坐在了桌子两旁。

坐了一会儿,杨先生突然问:"你一定听说过'自由心证'这个概念吧?"

何人点了点头，"是的，但是我一直不太明白它的含义。好像是唯心主义的东西吧？"

"这不能怪你，你又没有系统学习过证据法。别说你啦，国内的一些法学家都没有真正弄懂这个概念的含义。你明白我的意思吗？他们认为自由心证是唯心主义的证据观，其实质就是让法官在审判中不顾客观事实，随心所欲，想怎么判就怎么判。这完全是对自由心证的误解和歪曲。我告诉你，要想准确地把握这个概念的含义，我们必须了解它产生的历史渊源。你明白我的意思吗？咱们有些学者就是这样，整天批评别人歪曲事实，断章取义，其实他们自己就经常歪曲事实，断章取义。"

"究竟什么是自由心证呢？"

"自由心证是一种自由证明模式。在这种模式下，法律不对证据的采纳和采信做出限制性规定，完全让法官或陪审员根据自己的良知和经验作出判断。你明白我的意思吗？'心证'本是个佛教术语，唐朝就有'燃灯坐虚室，心证红莲喻'的诗句。这就是说，法官和陪审员在裁判的时候，对案件事实的认识一定要达到排除一切怀疑的认知境界。"

"您认为这个案子会怎么判？"何人饶有兴趣地问。

"我希望法庭能判被告人无罪。"杨先生闭上了眼睛。

何人看见走廊里的人们纷纷走向法庭，便告诉了杨先生。于是，他们站起身来，跟着人群进入法庭。由于以前在法庭里发生过宣判时旁听群众骚乱的事件，所以书记员让旁听者都站在旁听席的后面，两旁是戒备森严的法警。检察官、辩护律师以及当事人和证人都站在自己的座位前，等待着。

终于，法庭左前方那扇小门又打开了，法官和陪审员鱼贯而入。法庭里非常安静，人们可以听见法官们那并不响亮的脚步声。各就各位之后，主审法官用平缓的声音宣布法庭评议结果：被告人的行为已经构成故意杀人罪，但是考虑到被告人的人生经历和案件发生时的具体情况，法庭决定从轻判处被告人有期徒刑10年，已经羁押的时间计算在内。

然后，法官问被告人对判决有何意见。被告人表示没有意见。法官又告知其上诉的权利，然后宣布审判结束，法庭解散。

何人看了看检察官，他似乎对这结果很满意。何人又看了看辩护律师，看来她也挺高兴。也许，他们都完成了自己的工作。

何人跟在杨先生后面走出法庭，只听他不住地喃喃自语："杀人罪，杀人罪……"

何人的心底突然升起一种莫名其妙的感觉，那似乎也是一种心证。

第二十章

何人已经订好了回国的飞机票。前一段时间,他思乡心切,恨不能立刻飞回北京,与亲人团聚。然而,此时真要回国了,他又对小城埃克斯产生了依依不舍之情。人的感情真是非常奇怪。

由于在埃克斯还有些事务要处理,而且还要到巴黎去住上几天,所以何人只能再到杨先生家上一次课了。通过这段时间的接触,杨先生在何人的心目中已经不再是不食人间烟火的怪人,但是他的身份以及他为何隐居他乡,仍然是何人很想破解之谜。何人还没有收到国内朋友的回信,但估计快到了。也许,他可以在这最后一课时问一下杨先生的身世?

10月16日,星期五上午,何人就这样胡思乱想着走进了杨先生的家门。

杨先生在简短的问候之后,就像一位一丝不苟的教师那样开始了讲课:"今天是你的最后一课,我们要讨论证据学中最后一个重要的理论问题,那就是证明标准问题。你明白我的意思吗?"

何人看着杨先生的表情,听着他的声音,总觉得他有些像法国小说《最后一课》中的那位老师。何人的心中也有些酸溜溜的。他不再用问题打断杨先生的讲话,只是全神贯注地聆听,并竭力记住每一句话。

杨先生讲道:"司法证明的标准,就是指司法证明必须达到的程度和水平,是衡量司法证明结果的准则。那天在法院我说过,根据无罪推定原则,公诉方必须承担证明责任,而且公诉方的证据要达到能够说服裁判者的程度。这就是证明标准。你明白我的意思吗?"

杨先生停了一会儿,见何人没有提问的意思,便问道:"你听说过美国的辛普森案吗?"

"听说过。前两年有很多报道,号称是'世纪审判'!"

"审判结果如何?"

"陪审团判辛普森无罪!"

"你认为陪审团的无罪裁决怎么样?"

"那我可不敢恭维!说心里话,我一直闹不明白,那么多美国人都相信辛普森是凶手,为什么那些陪审员就认为他不是凶手呢?难道就因为他们都是黑人,就昧着良心颠倒黑白吗?再说那陪审团里也不都是黑人呀!"

"这是一个非常复杂的问题。毫无疑问,种族问题在辛普森案件的审判中起了非常重要的作用。或者像一些专家所指出的,辛普森的辩护律师们非常出色地利用了他们手中的'种族牌'。你明白我的意思吗?但是我告诉你,很多人在陪审团裁决问题上有误解。他们以为陪审团的无罪裁决就意味着那些陪审员都相信辛普森不是杀人凶手,其实不然。准确地说,那个无罪裁决仅仅意味着陪审员们认为辛普森不一定是杀人凶手。你明白我的意思吗?这就涉及证明标准问题了。在美国,要认定被告人有罪,公诉方的证据必须达到'排除合理怀疑'的证明标准。"

"什么是'排除合理怀疑'呀?"

"所谓'排除合理怀疑'的证明,就是说公诉方的证据必须能够排除陪审员心中对被告人有罪的任何合理的怀疑。换句话说,虽然陪审员们认为辛普森可能是杀人凶手,但是只要他们心中对此还有怀疑,而且根据人们的常识来说是合理的怀疑,他们就不能裁定辛普森有罪,而只能宣布其无罪。疑罪从无,这是无罪推定原则的要求。你明白我的意思吗?"

"您的意思是说,那个案件的陪审员并没认为辛普森不是凶手,只不过他们认为公诉方的证据没有达到法律要求的证明标准。对吗?"

"可以这么理解。"

"但是我听说在后来的民事审判中,另一个陪审团又判辛普森有罪了。那是怎么回事儿呢?"

"那不一样。首先,那是民事诉讼,是侵权赔偿之诉。原告方起诉辛普森,是因为他们认为辛普森应该为两名被害人的非正常死亡负责,应该赔偿被害人家属的损失。其次,民事判决不是定罪。虽然那个民事判决确实有辛普森是杀人凶手的含义,但是在法律上二者是截然不同的。你明白我的意思吗?民事法庭只能让辛普森赔钱,不能把他关进监狱。"

"为什么辛普森在刑事诉讼中胜诉了,但是在民事诉讼中又败诉了呢?是不是因为陪审团不同了呢?"

"陪审团是一个原因,但不是主要原因,主要原因还在于美国民事审判和刑事审判中的证明标准不一样。刑事审判的证明标准是排除合理怀疑的证明,而民事审判的证明标准是优势证明。你明白我的意思吗?如果用百分比来解释,那么刑事案件中的证明标准是90%以上,而民事案件的证明标准是51%以上。用通俗的话来说,在刑事审判中,公诉方必须证明辛普森无疑是凶手,但是在民事审判中,原告方只要证明辛普森是凶手的可能性大于不是凶手的可能性就行了。你明白我的意思吗?"

"您的意思是说,同样的证据,在刑事审判中不能证明辛普森是杀人凶手,但是在民事审判中就可以证明辛普森应该赔偿。对吗?"

"正确。因为美国采用双轨制证明标准，所以民事法庭才能在刑事法庭的无罪判决之后又判决辛普森应负民事赔偿责任。你知道那赔偿金额吗？"

"记不清了，反正是一大笔钱。"

"三千三百五十万！"

"够辛普森还的。"

"那叫倾家荡产！你明白我的意思吗？"

"这也是他应得的下场。要我说，没让他杀人偿命就算便宜他了。您说呢？"何人的声音有些激动。

杨先生没有说话，脸色却很难看。

何人看到了，赶紧扭转话题说："杨先生，美国的证明标准是双轨制，那中国的法律是怎么规定的？刑事案件和民事案件的证明标准有区别吗？"

"从法律规定上看，中国的刑事案件和民事案件的证明标准没有区别，都是证据确实充分。但是在司法实践中，人们一般都认为刑事案件的证明标准还是应该高于民事案件的证明标准，因为刑事诉讼必须遵循无罪推定的原则。你明白我的意思吗？"杨先生的声音很平静，脸色也恢复了常态。

"我们中国有无罪推定原则吗？"

"多年以来，我们一直对无罪推定原则持批判态度。按照官方的说法，无罪推定是资本主义国家的东西，我们中国既不搞有罪推定，也不搞无罪推定。我们的原则是实事求是。这是不懂法律的人讲的话。在刑事诉讼中，你不搞无罪推定，就是搞有罪推定。在中国的司法实践中，有罪推定就是很多办案人员的思维习惯。无罪推定是刑事诉讼的一项重要原则，关系到基本人权保障的问题。1996年修订的《刑事诉讼法》在这个问题上前进了半步。第12条规定：'未经人民法院依法判决，对任何人都不得确定有罪。'这话有无罪推定的含义，但主要还是强调了法院的定罪权，不是严格意义上的无罪推定原则的表述。不过，刑诉法第162条也规定了证据不足应该作出无罪判决的规定，这体现了'疑罪从无'的精神。但是据我所知，在中国的司法实践中，'疑罪从无'是很难做到的，能做到'疑罪从轻'就不错了。"

"但是，无罪推定好像容易放纵罪犯，就像辛普森那样。对吧？"

"你说得有一定道理。刑事司法在面对证据不足的案件时，确实是两难的选择。判有罪，可能是错判无辜；判无罪，可能是错放罪犯。你明白我的意思吗？无罪推定的价值目标是要更好地保护犯罪嫌疑人和被告人的权利，是要把错判有罪的可能性限制到最低水平。但是在中国，一些司法人员受'宁可错判也不要错放'的传统观念的影响，在遇到疑案时不能坚决贯彻无罪推定的精神，不是'疑罪从无'，而是'疑罪从有'。这就会造成冤假错案，让无辜者蒙受不白之冤。这才是非常可怕的事情啊！"

"但是，为什么会出现证据不足的情况呢？案件事实应该总能查个水落石出啊！"

"你那是理想的说法，也反映了我们的思维习惯。但是现实生活是非常复杂的，人对具体事物的认识又是有局限性的。我记得你那天问过感冒胶囊上的手印显现问题。从技术来讲，我们现在可以把它显现出来，但是这并不等于说就可以拿它进行人身同一认定了。你明白我的意思吗？"

"为什么呢？"

"一方面，这个显现出来的手印可能不太清楚，纹线特征模糊，不具备进行同一认定的条件。你明白我的意思吗？另一方面，虽然纹线比较清楚，但是纹线特征的数量很少。我告诉你，指纹同一认定对吻合的纹线特征数量是有一定要求的。吻合的特征太少，结论就可能是灰色的。这就是说，这个指纹的鉴定结论是或然性的——它可能是被告人留下的，也可能不是被告人留下的。如果仅根据这样的手印就认定被告人是在感冒胶囊上留下手印的人，那就很容易造成错案啊！"杨先生的目光突然变得呆滞了。过了许久，他才说，"我累了，咱们的课就上到这里吧。这是最后一课，你该走了。"

"杨先生，非常感谢您给我授课。"何人站起身来，神态诚恳地问，"我明天能来看看您吗？我还有一样东西想请您看看呢。"

杨先生愣了一下才说："那你就明天上午来吧。"

"谢谢杨先生。"何人毕恭毕敬地向杨先生鞠了一个躬，然后走了出去。他真希望这不是杨先生讲的最后一课。

第二十一章

1998年5月8日上午,郑建军和王卫红又来到五云仙宾馆,对与孙飞虎案有关的五名老同学进行走访询问。他们首先来到钱鸣松的房间。经过对五人的综合分析,他们认为钱鸣松应该是第一个询问对象。

钱鸣松把两名警察让到屋里的沙发上,自己坐在床边,微笑道:"我猜你们就会先来找我的。"

"为什么?"郑建军饶有兴趣地看着女诗人。

"因为我有这种灵感!"钱鸣松神态认真地说,"昨天晚上听了你们的话之后,我一夜没睡,一直在思考。不瞒你们说,我从小就喜欢看侦探小说。爱伦·坡的作品,柯南·道尔的作品,阿加莎·克里斯蒂的作品,我都看过。真过瘾!我有一种预感,我们现在经历的事情就是一个很好的侦探小说题材。你们也一定同意我的看法吧?可惜我不是个侦探小说作家,白白浪费了这么好的素材。"

"钱老师,我看过你写的诗,很有意境,我非常喜欢。但是我没想到你对侦探小说还这么有研究!那我们就又多了一项共同的爱好。"郑建军一本正经。

"还有什么来着?"钱鸣松眯着眼睛。

"喜欢'猜'嘛。"郑建军面带微笑。

"啊,我还真给忘了。"钱鸣松也笑了。

郑建军很自然地转回正题,"你已经猜到我们会先来找你了,那么,我猜你肯定有什么事情要告诉我们。我猜得对吗?"

"行,咱俩打了个平手。"钱鸣松说完,神秘兮兮地回头看了看屋门和墙壁,小声问,"这里说话不太方便吧?"

"没关系,我们试过了,这些房间的隔音效果很好。你就放心说吧。"

钱鸣松想了想,还是压低了声音说:"根据我的分析,杀害孙飞虎的人很可能就是他的妻子李艳梅。你们觉得很意外吧?但我这样说是有根据的。李艳梅在上大学的时候对孙飞虎没有什么好感,后来听说他们俩结婚了,我们这些老同学都感觉很惊讶。到这里的第一天晚上,我们一块儿喝酒,然后我们三个女的坐在屋里瞎聊。我还问李艳梅,你怎么嫁给孙飞虎啦?她对我和吴凤竹说,其实她也挺后悔的。她说如果这辈子走错了路,那就是和孙飞虎结婚。她还说有时候真想分手算了,可是都这么大岁数了,难啊。我告诉你们,她这绝对是酒后吐真言。你们信不信?那么,这说明什么呢?这说明她具备杀害孙飞虎的动机。我这话有道理吧?另外,孙飞虎吃的那些药都是她给的,孙飞虎生病之后都是她照顾的,她要想投毒,还不是易如反掌?所以我说,她既有杀人动机,又有作案条件,投毒杀人者非她莫属!怎么样?二位侦探,我的推理还挺专业吧?"

郑建军一直认真地听着钱鸣松的话,这时忙说:"确实够专业水平,但是我有点不明白。你说李艳梅后悔嫁给了孙飞虎,她为什么会有这种想法?要说孙飞虎也算得上一表人才,又身为局长,配得上她呀。"

"年轻人,你还不懂女人,也不懂爱情。我告诉你,女人的爱情是不能用世俗的价值观去判断和衡量的。那是一种以浪漫的感情为核心的标准。你知道什么是'情'吗?古今中外,唯有一个'情'字了得！为了它，一个女人可以含辛茹苦，可以忍辱负重，可以赴汤蹈火，可以万死不辞！"钱鸣松的声音里带着诗人的激情。

"你说李艳梅不爱孙飞虎，那她为什么嫁给孙飞虎呢？"王卫红在一旁问。

钱鸣松看了一眼王卫红，没有直接回答，而是随口背了一首唐诗："过水穿楼触处明，藏人带树远含清；初生欲缺虚惆怅，未必圆时即有情。"

王卫红没有听明白这首诗的含义，有些茫然。

郑建军便接下去问："钱老师，你的意思是说李艳梅另有所爱。我这次猜得对不对？"

钱鸣松笑而不答。

"看来我今天运气不错，一猜就对。那么，你肯定知道她爱的人是谁了，对不对？"

"这个嘛，我怎么会知道呢？"钱鸣松反问，但很快又补充了一句，"如果你们真想知道，可以直接去问她嘛。"

"对对，我们一会儿就去问她。可怎么问呢？"郑建军仿佛在自言自语。

"你这人不是心里怎么想，嘴上就怎么说嘛。"钱鸣松似乎话里有话。

"对对，直截了当，开门见山。好主意。"郑建军拿出一个小本，很认真地在上面写着什么。

"钱老师，您提供的情况很重要。"王卫红又接过话头，"不过，我还有一个简单的问题。"

"什么问题？你问吧。"

"在孙飞虎得病以后，你到他的房间里去过吗？"

"当然去过，还不止一次呢。他得病了，我就住在隔壁，怎么能不去看他呢?"

"是你一个人去的,还是和别人一起去的?"

钱鸣松想了想说:"既有和别人一起去的,也有我一个人去的。怎么,你们怀疑我?"

"不不,这纯粹是例行公事,请钱老师不要介意。"郑建军连忙解释,然后站起身来,态度诚恳地说:"谢谢钱老师,我们该走了。"

"别着急。"钱鸣松拦住郑建军,"还有一件事。我今天早上在门口捡到一张纸,上面画着一只黑蝙蝠。"钱鸣松拿出那张纸,递给郑建军,又说,"他们每个人也都捡到一张这样的纸。我觉得这里边肯定有文章。"

郑建军接过纸来,仔细看了看。"这上画的蝙蝠和孙飞虎房间里那张纸上画的蝙蝠一模一样。钱老师,你以前看到过这样的蝙蝠吗?当然不是真的蝙蝠,是画。"

钱鸣松摇了摇头。

郑建军和王卫红从钱鸣松的房间出来之后,王卫红小声问:"郑队,你刚才在小本上比划什么哪?又是无字天书,做给证人看的吧?"

"不全是。我把那首诗记下来,怕一会儿就全忘了。这还没记全呢。我觉得那首诗挺有意思,回头你再帮我想想。"

"我?一共就听清楚最后半句话,好像是'未必什么就有情'。你还是饶了我吧。"

他们敲门走进了吴凤竹的房间。

吴凤竹见到两名警察,神态有些不自然地笑了笑。"请坐吧,同志。我这里有点儿乱,因为我没想到你们这么早就来了。你们喝水吗?"

"不客气。你坐吧。"郑建军坐到沙发上,看着吴凤竹,"吴老师,问你几个问题。"

"你们问吧。只要是我知道的,我一定告诉你们。"吴凤竹的声音仍有些紧张。

"孙飞虎得病之后,你自己到他的房间里去过吗?"

"我自己?呵,不,我没有去过。"

"你根本没有去过他的房间?"

"我不是那个意思。我是说,我去过,但不是自己一个人去的。我想,我是和老周一起去的,也许是和钱鸣松一起去的,我记不清了。反正我没有一个人去过孙飞虎的房间。"

"你看见过别人自己去孙飞虎的房间吗?"

"我没看见,我是说,我没注意。也许有人自己去过。我想,李艳梅当然去过。"

"你认为李艳梅会是投毒的人吗?"

"她?我不知道。我认为……她不会吧。她怎么会毒死自己的丈夫呢?我认为那不可能。"

"那么,你认为谁有可能是投毒的人呢?"

"这……我怎么会知道呢?"

"我不是说你知道。如果投毒者就在你们五个人中间的话,你认为谁最有可能呢?"

"这……我也说不准。"

"吴老师,你不要有顾虑。我们只是想听听你的看法,请你提供一些破案的线索。我们不会仅仅根据你的话就认定谁是投毒者,我们必须去收集证据。而且,我们不会把你说的话告诉任何人。这一点请你放心。"王卫红在一旁劝说。

吴凤竹沉吟片刻才说:"如果你们只是问谁有可能害死孙飞虎的

话，那我觉得钱鸣松的嫌疑最大。"

"为什么？"王卫红追问道。

"因为她讨厌孙飞虎。更准确地说，她恨孙飞虎。我知道她为什么恨孙飞虎，因为她在'文化大革命'的时候写过一些抒情诗，孙飞虎带头批判过她。我本来以为这么多年过去了，人们之间的恩怨也应该过去了，但是她没忘。那天当着李艳梅的面儿，她还说呢，孙飞虎是个彻头彻尾的小人，她这辈子都不会原谅孙飞虎。而且，钱鸣松是个敢说敢做的人。所以，如果你们说投毒者肯定就在我们五个人中间的话，那么钱鸣松的可能性最大。"

"谢谢你，吴老师。"王卫红看了一眼郑建军，又问，"对了，你今天早上在门口捡到什么东西了吗？"

"什么？呵，你不问我还差点儿忘了。今天早上我在门口捡到一张纸，上面画了一只黑蝙蝠。"吴凤竹拿出那张纸，递给了王卫红。

郑建军和王卫红走到周弛驹的门前，刚敲了两下，就听见周弛驹在屋内大声说："来啦，来啦。"

门打开，周弛驹热情地说："二位请进。坐，坐。怎么样？喝点儿什么饮料？是凉的还是热的？"

郑建军说："周老板，不用客气。"

"不是我客气，我是让你们别客气，到我这儿就跟到你们自己家一样。我也干过几年公安，也是刑警，后来才下了海。这几年在外面跑，我也经常跟公安的人打交道。不瞒您说，我在公安系统正经有不少朋友呢。像你们部里的五局和三局，都有我的熟人。还有你们省厅的陈副厅长，那也是我的老朋友啦！所以，我一看见公安的人，就跟看见亲人一样，一个字——亲！"

"那太好啦。周老板,我们这个案子很难搞。你是前辈,我们非常需要你的支持和帮助。"郑建军顺水推舟。

"绝没问题!"周弛驹坐在郑建军对面,弯着腰,小声问,"怎么样,有线索了吗?"

"还没有,所以想先听听你的意见。"郑建军的声音很谦虚,也很诚恳。

"这个案子嘛,我也考虑了。"周弛驹直起身体,"我觉得,你们可以从两个方面入手。一个是查毒药的来源,以物找人;另一个是查因果关系,以情找人。我觉得,这个案子情杀的可能性很大。"

"有道理。"郑建军向前挪了挪身体,"周老板,你对被害人很熟悉,对其他几个人也很熟悉。那么,在他们四个人中间,你认为谁最有可能呢?"

"这个嘛,我也考虑过了。不过,我只能向你们提供点儿情况,供你们参考。究竟是与不是,还得你们自己去调查核实。"

"那当然。"

"我认为,赵梦龙最有可能。大概你们还不知道,上大学的时候,赵梦龙和孙飞虎是情敌,他们俩都喜欢李艳梅。当然啦,具体情况我也不太清楚。我只知道上大学的时候,好像李艳梅对赵梦龙比较有意思。但是后来不知怎么回事儿,孙飞虎和李艳梅结了婚。我们都是多年以后才知道的,觉得有些意外。上次老同学聚会,我也问过赵梦龙,他什么都没说。但是我看得出来,他心中很痛苦。"

"你们六个人之间的关系不是都很好吗?"王卫红问道。

"上大学的头两年,我们六个人的关系确实非常好。我和赵梦龙、孙飞虎住一间宿舍,她们三个女生住一间宿舍。我们关系很好。第一年的暑假,我们还一起来过武夷山。但是后来,'文化大革命'开始了,就全乱了。再后来,我们都各奔东西,关系也就都疏远了。"

"那你们为什么还要一起旧地重游呢?"王卫红似乎很好奇的样子。

"其实我对这重游什么的,不太感兴趣,主要是她们三位女士。女人嘛,到了这个年纪,容易胡思乱想,也容易感到孤独,所以特别喜欢回忆过去。用她们的说法,总想找回失去的青春。那找得回来吗?要我看,说好听点儿是自我安慰;说得不好听点儿,纯粹是自欺欺人。"

"难道你们男人就不留恋过去?"王卫红不以为然。

"哟,对不起,我忘了谈话对象了。得罪,得罪。"周弛驹满脸堆笑。

"周老板,你怀疑赵梦龙,还有其他理由吗?"郑建军又把话题拉了回来。

"这个嘛,我觉得他这次来武夷山以后的行动挺奇怪,经常说一些不明不白的话。对啦,今天早上我听女服务员说,赵梦龙昨天晚上跟着李艳梅出去了,半夜才回来。他们干什么去啦?我看很值得怀疑。还有,他这人的经历挺复杂。具体情况你们别问我,我也不知道。你们去查他的档案就知道了。"周弛驹站起身来,从床头柜的抽屉里拿出一张纸,递给郑建军。"今天早上我在门口捡到一张纸,上面画了一只蝙蝠,就跟你昨天让我们看的那只蝙蝠差不多。他们每个人也都有一张。但是怎么来的,我就不知道了。"

郑建军接过周弛驹手中的纸,看了看,站起身来,"周老板,跟你谈话真有收获。以后有时间,我们再来向你请教。"

"请教可绝对谈不上,顶多是交流和切磋。"周弛驹也站起来,似乎突然又想起了什么的样子,"对了,虽然你们没问,我也得告诉你们。在孙飞虎得病之后,我也曾经到他的房间里去过,因此从理论上讲，我也具备作案的条件，也是你们的嫌疑对象之一。哈哈哈！"

时近中午，两名警察离开了五云仙宾馆。

第二十二章

下午,郑建军和王卫红又回到五云仙宾馆。他们首先来到赵梦龙的房间。

赵梦龙让两名警察进来,坐在沙发上,自己站在床边,默默地看着对方,一副严阵以待的神态。

郑建军说:"赵教授,我们想请你谈谈。"

"谈什么?"赵梦龙的态度很冷淡。

"凡是你认为可能与本案有关的情况,都可以谈。"

"我不知道什么是可能与本案有关的情况。"

"那么,我问你,你在孙飞虎生病之后去过他的房间吗?"

"去过。"

"什么时间?"

"我记不清了。"

"是你自己去的吗?"

"我也记不清了。"赵梦龙皱着眉头,声音中带有挑战的味道,"看来,你们怀疑我?"

"我们倒没有怀疑你,但是你的同伴说你值得怀疑。"郑建军也故意用同样的语调。

"同伴?你们说的是周弛驹吧?其实,他才是值得你们怀疑的人。"

"为什么?"

赵梦龙沉默了一阵子,慢慢地说:"我不喜欢背后说别人的坏话。"

"可是你已经说了。"郑建军步步紧逼。

"……"

"如果你说不出怀疑的理由,那只能说明你的心胸很狭隘。因为他说了你,你就反过来说他,那么,你说的话就是无中生有的诽谤喽。"郑建军采用的是激将法。

"我怎么会无中生有去诽谤他呢?"赵梦龙确实有些激动,"我讲话从来都是有根有据的。你们可以去调查嘛!上大学的时候,吴凤竹根本没看上周弛驹,她看上的是孙飞虎。而且,她和孙飞虎有一段时间关系非常密切。非常密切,你们懂我的意思吗?后来孙飞虎抛弃了吴凤竹,吴凤竹才跟周弛驹结了婚。"

"这么说来,周弛驹不是应该感谢孙飞虎吗?"

"事情并不那么简单。当然,具体情况我也不知道。我都是后来听人说的,好像孙飞虎曾经伤害了吴凤竹,因此周弛驹一直对孙飞虎耿耿于怀。这次大家重逢,我看得出来,周弛驹仍然没忘记过去的事情。"

"他怎么啦?"

"他背地里对我说,他最讨厌孙飞虎。什么孙局长,肯定是搞阴谋诡计当上的。他说那家伙最能搞阴谋诡计了。他说这次一定得找机会教训教训那家伙。他还怂恿我去和李艳梅幽会呢。实际上,他那几天也没少让孙飞虎难堪。"

"他为什么怂恿你去和李艳梅幽会呢?"

"因为我曾经和李艳梅交过朋友。"

"能具体谈谈吗?"

"那是很多年以前的事情了,与本案无关。"

"你昨天晚上出去过吗?"郑建军突然改了个话题。

赵梦龙很认真地看了郑建军一眼,说道:"出去过。我是跟着李艳梅一起出去的,因为我担心她一个人出去会有危险。"

"你们去了什么地方?"

"去了一个茶馆。李艳梅觉得在房间里特别闷得慌,想出去走走。"

"你是不是也捡到一张画着黑蝙蝠的纸?"郑建军又换了一个话题。

赵梦龙点了点头,从衣兜里拿出那张纸。

"你是什么时候发现这张纸的?"郑建军问。

"今天早上。"

"你以前见过画成这样的蝙蝠吗?"

赵梦龙摇了摇头。

郑建军和王卫红最后走进李艳梅的房间。他们刚一进屋,李艳梅就正色质问道:"你们凭什么把我们都扣押在这里?谁给了你们这种权力?"

王卫红说:"李老师,你误会了。我们根本没有强迫你留在这里。我们只是说为了便于查清你丈夫的案子,希望大家暂时不要离开武夷山。如果你想走,你现在就可以走。不过,你那样做恐怕会引起别人的误解。"

"我说的不是我自己,是他们几个人。我丈夫已经死了,不可能再复生,我不希望几位老同学再因此受到折磨。我们本来是想通过旧地重游来摆脱现实生活中的烦恼,谁想到又惹来了新的烦恼。"

"这种意外的事情谁都不愿意看到,我们还不愿意查这种没头没脑的案子呢。说句不好听的话,甭管是自杀还是他杀,你们干吗要跑到我们武夷山来?净给我们添麻烦!但是话又说回来了,事情已经发生了,谁也没办法改变。"王卫红想用这话刺激李艳梅,看看她的反应。

"那么,我以孙飞虎妻子的身份要求你们停止对这件事情的调查,一切后果都由我一人承担。"李艳梅的口气很坚决。

"对不起,这种事情不是你能决定的。虽然孙飞虎是你的丈夫,但他是被人杀害的,而杀人是触犯国家刑法的行为,必须受到法律的追究。我们是公安人员,查明案情是我们的工作,不想干,我们也得干。换句话说,我们并不是为你李老师工作的。"王卫红的口气也很强硬。

李艳梅无话可说了。

郑建军见状在一旁以缓解的口吻说:"二位女士别急躁,其实都是为了一个共同的目标。李老师,你也希望我们尽快破案,抓获杀害你丈夫的凶手,对不对?"

"这得看怎么查。如果以这些老同学受折磨为代价,我宁愿不查。"李艳梅的声音平静了许多。

"这么说,你丈夫在你心目中的地位还不如这些老同学呢。看来,你们夫妻的感情不深呀?"郑建军说。

"我是说,不能为了一个已经死去的人来折磨活人。老孙毕竟已经死了嘛。"李艳梅又生气地补充了一句,"这跟我们的夫妻感情毫无关系。"

"对不起,李老师,也许我说得不太合适,但这是我们的工作,希望你能谅解。"

李艳梅没有说话。

郑建军换了个话题,"李老师,我们认为投毒的人很可能就在你们中间,而且我们必须查出这个人来,对不对?你最了解孙飞虎,也最了解孙飞虎与这几个人的关系,你认为他们当中谁最可能是投毒的人呢?"

"难道就没有外人来投毒的可能性吗?"

"根据我这些年的办案经验,我敢肯定地说,投毒者就在你们中间。其实,昨天晚上我就有了这种感觉,今天上午通过与他们几个人的谈话,我更相信这种感觉了。"

李艳梅又沉默了,她的目光移到面前的地毯上。郑建军耐心地等待着。过了一会儿,李艳梅抬起头来,叹了口气,说道:"我没有认真考虑过这个问题,我的心思很乱。但是我觉得,如果投毒者一定就在我们中间的话,那么最有可能的人就是吴凤竹了。"

"为什么呢?"郑建军嘴里问着,心中却在想,这倒是一个完整的圆圈,五个人相互揭发,都有作案嫌疑。这是故意的安排还是偶然的巧合呢?

"因为……也许别人已经告诉你们了,老孙曾经和吴凤竹交过朋友,后来两个人又吹了。结婚以后,老孙曾经对我说,吴凤竹这个人的心眼儿非常小,而且特别有报复心。她认为老孙欺骗了她,因此对老孙恨之入骨。就在我们上次老同学聚会之后,她还来找过老孙,说她永远也不会原谅老孙,还说她绝不会放过老孙。我觉得,虽然吴凤竹平时说话不多,但她是那种什么事情都干得出来的女人。她跟钱鸣松不一样。钱鸣松讨厌老孙,但只是嘴上骂骂而已。"

"这次到武夷山之后,特别是孙飞虎生病之后,你发现吴凤竹有什么可疑的地方吗?"

"这我倒没有发现。"

"看来,这也只是一种怀疑,一种猜测。"郑建军似乎是自言自语。

"李老师,我能再问你一些个人问题吗?"王卫红很有礼貌地说。

"只要是我能够回答的。"李艳梅的态度已经是非常合作了。

"你觉得赵梦龙这人怎么样?"王卫红完全是女人谈心的口吻。

"你这是什么意思?"李艳梅谨慎地反问了一句。

"我听说你曾经和赵梦龙交过朋友。"王卫红说得很坦诚也很自然。

"他是个好人。"李艳梅的声音很低。

"你一直这么认为?"王卫红也减小了音量。

"是的。"

"那你为什么没有和他结婚呢?"

"我觉得……也许……他应该和别人……"李艳梅突然吞吞吐吐起来,脸上的表情很不自然。

王卫红觉得李艳梅肯定藏有隐情,便采用"连珠炮追问法",简洁快速地问道:"他有别的女朋友?"

"啊,是的。"

"是谁?"

"是钱鸣松。"

"钱鸣松是赵梦龙的女朋友?"

"钱鸣松追求过赵梦龙。"

"赵梦龙爱她吗?"

"这……我就不知道了。"

"赵梦龙爱的是你。对吧?"

"……"

"那你后来为什么选择了孙飞虎?"

"那是……命运的安排!"李艳梅低下了头。

"这么说,跟孙飞虎结婚并不是你的意愿?"

"……"

"是什么事情迫使你和孙飞虎结婚的呢?"

"……"

沉默持续了足足有两分钟,郑建军才决定去打破僵局,"李老师,我听说你昨天晚上捡到一张纸,上面画着一只样子很怪的蝙蝠。对不对?"

"是的。我本来想告诉你们这件事情,但是刚才让你们一问,我就给忘了。"李艳梅觉得轻松了一些。她从身边的背包里找出那张纸,递给郑建军,"就是这张纸。我还想告诉你们,我以前见过这个画儿。"

"是吗?在什么地方?"郑建军瞪大了眼睛。

"其实,你昨天晚上让我们看那张画儿的时候,我就觉得有些眼熟,但是想不起来在什么地方见过了。回到房间以后我又想了半天,终于想起来了。"李艳梅看了王卫红一眼,继续对郑建军说,"那是好多年前的事儿了。有一次我们搬家,收拾东西,我在老孙的箱子里发现一幅漫画。那幅画很有意思,老孙的脑袋长在一只带翅膀的老虎身上。虽然画得很夸张,但是很像,特别是老孙的嘴和鼻子,一看就知道是老孙。当然,他那时候还是小孙呢。"

"这和蝙蝠有什么关系呢?"郑建军有些急不可待了。

"呵,在那张画的右下角就画着这么一只蝙蝠。没错!我当时就觉得那蝙蝠画得很特别,样子怪怪的。我问老孙这是什么人画的。他说是'五七干校'的一位老同志专门给他画的。他说那蝙蝠就是签名,因为那位老同志的名字好像就叫什么蝙蝠。"

"叫什么蝙蝠?那可真是个奇怪的名字。李老师,孙飞虎当年去的'干校'在什么地方?"

"好像是在宁夏吧。"

"你见过那个老同志吗?"

"没有。老孙也没再提起过他。"

"那张画现在在什么地方?"

"也许还在我们家吧。但是我后来一直没有再看到,我也不知道老孙给收在什么地方了。"

郑建军和王卫红走出五云仙宾馆,坐到那辆北京吉普车里。郑建军打着发动机,双手握着方向盘,正了正反光镜,不无感慨地说:"真没想到他们之间的关系这么复杂,肯定够得上多角恋爱了,对不对?"

王卫红说:"我看它很像小说中的故事。"

"你怀疑它的真实性?"

"不。我只是觉得那些事情都凑到一起,真够巧的。"

"无巧不成书嘛。"郑建军把车开出停车场,进入竹林,挂了空挡,让车沿着很窄的蛇形路向山下滑去。

"侦查工作怎么办?案件中有巧合,这可以,但是我们破案就不能靠巧合了吧?"王卫红说。

"有时候也得靠点运气。"郑建军不时地轻点刹车。

"那咱们的运气怎么样?"

"一般。从目前的情况看,这五个人都有可能是凶手,但我们又没有证据来证明其中的任何一个人。不简单!"

"谁不简单?他们还是我们?"

"案件。"

汽车穿过竹林,来到宽阔的黑云路上。郑建军熟练地增挡,汽车越来越快地向市区驶去。

"那不是正合你的胃口嘛!"由于开着车窗,汽车发动机的噪音很大,王卫红不得不提高嗓门。

"就怕咱的消化能力不行啊。"郑建军也提高了声音。

"谦虚?"

"真的。"郑建军看了王卫红一眼,"谈谈你对这五个人的看法吧。"

"一时还说不清楚。虽然这五个人都有可能是凶手,但是我觉得,他们对待被害人的态度不一样,对待这次谈话的态度也不一样。唯有一点是一样的,那就是他们都分别指出了一个嫌疑对象,而且各不相同。一个不多,一个不少。郑队,你说这会不会是他们一起商量好的?"

"我也有这种感觉。不过,他们的话都值得琢磨,我总觉得还应该能琢磨出点什么来。"

"那首诗?"

"还有别的。"

"噢,那个蝙蝠!"

郑建军按着喇叭从一辆货车旁超过,大声说:"甭管怎么说,我们现在掌握了不少线索,一条一条查,准能有收获。不过,我有一种预感,到头来,这个案子里最棘手的问题恐怕还是证据。对不对?"

"案件破了,你还怕没有证据?"

"如果有口供,那当然好说了。就怕谁都不供,我们手里也没有硬梆梆的证据,这案子可就不好交待喽。"

"有那么复杂?"

"走着瞧吧!"

吉普车停了,红灯。

第二十三章

下班前,郑建军和王卫红走进了武夷山供销合作社。此时,这间不大的售货厅里冷冷清清,没有顾客,只有一名40多岁的女售货员。王卫红径直走到售货员面前,问道:"大姐,你们这里有呋喃丹吗?"

"有啊。你们要多少?"售货员的态度很热情。

"需要什么手续吗?"王卫红又问了一句。

"手续?什么手续?"售货员的眼睛里流露出疑惑的目光。

"用不用证明信或者介绍信之类的东西?"王卫红好像是随便打听。

"不用,不用。哪用那么复杂呀!我告诉你吧,花钱就能买。这种农药,现在根本就卖不动。偶尔来个顾客,也就要一斤半斤的。如果我们再要什么介绍信,那还不把顾客都给赶走啦?"售货员的口齿很伶俐,而且说话时双手还不住地在面前比划着,样子很生动。

"最近有人来买过这种农药吗?"王卫红查看着货架上的商品标牌。

"你……问这个干什么?"售货员的手停止了舞动,目光中带着猜疑。

王卫红不动声色地掏出工作证,让对方看了看。

"这……让我想想。"售货员愣了一下,犹豫地说,"好像是有人买过。"

"你好好想一想,究竟有没有呢?"

"有,上礼拜就有个女的来买过。"

"女的?是本地人吗?"

"让我想想。那天的客人也不太多。说老实话,我们这里的生意一点都不火,老是冷冷清清的。那个女的是一个人来的,我看她不像本地人,长得挺白净。我以前没见过她。"售货员想了想,又补充说,"看她的样子,像是个大城市的人,也许是来旅游的吧。"

"她是哪天来买的?"

"是……上个礼拜六的下午。没错,就是五一节的第二天,快下班的时候,因为我那天晚上家里来客人,得早走。我正收拾东西呢,她就进来了。"

这时,郑建军在一旁问道:"大姐,你还记得她那天进门以后是怎么对你说的吗?她是先向你打听有什么农药呢,还是直接就说要买呋喃丹呢?"

"她一进门就对我说要买呋喃丹。没错,她就是这么说的。当时我还想了一下,城里人一般都不知道这种农药的名字,这个姑娘还挺内行的啊。所以我对她的印象很深刻。"

"她后来还说了什么?"郑建军又问道。

"我问她要多少,她说买一包,我就给她拿了。然后,她交了钱就走了。"

"她买了多少?"王卫红又追问了一句。

"那一包是250克。"

"她有没有说买这种农药干什么用?"

"没说,我也没问。这也不是什么限购的东西,再说她买的数量也不多,我寻思她也就是家里种的花草需要上药吧。"说到这里,售货员突然停住了，看着王卫红和郑建军，小声问道，"你们打听这事干什么？难道说，那个姑娘用这农药干了什么坏事？"

王卫红答道："现在还不好说。不过，这件事情很可能和我们正在调查的案件有关。所以，你不要对别人讲我们来找过你。你明白吗？"

"你们放心。这是保密工作，我懂，我绝不会跟任何人说的。"

"除了这个女的，还有别人来买过这种农药吗？"郑建军又问了一句。

"没有了。反正经我的手就卖出这么一份，别人卖没卖，那我就不知道了。不过，我可以给你们查一查小票。我们卖东西都得开小票，这是手续。"

"那好，就麻烦大姐给查一查吧。"郑建军很客气地说。

"不麻烦，一共也没有多少。你要从哪天查起呢？"

"就从……上礼拜四查起吧。"郑建军说完之后，在售货厅里来回走着，看着。然后，他好像突然想起了什么，走到王卫红身边，小声对她说了几句话。

售货员很快就查完了。"没有。这里只有一张小票是呋喃丹的，就是我卖的那一份。别的没有了。"

"没有啦。"郑建军走回柜台旁边，从手包里拿出一个笔记本，说，"大姐，你能再具体说说那个姑娘的长相吗？"

"这可不好说。反正她长得挺白的，也挺秀气的，个头比这位大姐矮一点，穿一身……好像是浅黄色的休闲装。对了，那天下雨，她还拿着一把雨伞，好像是红色的。别的……我就记不清了。不过，要是再看见她，我准能认出来。"

"她有多大年纪？"郑建军一边问，一边在本上记着。

"也就是20多岁吧。"

"你再仔细想想,她的脸是什么形状的,是圆脸,是方脸,还是瓜子脸?"

"好像是瓜子脸。"

"她的脑门宽么?"郑建军用手比划着,以弥补语言描述的局限性。

"好像不宽。"

"向前突出么?"

"啊,有一点。"

"她的眼睛是什么样子的?大么?"

"挺大的。"

"是圆眼,是长眼,还是三角眼?"

"是圆眼吧。"

"双眼皮?"

"那我可我没注意,应该是吧。"

"眼角是往上吊着的,还是往下耷拉的,还是平的。"

"往上吊?不是,好像也不是往下耷拉的,那就是平的。"

"她的眉毛什么样子?黑吗?"

"挺黑,挺细,还挺长的,长得特别整齐。这我记得挺清楚,因为我当时就觉得这姑娘的眉毛长得真好。"

"她的鼻子呢?大不大?"

"不大。"

"鼻梁高吗?"

"一般吧。"

"鼻子宽吗?"

"宽?好像有一点。"

"她的嘴呢?大不大?"

"应该说是比较大的。"

"嘴唇厚吗?"

"不厚。嘴挺大,嘴唇再厚,那她就该难看了,可是我印象中那姑娘不难看。"

"她有没有上嘴唇突出或者下嘴唇突出的特征?"

"没有。"

"嘴角呢? 是往上吊,是往下耷拉,还是平的?"

"平的吧。"

"她的耳朵大吗?"

"耳垂儿挺大的,因为她戴着一副很大的圆耳环,可能是金的,我觉得戴在她的耳朵上还挺合适。"

"她的头发什么样子? 卷的还是直的?"

"直的,披肩发,挺黑挺密的。"

"她还有没有别的什么特征? 比如说,她脸上有雀斑或者明显的痦子吗?"

"我没注意。"

"她戴眼镜吗?"

"没戴。"售货员使劲摇了摇头。

"好。"郑建军很快地在本子上画了一阵,然后把本子举到售货员面前,问道,"大姐,你看这像不像那个姑娘?"

"大哥你还真行啊! 这么快就给画出来啦。"女售货员看着那张画像,说,"挺像的,就是这嘴好像太大了。"

郑建军按照售货员的意见,又重新修改了几遍,直到其满意为止。他收起本子,又想起一个问题,便问道:"大姐,在那个姑娘来买呋喃丹之前,有没有人来打听过这种农药呢? 我的意思是说,有没有人进来以后,只是问了问,没买。你再回忆回忆。"

售货员看着郑建军，自言自语道："只问一下，没有买。这个……就记不得了。买东西的人问我们有没有什么货，我们一般都是随口就答，根本不过脑子，所以记不住。"

郑建军跟王卫红交换了一下目光，然后很有礼貌地对售货员说："谢谢大姐，我们该走了。不过，你再好好想想，还有没有别的情况。如果有，就给我打个电话，这是我的电话号码。我想，我们还会来找你的。你叫什么名字？"

"韩茶花。"

"很好听的名字呀！"郑建军和王卫红走出了供销社的大门。

在开车去五云仙宾馆的路上，王卫红对郑建军说："郑队，你这么有艺术细胞，真不该干刑警。"

"你别说，我小时候还真想过当画家，就是没遇上名师。"

"你小时候这想象力还真够丰富的。就我亲耳听你说的理想，就包括当什么足球健将、武术大师、作家、诗人、歌唱家、科学家……还有什么来着，噢，对了，还有什么说书的、算命的。难怪你长不高呢，想的事情太多。"

"这叫多才多艺。"

"对对对，十八般武艺，样样稀松！"

"这还真让你说对了。如果有一样精通，我都干不了刑警。就因为样样都行，样样都不精，我才当了刑警。"

"你的意思是说，刑警就都该像你这样，是个杂家？"

"你很能理解领导的意图嘛。"郑建军装模作样地说。

"咱当小兵的，不理解也得理解啊！"

"不要发牢骚啦，当小兵有什么不好吗？你看，我们当领导的，还得给你当小兵的开车,对不对?我知道,不用你提醒。我是老百姓的仆人,就该给你这老百姓开车。可是我听说,这官要是当到了一定的级别,就不用当仆人了。我现在是正科,你估计我要是混到了正……正什么呢?"

"正黄旗。"

"那不敢,打死我也不敢。"

前面堵车了,这在武夷山市可不多见。他们的车跟着车队慢慢往前挪,到了路口,才发现是一个汽车司机和一个骑摩托车的人在吵架。他们看了看,没有碰撞也没人受伤,大概就是谁蹭了谁或者谁挡了谁。郑建军无心过问,一踩油门,把车开走了。

当车速恢复正常之后,王卫红把话题转到案件上,"郑队,你说那个买药的姑娘和孙飞虎的死有关系吗?"

"肯定有啦。"

"这么肯定!根据什么?"王卫红转过身,看着郑建军。

"当然有根据啦。我告诉你吧,这是呋喃丹帮助我得出的结论。"郑建军有些故弄玄虚,"我们已经知道,呋喃丹是一种新型的有机农药,属于氨基甲酸酯类农药。对不对?它的特点是不好溶解在水里。怎么样,挺有学问吧?"

"现买现卖。"王卫红撇了一下嘴。

"这就不简单。"郑建军笑了笑,"我昨天又查了一下有关的资料,还真有收获。最近这几年,在咱们国家已经出现了一些服用这种农药自杀的案例,但是还没有用它投毒的案例。为什么呢?因为这种农药不能溶解在水里,不适合于投毒。相比之下,砒霜就强多了。"

"所以投毒的人选择砒霜的比较多。这我知道。"

"我刚一说你就知道啦?行啊,你可真是行家一出手,就知道有没有。那我就不用说了吧?"郑建军把车开得飞快,不停地超车。

"有就说，别卖关子。"王卫红假装生气地转回身，不看郑建军了。

"好，不开玩笑，说正经的。"郑建军收起笑容，"这就产生了一个问题。对不对？为什么给孙飞虎投毒的这个家伙没用砒霜，却用了这种本来不适于投毒的农药呢？这是不是有些反常？对不对？"

"这个问题我还真没想过。"王卫红的身体又转了过来。

"我认为，这说明投毒者事前没有准备，临时抱佛脚，抓到什么就用什么。对不对？"

"你说作案人是临时起意？"

"对呀！你想想看，如果他早有投毒的打算，那他就应该事先准备好砒霜或者其他好用的毒药了。对不对？用呋喃丹投毒，就说明他一定是临时起意。"

"我看不一定。孙飞虎他们大老远跑到这里来，什么人会突然产生杀死他的念头呢？我觉得还是预谋杀人的可能性比较大。"

"你误会了。我说临时起意，说的是投毒，并不是杀人。我没说那家伙是临时产生杀人的念头。其实我完全同意你的看法，这是预谋杀人。但是我认为，那家伙原来没想投毒。孙飞虎是到这里以后才突然得了病。对不对？这等于突然给凶手提供了借吃药投毒的机会，于是凶手才决定去买毒药。但是，他人生地不熟，上哪去弄砒霜？没办法，只好凑合用呋喃丹。从另一方面说，用这种农药也比较隐蔽。没人用过，不容易被发现，也不容易被人怀疑。对不对？"

"这就能说明那个买药的姑娘肯定和本案有关吗？"

"当然啦。这么说吧，用呋喃丹投毒，说明是临时起意，对不对？临时起意，就得在本地买药，对不对？我们查过了，这里只有那家供销社卖呋喃丹，所以凶手只能在那儿买，没别的地方。对不对？再从那个姑娘买药的时间上看，5月2号，正是孙飞虎得病的第二天。这是巧合吗？不像。所以我说，那个姑娘肯定和这个案子有关系。对不对？"

"有一定道理。"

"什么叫有一定道理？很有道理。"

"这么说，我们现在的任务就是要找到那个买呋喃丹的姑娘了。对吗？"

"如果能找到，那当然谢天谢地啦，但是就怕找不到了！"郑建军加快车速，超过一辆拉竹筏的拖拉机，"你说，那个姑娘会是凶手吗？"

"我觉得可能性不大。"

"你的根据是什么？"

"就是……直觉。推理是你们男人的强项，直觉是我们女人的强项。"

"那也不能毫无道理呀。瞎感觉？"

"什么叫瞎感觉？我们的直觉也是有道理的。"

"什么道理？"

"如果是那姑娘的话，那她也太胆大了。自己去买药，那不是很容易暴露吗？"王卫红觉得自己表达得不够准确，又补充说，"一般来说，犯罪分子都会想方设法掩盖自己的行踪。在这种投毒案件中，谁不知道刑警肯定得查毒药的来源？因此，我认为那个姑娘很可能是替别人买药。"

"真正的凶手为了隐藏自己的行踪，找了一个姑娘去替他买药。好，英雄所见略同。"

"你也这么认为？"

"对。你还记得我刚才问售货员的问题吗？"

"什么问题？"

"那个姑娘进门以后是怎么说的,是问有什么农药还是直接说要买呋喃丹。记得吧?"

"记得。我当时就觉得你问那个问题是有目的的。"

"当然,我就是想证明这一点。你想想看,一般人去买东西,进门总应该先问售货员有没有她要买的东西,例如,有没有呋喃丹,或者问,都有什么农药。对不对?当然,如果货架上就摆着呢,一眼就看见了,那她也可能直接说。但是我看了,货架上既没有呋喃丹,也没有呋喃丹的标签。那个姑娘怎么知道人家肯定有呋喃丹呢?这只有两种可能:一种是她不久前刚刚买过,知道那里有,所以进门就买;另一种就是别人让她去买的,说那里有呋喃丹,她进去就可以买。对不对?你认为在这个案子里,哪种可能性更大?"

"当然是第二种。"

"又是英雄所见略同。"郑建军减慢了车速,因为已经看见五云仙宾馆的房顶了。"我们还可以使用'心理换位法'。假如我是凶手,我会怎么办?第一,找人替我买;第二,最好找个来这里旅游的人去买。说实在的,那个姑娘可能都不知道呋喃丹是干什么用的。对不对?现在正是旅游旺季,游客很多,要找一个帮忙买东西的人还不容易?随便编个理由就行了。王小姐,如果有人找你帮忙,你会拒绝吗?"

"那得看是什么人!"王卫红随口答道。

"精辟!"郑建军把车拐进了竹林中的蛇形路。

郑建军和王卫红走进五云仙宾馆,没有去找经理冯大力,而是直接来到大堂的前台。他拿出那张模拟画像,又补充了衣着特征,让服务员回忆住宿的旅客中有没有这样一位姑娘。服务员想了想,说没有。他们又跑了附近的几家旅馆,也没有发现任何线索。客观地说,在这旅游旺季,要想仅凭这张模拟画像和有限的外貌特征去找一个没名没姓的外地姑娘，实在像大海捞针。

5月9日，郑建军和王卫红开车拉着韩茶花跑了武夷山的主要旅游景点，希望能够在游客中"撞"上那个买药的姑娘，但是跑了半天也没有收获。

下午回家的路上，筋疲力尽的王卫红和韩茶花都在车上睡着了。当她们睁开眼睛的时候，发现郑建军又把车开到了五云仙宾馆的门口。王卫红揉着眼睛问道："怎么又到这里来了？不是先送韩大姐回家吗？"

郑建军说："你有没有想过宾馆的那些女服务员？"

"想她们干什么？"

"买药的姑娘啊。虽然她们的可能性不大，但我们也不能忽略。对不对？搞侦查，最忌讳的就是一条道走到黑，不到黄河不回头。我们呀，该查的都查，该排除的都排除，以免把饭做夹生了。对不对？"

郑建军把车停在宾馆门前的停车场，没有下车，回头对坐在后排的韩茶花说："宾馆的服务员该换班了，你看看其中有没有那天去买农药的姑娘。"

没过多久，下班的女服务员就三三两两地从五云仙宾馆的大门里走了出来，其中也有黑云仙楼的那位沈小姐。大概是结束了一天的工作，服务员都显得很高兴，有说有笑地从停车场前面走向竹林中的小路。

韩茶花身体向前探着，睁大眼睛看着那几个姑娘。

王卫红小声说："你仔细看看，有没有那个姑娘？"

韩茶花摇着头说："都不太像。"

"走在这边的姑娘不是挺白净的吗？"王卫红指了指沈小姐。

"她那身量倒是有点像,可长相不一样。我说不上来,就是觉得不太像。"

"没关系,我们明天早上再来一次,看看另外一班的服务员里边有没有那个姑娘。"

5月10日早上,郑建军和王卫红又带着韩茶花对另一班女服务员进行了辨认,仍然没有发现那个买呋喃丹的姑娘。

但是,韩茶花提供了一个很让两名刑警兴奋的情况。她说:"昨天晚上我又仔细回忆了一遍。我想起来了,那天下午在那个姑娘买呋喃丹之前还真有一个人来打听过农药的事情,那是一个男的。他问我有什么农药,杀虫用的。我给他说了几种,其中就有呋喃丹。"

"那个人长什么样子?"郑建军很有兴趣地问。

"我当时正给别人拿东西,只看了他一眼,实在想不起他的样子了。"

"他有多大岁数?"

"好像有四十多岁?我记不清了。"

"如果你看见他,还能认得出来吗?"

"说不准,也许一看见就能想起来了。"

"没关系,我们可以试试看。"郑建军说完之后,和王卫红商量一下,跳下车向宾馆大门走去。

过了一会儿,郑建军快步走了回来。他说一切都安排好了,便带着王卫红和韩茶花进了宾馆,在值班经理的带领下,来到通向黑云仙楼的那个天井旁边的一个房间里。这是服务员休息室,正好有一个窗户面对天井,而这个天井是客人们去餐厅的必经之路。郑建军关上室内的电灯,拉上窗纱,让韩茶花站在窗户旁边,注意观察去餐厅的人中间有没有那天在供销社打听农药的男子。

没过多久,三三两两的客人就开始去餐厅吃早饭了。当赵梦龙等五人也从天井中走过的时候,王卫红特意提醒韩茶花注意观看。韩茶花仔细看了赵梦龙和周驰驹之后,还是摇了摇头。这次辨认也没有收获。

郑建军和王卫红把韩茶花送回家之后,开车回到刑警队的办公室。他们认为有必要重新研究案情,寻找破案线索。

郑建军把案卷材料又看了一遍,然后眯着眼睛,看着办公桌上那瓶从现场提取的感冒胶囊。突然,他睁大眼睛,拿起药瓶对王卫红说:"我有办法啦!"

"什么办法?"王卫红莫名其妙地看着兴奋的郑建军。

"感冒胶囊啊!"郑建军跑了出去。

第二十四章

5月10日下午,郑建军和王卫红又来到五云仙宾馆。他们把赵梦龙等五人请到会议室。郑建军开门见山地说:"各位,好消息,我们已经找到了科学的方法来查明谁是投毒者。这几天,把各位留在这里,我们也觉得过意不去。但这也是为了破案,对不对?现在就要结束了。只要各位配合,明天就可以水落石出。"

"怎么配合?"钱鸣松问道。

"很简单,提取各位的手印。"郑建军说得非常轻松。

"提取我们的手印干什么?"钱鸣松追问道。

"跟投毒者的指纹进行比对。"

"那家伙留下手印啦?在什么地方?"女诗人瞪大了眼睛。

还没等郑建军回答,赵梦龙猛地站起身来说道:"你们有什么权力提取我们的手印?我们又不是罪犯。你们这样做是侵犯人权的!"

"赵教授,你误会了。我知道你是法学教授,我们可绝对是依法办案。其实,我们这样做也是为你们好。你想想看,既然你们不是投毒的人,这指纹一比对不就都排除嫌疑了吗?你们也就都可以踏踏实实地回家啦。对不对?往最坏的地方说,就算那个投毒者在你们中间,那也就是一个人的事情,其他人就都清白了。对不对?我还是有言在先,这提取手印全凭自愿,绝不强迫。我说得再明确一点,你们中间,谁愿意让我们提取,我们就提取,然后送给专家比对。谁不愿意让我们提取，我们也不勉强，但是你就得在这里继续接受审查，直到我们查明谁是投毒杀害孙飞虎的凶手。"

"你们在什么地方发现了凶手的手印？你们怎么能肯定那就是凶手留下的呢？如果你们搞错了，谁来负这个责任呢？"赵梦龙的声音降低了，但是口气仍然很强硬。

郑建军微微一笑，"这个请各位放心，没有绝对的把握，我是不会说这种话的。对不对？不过，我也可以给你们透个底，反正这也不用保密。咱实话实说，那个投毒的家伙是个作案高手，狡猾，谨慎，案子做得干净利落。但是古人说得好，智者千虑，必有一失。他总有疏忽的地方，对不对？这就像一位侦查学专家说的，犯罪分子再狡猾，也会在作案过程中留下蛛丝马迹。对不对？尽管他设计得非常巧妙，既没人目击，也没有痕迹，就连那个药瓶上的手印都给擦掉了，但是他忘了一点，当他把一个个胶囊中的感冒药倒出来，再装进呋喃丹的时候，自己的手印就留在了胶囊上。也许他根本就没想到我们能把那么小的胶囊上的手印显现出来。对不对？可惜他低估了现代刑事技术的力量。我们有非常先进的潜在手印显现方法。激光法，502胶法，都可以把那些手印显现出来。今天提取了你们的手印，送到省公安厅去，明天就可以知道谁是凶手，就这么快。当然了，我是说如果投毒者就在你们中间的话。我想，各位都希望尽快查清谁是凶手，对不对？噢，有一个人例外，那就是投毒者本人。"

室内的人们都沉默了。郑建军和王卫红交换了一下目光，耐心地等了一会儿。然后，王卫红从提包里取出一盒印油和几张专门提取手印用的卡片，放在桌子上，问道："哪位愿意先来按手印呢？"

李艳梅看了看旁边的人，慢慢地站起身来，一字一句地说："我看你们就没有必要费这个心了。我告诉你们，孙飞虎是我害死的，那毒药是我放的。我跟你们去公安局。这件事情跟他们几个人都没有关系，你让他们回家吧。"

案情急转直下，房间里的人都沉默了。赵、钱、周、吴四人愣愣地看着李艳梅，虽然他们脸上的表情并不相同，但似乎每人心中都有无法解释的问题。

郑建军认真地看了每人一眼，微微一笑说道："这样一来，问题就简单多了。好吧，李艳梅留下，其他人都可以走了。"

郑建军和王卫红带着李艳梅回到武夷山市公安局，办理了刑事拘留的手续之后，回到办公室，整理案件材料，准备进行审讯。

一进屋，王卫红就兴高采烈地说："郑队，我说你这招还真挺灵的！有句话怎么说来着？对了，踏破铁鞋无觅处，得来全不费功夫。我有这种感觉。"

郑建军并没有破案之后的喜悦。他沉着脸说："先别忙着庆功。要我看，后面的活儿更不好练。"

"你怕什么？李艳梅不是已经认了嘛！还有什么不好练的？"王卫红莫名其妙地看着郑建军。

郑建军没有回答王卫红的问话，而是自言自语地嘟囔了一句："俗话说，便宜没好货啊！"

"你认为这里有诈？"王卫红似有所悟。

"走，去问问就知道了。"郑建军拿着材料走了出去。

审讯室的面积不大，陈设也很简单。郑建军和王卫红并排坐在一张桌子的后面，李艳梅坐在对面的凳子上。例行问话之后，郑建军转入主题。

"李艳梅，你说是你投毒杀死了你的丈夫，那你就交代作案过程吧。"

"这有什么好交代的。我说是我干的，就是我干的，你们该怎么处理就怎么处理好了。"

"事情可不是那么简单的。我们这是依法办案，得拿证据说话，不能光凭你一句话就定案。对不对？这么跟你说吧。这案子要是你干的，你不承认我们也能定案。这案子要不是你干的，你承认了我们也不能定案。一切决定都得以事实为依据，以法律为准绳。对不对？"

"我告诉你们是我干的，你们爱信不信。"

"你要想让我们相信，就得说清楚你具体是怎么干的。我问你，你那农药是从哪儿弄来的？"

"从家里带来的。"

"上次我告诉你们孙飞虎是吃呋喃丹死亡的时候，你不是说你从来没有听说过那种农药吗？"

"我当时说的是假话。"李艳梅的声音很平静。

"你为什么用呋喃丹投毒？难道你不知道这种农药不溶于水吗？难道你不知道这样投毒很容易被人发现吗？"

"当然知道，所以我才把毒药放进了感冒胶囊里面。"

"你是什么时候把农药放到胶囊里去的？"

"来武夷山之前。"

"这么说，你来武夷山之前就已经设计好毒死你丈夫的行动方案，对不对？"

"可以这么说。"

"你怎么知道你丈夫会在这里需要感冒胶囊呢？"

"他这个人容易得感冒，而且他一有点儿头痛脑热的，就吃感冒胶囊。"

"你为什么要害死你的丈夫？"

"因为我对他已经没有感情了，我想离婚，但是他不同意。为了摆脱他,我没有别的办法,只好采取这种极端的手段。我本来以为你们不会查出来的,没想到,你们的工作态度这么认真,工作效率这么高。"

"谢谢你的夸奖。"郑建军站起身来,慢慢地绕过桌子,走到李艳梅面前,看着李艳梅的眼睛,突然问道,"你知道谁是杀死你丈夫的凶手吗?"

"我……你这是什么意思?我就是投毒的人,我当然知道啦。难道你不相信我说的话吗?"

"我确实不相信。"

"那是你的事情。"

"这样吧,我们现在有一种非常先进的审查口供的方法,就是测谎仪。你听说过测谎仪吗?过去我们不懂,都以为那是骗人的玩意儿,其实它非常科学。我们省公安厅就有一位测谎专家,明天我把他请来,让他用测谎仪对你的供述进行审查。你应该没有意见吧?"

"我又没有否认投毒,为什么还要测谎?"李艳梅皱着眉头。

"我们必须对你负责,对国家负责。这是我们的工作。对不对?如果你说的都是真话,那你干吗要害怕测谎呢?"郑建军盯着李艳梅的眼睛。

李艳梅坚持了一会儿,还是把目光移走了,"我不怕测谎。"

"这就是说,你同意明天接受测谎审查啦?"

"我看你这是浪费时间。"

"这话得等明天测谎结束之后再说。"郑建军回过头去,问负责记录的王卫红,"刚才这些话,你都记下来了吗?"

王卫红点了点头。

"你让李艳梅看看记录中有没有差错。"郑建军说完之后,便开门出去,叫人把李艳梅押回看守所。

李艳梅被带走之后，王卫红问郑建军："你认为李艳梅说的不是实话？"

郑建军点了点头，"问题是她为什么要这样做。这可不是开玩笑的事情啊！"

"如果她根本没有开玩笑呢？我的意思是说，如果事情确实就像她所说的那样呢？虽然这有点怪，但是我得提醒你一句，女人的思维有时就是很奇怪的，特别是到了她这种年龄的女人。而且，我认为她讲的作案经过和理由还是可以成立的。对吧？"

"但是，这里有两个问题不好解释。第一，如果她说的是实话，那些呋喃丹是她来武夷山之前就准备好了的，那么在供销社买农药的姑娘是怎么回事呢？难道这真是一个巧合吗？这令人难以置信。当然，如果李艳梅真是凶手，那么她是不应该在这里买农药，而且她根本没有必要买什么农药，她完全可以用更好的方法来办这件事情。对不对？第二，退一步说，如果她真是凶手，如果那毒药真是她放的，那么在孙飞虎死了之后，她就应该把那剩下的半瓶药扔掉，毁灭证据。对不对？而且她完全有机会这样做，但是她没有这样做。为什么？我想，唯一合理的解释就是她当时并不知道孙飞虎是怎么死的，她根本不知道那感冒胶囊里有毒药。对不对？有了这两条推理，她说的话还能是真的吗？"

"但是她为什么要替别人背黑锅呢？"

"这也正是我在考虑的问题。我想，这至少说明她已经知道真正的凶手是谁了。对不对？"

王卫红又想起一个问题，"郑队，你说有没有共同作案的可能性呢？"

"共同作案嘛，这种可能性不能说没有。不过，你指的是两个人共同作案呢，还是五个人共同作案呢？"

"什么？五个人共同作案？这个案子可就真有意思了！"王卫红若有所思。

"无论如何，这肯定是一起非常有意思的案件。你就等着瞧吧。"郑建军很有把握地说。

"你真想安排对李艳梅进行测谎吗？"王卫红又问。

"当然。我那天碰见省厅的老魏，他还问我有没有需要测谎的案子呢。这不正好是个机会嘛。"

"我还从来没有见过测谎仪呢，那玩意儿灵吗？"

"据说是挺科学的。"郑建军站起身来，伸了个懒腰，"我希望它是科学的。正好！明天我们也可以开开眼了！"

第二十五章

5月11日下午,郑建军和王卫红又把李艳梅带到那间审讯室。此时,审讯室里还有一个五十多岁戴着眼镜的男子,正在桌子旁边调试一台仪器。原来放凳子的地方改放了一把扶手椅,王卫红让李艳梅坐在那把椅子上。

男子终于把仪器调试好了。他直起身子,看了看李艳梅,然后和两名刑警小声说了几句话,郑建军和王卫红便走了出去。

男子关好门,回过身来,语气平和地对李艳梅说:"你好,你叫李艳梅?我姓魏,你可以叫我老魏。你以前接受过测谎吗?没有?跟我估计的一样。确实,测谎仪在咱们国家还是个新鲜玩意儿,一般人都没有见过它。你也是第一次见到测谎仪吧?跟我估计的一样。那么,你了解测谎仪的工作原理吗?不了解吧?跟我估计的一样。那我得给你讲讲,因为这有助于你对测谎的配合。简单地说,每个人在说谎的时候都会有一定的生理反应,而且这些反应是由人的植物神经系统传导的,是人的主观意志所无法控制的。测谎仪就是用科学手段把这些生理反应记录下来的仪器。用不用我向你具体解释一下它的工作原理呢?不用啦?也好,你是有知识的人,一听就能明白,我就不多说了。"

老魏用审视的目光看了李艳梅一会儿,继续说:"郑队长已经把你和案件的基本情况告诉我了,我相信他也向你解释了我的工作性质,我今天的任务就是要审查一下你昨天说的那些话。我想提醒你一句,如果你昨天对他们说的话中有不实之处,那你最好在测谎开始之前就讲出来。这台测谎仪的性能很好,而且跟我配合得非常默契。我最后问你一遍:你真的愿意接受测谎吗?你在测谎之前还有什么要对我说明的吗?没有啦?跟我估计的一样。你对自己很有信心嘛。好吧,咱们就一起来看看这台科学仪器怎么说吧。"

老魏走到桌子旁边,先拿起一个类似血压带的东西,固定在李艳梅的胳膊上;又拿起一个由电线连接在测谎仪上的金属触头,固定在李艳梅的手上;最后拿起两条有弹性的黑色橡胶圈,分别套在李艳梅的胸部和上腹部。他一边调整这些东西的松紧度,一边问李艳梅是否觉得很紧或者不舒服。当他认为一切都妥当之后,就坐到桌子后面的椅子上,打开了那台测谎仪的开关。

李艳梅看着老魏和那台神秘的仪器,心中难免有些紧张。但是转念一想,她又觉得自己没有什么可害怕的。这台仪器说不定也和这个人一样,就会估计来估计去的。她尽量让自己想象这是一次科学实验,她是实验的对象。渐渐地,她的内心平静下来,而且她对这台仪器产生了兴趣。这个东西真能测出人的谎言吗?她仔细地看着那台测谎仪,仿佛已经忘记了自己扮演的角色和面临的处境。

老魏从桌子上拿起几张扑克牌,在手里洗了几遍,然后对李艳梅说:"为了使你对测谎仪的工作程序有一个亲身的体验,以免在正式测试的时候心里产生不必要的紧张,我们先来做一个小游戏。你看,我这里有七张扑克牌,你从中任意选一张,但是不要告诉我你选的是哪一张,也不用拿出来,就把它记在心里。对。过一会儿,我要一张一张地问你。每一次你都要回答'不',包括你心中选定的那一张。你明白了吗?"

李艳梅看着那七张扑克牌,在心中选了那张红桃5。

"你选好了吗?"

李艳梅点了点头,尽量平缓自己的呼吸。

"好,咱们开始。"老魏按了一个开关,测谎仪上那张印满格线的记录纸慢慢地向前移动着,四支记录笔也时快时慢地上下移动着,在记录纸上留下四条高低不齐的峰状曲线,并且发出"沙沙"的声响。

老魏看了一眼记录纸,然后拿起一张扑克牌,举到面前,用毫无感情色彩的语气问道:"是这张吗?"

"不。"李艳梅的声音也很平稳。

老魏有条不紊地重复着拿牌的动作和相同的问题,李艳梅也不慌不忙地重复着相同的回答。当她看到那张红桃5的时候,她的心中甚至浮起了一种恶作剧的感觉。

测试结束了,老魏按了测谎仪上的一个按键,记录纸和记录笔都停止了移动,那"沙沙"的声音也消失了,屋子里格外安静。老魏把记录纸撕下来,放在眼前仔细地查看,还不时用手中的尺子测量着。

李艳梅默默地看着老魏,她的嘴角挂着幸灾乐祸的微笑。不过,她也有些急切的感觉,因为她很想知道这测试的结果。

老魏终于抬起头来,看了一遍桌子上的七张扑克牌,非常认真地对李艳梅说:"你刚才选中的那张扑克牌是红桃5。对吗?"

李艳梅愣了一下,不由自主地点了点头。

老魏微笑道:"怎么样,你对测谎仪的初步印象还不错吧?也许你怀疑我搞了什么鬼,或者这是我瞎蒙的。但我告诉你,这是科学。你不信?我可以让你自己看。"老魏站起身来,拿着那张记录纸,走到李艳梅身边。"你自己看看。这是你回答前五个问题的曲线,一、二、三、四、五,形状都差不多,对吧?但是再看你回答第六个问题的曲线。这里,呼吸线有个明显的基线上升,皮肤电的峰高增加了将近一倍,心跳频率和血压也都有明显的变化。对吧?那么第六个问题是哪张牌呢？红桃5！"

李艳梅确实对测试结果感到惊讶。

老魏回到自己的座位，看着李艳梅，神态严肃地说："测谎技术是非常科学的。我提醒你，我们刚才做的还仅仅是一个小游戏，你在回答这些问题的时候几乎没有什么心理压力。对吧？但是这台仪器都能把你的谎言准确地识别出来并记录下来。你想想，当你回答与案件有关的问题时，你的心情会这么轻松吗？当然不会啦，那么你说的假话还能逃过测谎仪的审查吗？你是绝对没有机会的。所以，我劝你最好实话实说吧。怎么样？"李艳梅看着老魏，没有说话，她已经拿定主意要坚持到底。而且，她很想看看测谎仪到底有多灵。

老魏等了一会儿，问道："怎么样？你还想继续做下去吗？你还是那么自信？好，跟我估计的一样。当然，也可能你说的确实是实话。那就让测谎仪来帮助我们回答这个问题吧。"

老魏从一个文件夹中拿出一张纸，上面写着他事前准备好的问题。他说："这次咱们要进行正式的测谎了。我来告诉你怎么做吧。我将问你一些问题，你必须如实回答，对每一个问题，你的回答只有两种选择，'是'或者'不'。你明白吗？对任何一个问题，甭管它跟案件有没有关系，你都只能回答'是'或者'不'。如果你不回答，或者用别的方式回答，那只能证明你没有说实话，没有接受测谎审查的诚意。你的身体可以往后靠一点，尽量坐得舒服一些。我告诉你，其实我本人总是希望测谎结果能够证明被测谎者是一个诚实的人。"

测谎仪又发出了"沙沙"的声响。李艳梅全神贯注地等待着老魏的问话。

"李艳梅，请注意，我现在开始提问了。第一个问题：你现在是在接受测谎吗？"

"是。"

"第二个问题：现在是上午吗？"

"不。"

"第三个问题：你是知道孙飞虎怎么死的吗？"

"是。"

"第四个问题：孙飞虎是你的丈夫吗？"

"是。"

"第五个问题：你是不是拿过公家的东西？"

"不。"

"第六个问题：是你害死你丈夫的吗？"

"是。"

"第七个问题：这是你第二次来武夷山吗？"

"是。"

"第八个问题：你是知道谁毒死的你丈夫吗？"

"是。"

"第九个问题：你是孙飞虎的老同学吗？"

"是。"

"第十个问题：那些呋喃丹是你自己买的吗？"

"是。"

"最后一个问题：你是研究佛教的吗？"

"是。"

测谎仪上的纸终于停止了移动。老魏站起身，走到李艳梅身边，替她拆下身上的测谎触头。李艳梅活动一下四肢，抬起头来看着老魏，等待其宣布测谎结果。但是老魏没有说话，回到自己的座椅上，撕下记录纸，放到面前的桌子上，仔细地查看着，测量着，并且不时用红笔画上一些记号。

时间似乎停住了脚步，室内的空气仿佛凝固了。李艳梅有些焦躁起来,她看着聚精会神研究测谎记录图的老魏,一种莫名其妙的悲哀从心底油然升起。她的眼睛有些模糊了,一件多年前的往事模模糊糊地浮现在眼前……

老魏的目光终于离开了测谎记录图。他看了看神情恍惚的李艳梅,站起身,拿着那张图纸走了出去。

郑建军和王卫红一直坐在旁边的办公室里等待着。看见老魏,他们不约而同地站起来,异口同声地问:"怎么样?"

"有点意思。"老魏走到办公桌旁边,把那张记录图铺到桌子上,说:"你们来看看。"

郑建军说:"老魏,别卖关子啦,这玩意儿我们哪儿看得懂啊!你就说结果吧。"

"这测谎可不是1加1等于2的问题,我必须得给你们解释清楚,以免你们产生误解。"老魏的态度非常认真。"你们看,我采用的是'准绳问题测试法',一共用了11个问题。其中,1、2、4、7、9、11都是中性问题,就是与案件无关的问题;3、6、8、10是目标问题,就是与案件有关的问题;5是准绳问题,就是作为被测人反应模式的对照标准的问题。"

郑建军说:"老魏,给我们讲课哪?你不说这些术语,我们也知道你是专家。"

"你要是这么说,那我可就真得跟你们收学费啦!"老魏一本正经。

"得,破案之后我请你喝酒。"

"一言为定。那我继续给你们讲课。"

"哎哟,老魏,你就痛快说吧!"

"这是那11个问题。"老魏拿出那张写着问题的纸,放在测谎图旁边,"这是我今天上午根据你们介绍的案件情况编排的。你们看,李艳梅对2、4、7、9、11这五个问题的反应曲线都比较平稳,因为这都是与案件无关的问题。"

"但是她对第一个问题的反应很大呀,那不也是无关问题吗?"王卫红一直在仔细地看着测谎图。

"对,一般人对测谎第一个问题的反应都比较大,所以它不能算。我们把它叫做牺牲问题。"

"她对第五个问题的反应比较明显。"王卫红对照着那张写有问题的纸,说,"这个问题是'你是不是拿过公家的东西'。这是什么意思?"

"这是准绳问题。小王,我问你,你是不是拿过公家的东西?"

"这个嘛……那得看你怎么说了。要是说连公家的一张纸、一杆笔都算的话,那谁没拿过呀?"

"就是嘛。所以对一般的人来说,如果你对这个问题的回答是否定的,那么你说的多半是假话。而你在测谎时对这种问题的反应就可以当作评断你对相关问题的反应标准,所以叫做准绳问题。"

"你这里的相关问题是3、6、8、10。好像只有第十个问题的反应比第五个问题的反应还大。"王卫红一边说一边用手指比划着。

"对,这正是我要和你们讨论的地方。从问题3、6、8的反应来看,李艳梅说的很可能是实话。但是从问题10的反应来看,她说的很可能是假话。"老魏说。

郑建军一直在旁边听着,此时插言问道:"那几个问题都是什么?"

王卫红照着纸上念道:"第三个问题:你是知道孙飞虎怎么死的吗?第六个问题:是你害死你丈夫的吗?第八个问题:你是知道谁毒

死的你丈夫吗？第十个问题：那些呋喃丹是你自己买的吗？"

老魏补充了一句："她的回答都是肯定的。"

郑建军说："从她的反应来看，她就是在回答第十个问题时说了假话。这能说明什么呢？"

老魏微微一笑，说道："这说明你该请我喝酒啦。"

"老魏，你开什么玩笑？"

"谁开玩笑？你刚才说的嘛，破了案就请我喝酒。怎么，又想反悔啦？"

"破案？怎么破案？"

"从这测谎结果来看，李艳梅显然就是凶手嘛，唯一的问题就是那些呋喃丹可能不是她自己买的，但是这并不影响认定她是凶手啊，因为她完全可以让别人替她去买嘛。怎么，你对这个测谎结果还不满意？"老魏莫名其妙地看着愁眉不展的郑建军。

"老魏，你没有理解我的意思。实际上，我认为李艳梅并不是真正的凶手。不过，你的测谎结果和我们分析的情况还是基本吻合的。李艳梅说她知道孙飞虎是怎么死的，说她害死了她的丈夫，还说她知道谁毒死了她的丈夫。测谎仪说这些都是真实的回答。对不对？"郑建军一边思考一边说，"我看这结果也还说得过去。如果她不是毒死孙飞虎的凶手，她这些回答也可以是真实的。对不对？她当然知道孙飞虎是怎么死的，也可以知道谁是毒死她丈夫的人。对不对？至于'害死'嘛，这个词儿的含义很广。即使她没有投毒，那个投毒者也可能是因为她的缘故才投毒的，因此她也可以认为是自己害死了孙飞虎。对不对？老魏，你看咱们能不能换一种方式来问她？"

"怎么问？"老魏拿起那张写着问题的纸。

"我认为，查清李艳梅究竟是不是凶手，关键的问题在于她是否知道那些只有投毒者才能知道的作案细节。比如说，那些呋喃丹是在什么地方买的,那些呋喃丹是在什么时间放进感冒胶囊的,那些呋喃丹是怎么放进感冒胶囊的。小王,你说对不对?"

王卫红点了点头,"老魏,那就再测一次吧。"

老魏没有说话,坐到椅子上,开始编写问题。

李艳梅的回忆被老魏的声音惊醒了。她有些茫然地看着老魏,似乎忘记了自己是在接受测谎。

老魏说:"李艳梅,由于刚才的测谎结果中还有一些不太明确的地方,所以我需要你再回答一组问题。你同意吗?"

李艳梅的思维还没有完全恢复正常。她下意识地点了点头。

老魏又把那些触头固定在李艳梅的身上,让李艳梅做好准备,然后打开测谎仪,用平和的声音问道:

"第一个问题:这个房间的墙壁是白色的吗?"

"是。"

"第二个问题:今天是星期一吗?"

"是。"

"第三个问题:那些呋喃丹是你放进感冒胶囊里的吗?"

"是。"

"第四个问题:你是在公安局的审讯室里吗?"

"是。"

"第五个问题:你是在替别人承担投毒杀人的罪名吗?"

"不。"

"第六个问题:你是知道武夷山市公安局有多少人吗?"

"不。"

"第七个问题:你是不是在重要的问题上说过假话?"

"不。"

"第八个问题:你是知道那些呋喃丹是在哪里买的吗?"

"是。"

"第九个问题:你是不爱孙飞虎吗?"

"是。"

"第十个问题:你是知道那些呋喃丹在什么时间被装进感冒胶囊的吗?"

"是。"

"最后一个问题:你是在欺骗测谎仪吗?"

"不。"

第二轮测谎又结束了,老魏又伏在测谎图上认真地查看起来。这一次,他看得比较快。然后,他又出去和两名刑警讨论了测谎结果。

当老魏再次回到室内时,他严肃地对李艳梅说:"测谎结果表明你在关键问题上说了假话。你可以自己来看一看,你对3、5、8、10这四个相关问题的反应都非常明显。这说明你根本不知道那些呋喃丹是在哪里买的,你根本不知道那些呋喃丹是在什么时间被装进感冒胶囊的,你实际上是在替别人承担投毒杀人的罪责。李艳梅,你不要自作聪明啦,我劝你还是讲出案件的真实情况吧。"

"……"

"根据你对第一组问题的回答,你肯定知道谁是投毒杀害孙飞虎的凶手。那么,你就应该告诉公安机关。"

"……"

面对一言不发的李艳梅,老魏无可奈何地摇了摇头,站起身来,走出去,叫来了郑建军和王卫红。

然而,无论两名刑警怎么问,李艳梅始终一言不发。最后,郑建军只好结束问话。

根据《刑事诉讼法》第65条的规定，侦查人员在对嫌疑人进行讯问过程中发现不应当拘留的，必须立即释放，并发给释放证明。郑建军和王卫红商量之后，认为不宜继续拘留李艳梅，便办理了有关手续，把她送回五云仙宾馆。

本来已见曙光的侦查工作，一下子又陷入僵局。郑建军和王卫红只好另寻破案途径了。

第二十六章

夜深人静，武夷山市公安局刑警队的办公室里依然亮着灯。郑建军一个人坐在办公桌前，愣愣地看着从孙飞虎的枕头里发现的那张画着黑蝙蝠的纸。他已经看了很长时间，总想从中发现更有价值的东西。然而，他现在所能认知的只有四点：第一，这是用黑色签字笔画的；第二，这是半张A4复印纸；第三，纸是用刀子等锋利的刃器整齐地从中间裁开的；第四，那蝙蝠的样子很夸张，小眼睛，大耳朵，张牙舞爪。

郑建军猛地站起身来，趴在桌子上，瞪大眼睛，在很近的距离看着那只蝙蝠的爪子。过了一会儿，他又从案卷袋里取出另外五张画着黑蝙蝠的纸，依次摆放在黑蝙蝠旁边，用眼睛一张一张地比较着。这五张也是一样的A4复印纸，也是整齐裁开的半张，也是夸张的样子。

正在这时，走廊里传来很快的脚步声。门一开，王卫红端着两个盒饭走了进来，"郑队，吃点夜宵，补充能量。我告诉你，有你最爱吃的凤爪！"

郑建军没有抬头，问道："你说，蝙蝠有几个爪子？"

"什么？"王卫红被这没头没脑的话问愣了，"你说什么爪子？"

"蝙蝠啊！"郑建军的目光仍然停留在纸上。

"你让蝙蝠给迷住了吧？我给你买的是凤爪！"

"什么？"郑建军终于抬起头来，看了一眼桌子上的盒饭，苦笑道,"谁问你凤爪啦?我问你蝙蝠有几个爪子。"

"蝙蝠有几个爪子?当然是两个前爪两个后爪啦,前爪同时又是翅膀嘛。"

"我不是问你有几个爪子……"

"你才有爪子呢!郑队,你这是怎么说话哪!"

"噢,对不起。我不是说你,是说蝙蝠。"

"那你倒说清楚啊。"

"我不是问你蝙蝠有几个爪子,我是想问你蝙蝠的一个爪子上有几个……那个……"

"那个什么呀?"

"就是脚趾头。"

"噢,你是问蝙蝠的爪子有几个脚趾呀。应该是五个吧?"

"我也是这么想的。可是你看这几张画上的蝙蝠,都是只有四个脚趾呀。"

"真的吗?"王卫红走到桌子边,仔细看了看,"还真是四个。不过,你这么一问,我也闹不清了。也许蝙蝠的爪子真的就只有四个脚趾?"

"鸡爪子有几个脚趾?"郑建军又问。

"应该是四个吧?"王卫红打开一个盒饭,拿起一个凤爪数了一遍,"四个。"

"蝙蝠是哺乳动物,跟鸡不一样,应该有五个脚趾吧。可是这画上都只有四个……"郑建军拿起一只凤爪,仔细地端详着。

"这个问题很重要吗?是不是我明天找个动物学家咨询一下?"王卫红见郑建军没有回答,又追问一句,"郑队,你看有这个必要吗?"她心里觉得郑建军的想法很可笑。

郑建军没有注意王卫红的神态,很认真地说:"其实,蝙蝠究竟有几只脚趾并不重要，重要的是这些画上的蝙蝠都是四个脚趾，而你和我都觉得蝙蝠应该有五个脚趾。对不对？"

"正对！可这有什么意义呢？"

"当然有意义啦。我告诉你，明天我们到五云仙宾馆去，然后就……"郑建军小声把自己的想法告诉了王卫红，然后不无得意地把手中的凤爪送进嘴里，津津有味地大嚼起来。

王卫红看着郑建军那不太雅观的吃相说道："郑队，你别得意忘形。我估计，你这又是'兵不厌诈'的侦查谋略吧？上次你用了一回，诈出一个李艳梅，结果还是假的。"

"其实那也不是完全没有根据的'诈'，对不对？专家都说了，感冒胶囊上的手印完全有提取下来的可能。就是省厅的那位老兄不成，也不能说他没有本事，我看就是缺少敬业精神。对不对？"

"正对！但是，好话不说二遍，好计不用二回。我怕你这次就不灵了。"

"这怎么是诈呢？我告诉你，这次绝对跟上次不一样。我心中有数，你就等着瞧吧。"

两人一边吃饭，一边商量行动方案。

突然，电话铃声响了，郑建军连忙抓起话筒，果然是他正在等候的长途电话。他听着对方的话，不时地在纸上记着，最后一再向对方表示感谢。

郑建军放下话筒之后，王卫红问道："是新疆的长途？"

郑建军点了点头，"这位老兄还真帮忙。下次人家有事儿，咱们也得痛痛快快地给人家练活儿。对不对？"

"正对！"郑建军和王卫红异口同声说道，然后大笑起来。

5月12日上午，郑建军和王卫红来到五云仙宾馆，又把那五位老同学请到会议室。

郑建军客气地说："今天请各位来，主要是想请大家帮个忙。你们还记得那些蝙蝠画吧？当时我们都没太重视。对不对？现在有位画家说可以帮助我们分析一下，看有没有破案线索，但是我们却找不到那几张纸了。真……"郑建军没有骂出声来，只是做了几个口型，"咳，可能是我们办公室的人当废纸给扔了，也可能是有人给偷走了。甭管怎么说，这都是我们工作上的疏忽。现在没办法，只好请各位帮忙了。"

"这个忙我们怎么帮呀？"钱鸣松问道。

"你们都看过那些画，当然都记得那上画的蝙蝠喽。现在请大家根据自己的记忆，每人画一个蝙蝠。然后，我把你们的画凑到一起，交给那位画家，让他去分析。"

"我们又不是画家，哪里会画什么蝙蝠啊！"女诗人又说。

"这不是绘画比赛，所以画得好坏没关系。我们要的只是那个蝙蝠的样子，画出来就行。这不靠绘画水平，靠记忆力。对不对？当然啦，请各位尽量画得细一些，画出蝙蝠身上的各个部位，头、身子、翅膀、脚，包括脚趾，所有的细节，越细致越好。我们要的是工笔画，不是写意画。谢谢各位！"

与此同时，王卫红给每人面前放了一张A4复印纸和一支签字笔。

周弛驹说："你们这是想搞笔迹鉴定吧？"

郑建军看了周弛驹一眼，皮笑肉不笑地说："怎么想，那是你的自由。你也可以拒绝配合。但是我提醒各位，拒绝配合就意味着心中有鬼。对不对？"

钱鸣松说："我心中没有鬼，我不怕什么笔迹鉴定。我画！"说着她就拿起笔，画了起来。其他人沉默片刻，也纷纷拿起笔画了起来。

郑建军见他们都开始画了，就像监考老师一样背着手，在他们身后来回走动，还不时叮嘱："你们不要着急画，先仔细回忆一下，那个蝙蝠究竟是什么样子，然后再画。不过，已经画了也没有关系。你们要是觉得这张画得不像，还可以再画，直到你自己满意为止。纸不够也没有关系，我们的纸很多，反正也不要你们花钱买嘛。哈哈哈！没关系，敞开用，保证供应，应有尽有……"

王卫红莫名其妙地望着郑建军，她觉得郑建军今天很奇怪，唠唠叨叨，还净说废话。

郑建军看了王卫红一眼，似乎没有看出助手眼中的疑问，仍然满不在乎地唠叨着："对，好好画。这也是协助我们的破案工作嘛！对不对？早破案，早回家。对不对？"

五个人都画完了，就像小学生一样，看着郑建军，仿佛在等待老师的评语。

郑建军把五张纸收到一起，看了看。他学过绘画，一眼就看出这几位学者的绘画基本功都很差，其中有两张画得简直不像蝙蝠。不过，郑建军最关心的是蝙蝠的爪子。他发现有四张画上的蝙蝠都是五个脚趾，只有一张画上的蝙蝠是四个脚趾。他微微一笑，说道："谢谢各位的合作！我相信，这回真要有结果了。"

回公安局的路上，王卫红问开车的郑建军："郑队，你是不是昨天夜里没睡觉啊？"

"什么意思？"

"我觉得你今天有点闹觉。"

"闹什么觉？"郑建军转头看了王卫红一眼。

"刚才他们画画的时候，你怎么跟碎嘴子大妈一样，唠叨个没完哪？"王卫红笑道。

"这你就不懂了吧？"郑建军目视前方，不无得意地说，"这叫干扰对方的注意力。"

"什么注意力?"王卫红收起了笑容。

"当一个人要想伪装笔迹的时候,他必须全神贯注地控制自己的书写动作,稍一走神,就会暴露出本来的书写习惯。对不对?所以我刚才说话的目的就是要干扰那个企图伪装字迹的人的注意力,让他不能专心伪装。对不对?那人果然露出了马脚。我这招的效果不错吧?"

"我还真没想到这一点。"

"怎么样?跟我在一起长学问吧?告诉你,跟着我吧!"

"那可不行,没有安全感。"

"为什么?"

"就你这一肚子侦查谋略,不知什么时候再用到我的身上,我受得了嘛!"

"哎,这就不对了啊!我们俩一起工作好几年啦,凭良心说话,我什么时候跟你动过谋略?绝对是真心实意!"

"你说什么哪?又走题了吧?"

汽车开进了武夷山市公安局的大院。回到办公室之后,郑建军让王卫红去把刑警队搞文书检验的老齐找来,自己则一连串打了几个长途电话。

下午,五云仙宾馆的会议室里非常安静,李艳梅等五人已经在这里坐了10分钟。大家都没有说话,他们从王卫红的神态上意识到今天应该有结果了。

郑建军刚才是和王卫红一起来到会议室的,但是一个电话又把他叫走了。那肯定是个重要的电话,大家这样猜想,但是谁也没有说出来。

郑建军终于回来了。进屋后，他看了看大家脸上的表情，开门见山地说："各位，案子终于查清楚了，这出戏也该收场了。已经一个多礼拜了，现在各位肯定都着急回家。对不对？在这段时间里，各位一直理解并支持我们的工作，而且表现出极大的耐心。我非常感动，非常感激。下面，我就说说情况，也算是向大家做个汇报。"

郑建军看了一眼王卫红，用有些沙哑的嗓音继续说道："既然是汇报，就得从头说起。对不对？实话实说，刚开始接手这起案件的时候，我们确实怀疑过李艳梅老师。但是经过调查和分析，我们很快就认识到李老师不可能是凶手。其实，这道理很简单，假如她是凶手，那她为什么不在孙飞虎死后去销毁证据呢？我指的是那瓶装了呋喃丹的感冒胶囊。只要把那些胶囊扔掉，我们有再大的本事，也很难确定凶手的投毒方法，也就很难确定嫌疑人的范围了。对不对？再说，这可是凶手求之不得的事情。而且李老师在孙飞虎死后多次出入孙的房间，完全具备这个条件。但是她没做。为什么？答案很简单，她不是凶手，她根本不知道那胶囊里有毒药。对不对？我再换一个角度说，既然凶手应该在孙飞虎死后去销毁罪证，而实际上罪证没被人销毁，这说明什么？说明那个真正的凶手一直没有找到销毁罪证的机会。对不对？"

郑建军看了一下听众的反应，继续说："还有一个问题，李老师也没拿走孙飞虎枕头里边的那张蝙蝠画。当然啦，假如李老师是凶手，她也可能出于某种目的而故意不拿，甚至有可能就是她放的。但是综合案件中的情况，我们认为李老师还是不知道。她根本不知道枕头里边有一张画，对不对？因此，我们认为李老师不是凶手。"

"那么凶手是谁呢？"郑建军用探询的目光环视一周，换了一个角度，"在这起案子里，那张蝙蝠画肯定有说法。对不对？如果说一开始我们还不能肯定的话，那么当你们每人又收到一张的时候，我们就确信无疑了。它肯定跟孙飞虎的死有关，对不对？我们认为，那第一张画肯定不是孙飞虎自己画的，也不是他自己带来的，否则就没有后边那五张了。对不对？别人给他的，为什么给他？很可能是一种信号，凶手送给孙飞虎的，暗示着什么。孙飞虎没给别人看，包括他的妻子。这其中定有奥秘，而且可能与孙飞虎过去的生活经历有关。对不对？"

郑建军又变换了一个角度，"我们再回过头来分析一下案件的性质。很显然，这是一起预谋杀人案。对不对？临时起意杀人一般不会投毒，也不会搞出这么多名堂。当然啦，凶手预定的杀人方案可能不是投毒，也可能有几个，包括投毒。但是，具体用呋喃丹投毒，这很可能是在孙飞虎得病之后才确定的。既然是预谋杀人，那么在凶手和被害人之间就应该有'因果关系'。对不对？我得说明一句，我讲的是侦查术语，不是人们一般理解的因果关系。它是说，凶手杀死被害人是有原因的。例如，两人之间有仇或者有感情纠纷，这就是人们平常所说的仇杀、情杀，等等。那么本案中的因果关系是什么呢？我认为，这肯定和孙飞虎过去的生活经历有关。这就和我们关于那张蝙蝠画的想法合到一起了。对不对？于是，我们决定从那张蝙蝠画入手，查找破案线索。李老师说，孙飞虎以前有个朋友曾经送给他一张画，上面就画了这么一只蝙蝠。于是，我们向有关地区和部门发出了协查通报。"

钱鸣松插言问："为什么我们五个人后来也都收到一张蝙蝠画呢？"

"那是凶手为了转移视线，给我们下个套，让我们认为凶手在你们五人之外。可惜，再狡猾的狐狸也斗不过好猎手，我们没上当。"郑建军微微一笑，继续说，"协查通报很快就有了回音，于是我们就得知了一些和本案有关的重要情况。孙飞虎在'文化大革命'期间，曾经去过宁夏的'五七干校'。在那里，他结识了一个朋友。这人比他大，叫蒋蝙蝠，是个老干部。后来，在'清理阶级队伍'运动中，因为孙飞虎向工作组提供了一份证言，蒋蝙蝠被打成现行反革命，并且被送到新疆的劳改农场。李老师在家里看到的那张画，就是蒋蝙蝠送给孙飞虎的。蒋蝙蝠喜欢画漫画，而且习惯画一个怪模怪样的蝙蝠来代替自己的签名。这个情况对我们的侦查工作很有意义。对不对？"

"哇，二十多年以后的秘密复仇行动。这很像《福尔摩斯探案集》中的故事呀！还有点儿像《基督山伯爵》。看来，这个凶手一定就是蒋蝙蝠了。"钱鸣松不无兴奋地叫道，但脸上的表情还有些紧张。

郑建军看着女诗人，"我也认为这个蒋蝙蝠很可能和孙飞虎的死有关。但是经过调查，蒋蝙蝠早在十多年前就死在劳改农场了。那么这蝙蝠画是从哪里来的呢？肯定是别人替他报仇。对不对？但是什么人会来替他办这件事呢？第一，这个人得认识蒋蝙蝠；第二，这个人得了解蒋蝙蝠和孙飞虎的交往。经过查询，我们发现蒋蝙蝠没有任何亲人，便决定调查你们五个人和蒋蝙蝠的关系。"

"我们中间有人认识那个蒋蝙蝠吗？"钱鸣松故作轻松地看了看周围的人。

郑建军说："是的，后来我们发现你们中间确实有一个人认识蒋蝙蝠。要说，这也是一种巧合。这个人在'文化大革命'期间也被打成了反革命，也被送到了新疆的劳改农场。我相信你们都知道这个人是谁，对不对？"

这时，屋子里其他几个人的目光一下子集中到赵梦龙的身上。但是，赵梦龙既不惊讶，也不慌张，一言不发，而是面带微笑地看着郑建军，似乎郑建军讲的这些事情与他毫无关系。

李艳梅急切地说："生活中的巧合太多了，你们不能根据巧合就定案呀！"

郑建军说:"我们当然不能根据巧合定案啦。通过有关部门的协助调查,我们得知赵梦龙当年就和蒋蝙蝠关在同一个劳改场,而且曾经住过同一间小屋。我想,在那几年的共同生活中,蒋蝙蝠一定向赵梦龙说出了自己的冤屈,而且说出了孙飞虎的名字。这个名字对赵梦龙来说并不陌生。于是赵梦龙答应日后出狱,一定找孙飞虎报仇。'文化大革命'结束,赵梦龙平反。但是他回家之后,首先得生活,得工作,而且他一直没有找到孙飞虎,对不对?直到去年你们老同学团聚,他才见到孙飞虎。后来你们决定重游武夷山,他便找到了实施复仇计划的机会。对不对?以上就是我们的汇报,不知各位以为如何?"

郑建军看着众人。他觉得自己的案情分析很精彩,甚至在心中为自己设计了热烈的掌声与喝彩声。然而,室内格外安静。他本来以为这出戏的结局会很轰动,没想到却如此平淡。他有些失望,不禁叹了口气。他想,可惜这是生活,不是在舞台上。也许,他应该去当演员。

"不对!"李艳梅突然说,"你的分析不对。赵梦龙绝不会为了一个什么蒋蝙蝠就杀死孙飞虎!"

"那你说为什么?"郑建军立即追问。

李艳梅愣了一下,"反正你的分析不对,孙飞虎绝不是赵梦龙毒死的。再说,这不过是你们的推理和猜测。没有证据,你们不能定案。"

郑建军不慌不忙地说:"我们当然有证据啦。我们得'重证据,重调查研究'嘛。李老师,你忘了我们进行的笔迹鉴定?准确地说,那是绘画书写习惯的鉴定。虽然赵梦龙在画蝙蝠的时候尽量伪装,但他还是露出了马脚。对不对?从形象上看,他画的蝙蝠和那几张画上的蝙蝠不太一样,但是经过专家分析,他的运笔技能和水平与案件中的画最为接近。而且，最重要的一点是那蝙蝠的爪子。别人画的蝙蝠都是五个脚趾，唯有他画的蝙蝠是四个脚趾，而且那几张画上的蝙蝠也是四个脚趾。对不对？按照专家的解释，一个人在伪装字迹的时候，注意力都集中在字体和字形上，对于具体的运笔和笔顺等细节特征就注意不到了，特别是那些习惯性写法的特征。绘画也是一样。赵梦龙在伪装笔迹的时候注意了蝙蝠，但是没有注意蝙蝠的脚趾。于是，我们就知道了那些蝙蝠画是谁的大作。虽然我喜欢猜测，但这可不是猜测，这是笔迹专家的鉴定结论，科学证据。对不对？"

李艳梅无话可说了。

郑建军又说："李老师，我还得奉劝你几句。其实，上次你自告奋勇说你是凶手的时候，我们就知道你是在替别人承担罪名了。那个测谎的结果表明你不是杀人凶手，但是你知道谁是凶手，对不对？虽然我并不认为你是赵梦龙的同谋，但是，如果你执意包庇他的话，那后果就相当严重了。"

赵梦龙终于说话了。他是对李艳梅说的，语气非常平静，"他们说的是我，又不是你，你何必着急呢？再说了，究竟我有没有罪，不是他们说了算的，要由法院来决定。"

"赵梦龙，这么说你已经决定到法庭上去为自己辩护了？"郑建军冷笑道。

"如果有那种必要的话。"赵梦龙点了点头。

"我知道你是法学教授，但是你别忘了，这个案子得由我们先来审问。"郑建军说。

"我当然知道你们的审讯方法。不过，你也别忘了，郑队长，我可是蹲过大狱的人！"赵梦龙说得很坦然。

"那我们就骑驴看唱本——走着瞧吧。"郑建军那凝聚的目光在赵梦龙的脸上停留了足有两分钟，然后转身对其他人说，"我非常感谢各位对我们工作的理解和支持,你们现在可以离开武夷山了。来时六人同行,回去四人结伴,这事确实令人沮丧。不过,人生在世,难免磨难,我希望各位别把这些都记在武夷山的账上。欢迎各位以后再来旅游,武夷山可真是个好地方!"

第二十七章

对赵梦龙来说,看守所的生活是用天来计算的。诚然,他并不惧怕生活环境的艰苦和饮食条件的恶劣,他毕竟是"过来"人了!他曾经饱尝过人生的酸甜苦辣,所以在身体和心理上都有很强的承受能力。但是,他无法接受时间流逝的煎熬。这些年来,为了追回在"文化大革命"中失去的岁月,他拼命地学习和工作,他的时间都是用分秒来计算的。而且随着年龄的增长,他心中的时间紧迫感也越来越强烈,因为他要做的事情很多。然而,此时他被关在看守所里,除了完成维持生命所必需的几件事情之外,他就无所事事了。面对警察的讯问,他坚称自己无罪。他发现,侦查人员并不像他想象的那样恶劣。他知道,审判才是决定命运的时刻。他耐心地等待着。

当然,坐在看守所的小屋里,他的大脑还可以思考。于是,他一次又一次地回忆那些不堪回首的往事——

……赵梦龙也曾经有过幸福的童年生活和美好的青春时光,但是一场莫名其妙的灾难却一下子改变了他的生活……他眼睁睁地看着自己生活中那些美好的东西被毁灭,剩下来的只有痛苦和绝望。面对那望不到尽头的苦难之路,他无可奈何地想到了死。于是,他一次又一次地想用死来结束这无尽无休的折磨,用年轻的生命来诅咒这荒诞乖张的命运。

他在浑浑噩噩中煎熬了几个月之后，被押送到大西北的一个劳改农场。刚到那个几乎完全与世隔绝的地方时，他的心里仍然有死的念头，但是他始终没有走上那条道路。因为每当他的心底产生那种念头时，他的心里就会有另一个声音顽强地对他说：你不能死，你必须活下去。然而，在那种境遇下，活下去也需要勇气和毅力。在这个问题上，他不能忘记那个与他同住一间小屋的老人。

那是一个又黑又瘦的老囚犯，名叫蒋蝙蝠。他看出赵梦龙想自杀，就用自己的经历开导赵梦龙。他本来是个"老八路"，是个把一切都献给了共产党和革命事业的人。但是他却受到极大的冤屈，先是被打成"走资派"，后来又被打成"现行反革命"。开始的时候，他也想不通，也曾经想到过死，但是后来他想通了。生活就是这样。在成千上万年的人类历史长河中，受到各种冤屈的好人不计其数。和那些知名与不知名的不幸前人相比，他受到的冤屈并没有特别难堪之处。不幸和幸福都是相对而言的。无论你处于何种位置，你都是比上不足比下有余。常言道，知足者常乐。虽然眼下的处境很难让人快乐，但是随遇而安仍为明智的选择。而且，最重要的是不能死，一死就便宜了那些制造冤屈的人。俗话说，留得青山在，不怕没柴烧。他必须活下去。活着就有希望。他要睁着眼睛去看那些人的下场。这是一场毅力的角斗，一场生命的竞赛。看谁活到最后，看谁笑到最后。因此，他并不抱怨，就是认真地活着，而且要保持好的身体，满怀希望地等待。他坚信，中国人总有清醒觉悟的那一天。

听了蒋蝙蝠的经历，赵梦龙大彻大悟了。蒋蝙蝠受到的冤枉比他大，年龄也比他大，却还能这样豁达地对待生活。过去，他一直认为自己是世界上最不幸的人，现在他认识到在生活中比他更为不幸者大有人在。而且他还很年轻，生活对他来说才刚刚开始。他怎么能够不爱护每人只有一个的身体，怎么能够不珍惜每人只有一次的生命呢？

他对自己说，自杀是人生中最最愚蠢和最最怯懦的选择。于是，他重新调整了生活态度，开始了新的生活。

观念转变之后，赵梦龙觉得劳改生活也不那么难熬了，他甚至还在艰苦的劳改生活中找到了一些乐趣。看来，人只要活着，就能找到乐趣。就像蒋蝙蝠经常对他说的，任何条件下的生活中都有痛苦，也都有欢乐。皇帝有皇帝的痛苦，农夫有农夫的欢乐。关键就看你怎么对待自己的生活。他很敬佩也很感激这位相貌平庸的老狱友。

于是，赵梦龙和蒋蝙蝠成了"忘年交"的朋友。蒋蝙蝠很喜欢画漫画，在没有什么事情干的时候，赵梦龙便跟蒋蝙蝠学习画漫画。后来，蒋蝙蝠还送给赵梦龙一张肖像漫画，那上面画的是赵梦龙的头加上龙的身子，样子挺神气，惟妙惟肖。那张画的右下角是蒋蝙蝠那奇特的签名——一只怪模怪样的黑蝙蝠。

然而，赵梦龙的劳改生活并非那么平静。

一个五大三粗的强奸犯被"调整"到他们的房间。那家伙脾气暴躁，是劳改场里有名的打架大王，外号"大流氓"。

住进来的第一天晚上，大流氓就让赵梦龙给他倒洗脚水。赵梦龙没理他，他上来一拳就把赵梦龙打倒在地上。赵梦龙爬起来，在本能的驱动下扑了上去，但他根本不是大流氓的对手。尽管有蒋蝙蝠的拦护，他还是被大流氓打得鼻青脸肿。后来，还是蒋蝙蝠替大流氓倒了洗脚水，才算完事。

以后，大流氓三天两头打赵梦龙，而且想方设法折腾他。大流氓白天干活偷懒，经常溜回来睡觉。赵梦龙干一天活，累得腰酸腿疼，晚上刚睡着，大流氓就把他叫起来，让他"放尿"。有时候，大流氓把凉水倒在他裤衩上，硬说他尿炕了。最让他无法忍受的是大流氓还多次企图鸡奸他。他真想打死那家伙，可是大流氓胳膊粗力气大，又练过武术，他打不过。蒋蝙蝠岁数大了，虽然想帮他，但是心有余而力不足。然而，没过多久，大流氓却突然失踪了。

那天傍晚，赵梦龙收工回来，没见到大流氓，只有蒋蝙蝠一个人在屋里。晚上吃饭的时候，大流氓仍没露面。他问蒋蝙蝠，蒋说那家伙可能逃走了。赵梦龙知道这劳改场周围几百公里内都没有人烟，就算你逃得出劳改场，也绝难活着走出去。不过，他不关心大流氓的死活，心中庆幸他终于摆脱了那个魔鬼的折磨。这些天来，他第一次睡了个安稳觉。

第二天，管教人员发现大流氓失踪了，便来查问。蒋蝙蝠说昨天下午他不舒服，请假没去干活，躺在床上睡觉，大流氓突然溜了回来。那家伙经常在干活的时候溜回来，他也没在意。大流氓问他要钱，他不给，那家伙就把他身上的二十多块钱抢走了，然后背着一个包跑了出去。

管教人员查看了大流氓的衣物，发现只剩下几件破烂，便到周围的山上追查一番，没有找到，也就算了。他们估计大流氓也很难活着逃出去。

那件事情过去了，劳改生活又恢复了平静。然而，赵梦龙的心中总有些疑惑，因为他觉得大流氓从来没有逃跑的意思，而且众人皆知逃跑是死路一条。难道是蒋蝙蝠把大流氓干掉了？

后来，蒋蝙蝠病倒了。

那是一个没有月亮的夜晚。赵梦龙坐在小屋的床边，看着面黄肌瘦的蒋蝙蝠。他已经照顾蒋蝙蝠好几天了。蒋蝙蝠病了，经常处于半昏迷状态。

赵梦龙的心里很难过。通过这些年的共同生活，他坚信蒋蝙蝠是个好人，而且是个无论在多么恶劣的环境下都不会丧失共产党员信念的好人。他认为自己也是个好人，但是比蒋蝙蝠略逊一筹。他很佩服蒋蝙蝠这样的人，具有极强的生存能力，而且意志格外坚强。但是蒋蝙蝠毕竟老了，身体被折磨坏了。他知道，这个老人已不久于人世。劳改农场的人都这么认为，医生也这么说。他真担心蒋蝙蝠的心脏会在这昏迷中突然停止跳动。

蒋蝙蝠终于又从昏迷中清醒过来。

赵梦龙连忙探过身子，双手握着蒋蝙蝠那支骨瘦如柴、青筋暴露的右手，问道："蒋大爷，你喝水吗？"

蒋蝙蝠摇了摇头，用迟钝的目光看着赵梦龙，慢慢地说："我知道，我该走了，该去见马克思了。但是我不知道马克思愿不愿意见我这个已经被开除出共产党的人啊。不能以共产党员的身份去死，这是我一生中最大的遗憾。"

泪水从赵梦龙那干涩的眼睛里流了出来。

蒋蝙蝠闭上眼睛休息片刻，又睁开眼睛说："我还有两件事情要告诉你，它们已经在我心中埋藏了许多年，我不能把它们带到坟墓里去。第一件事情，是关于大流氓的，你还记得吧？他是让我给干掉的。"

"是吗？您怎么干的？"虽然赵梦龙心中早有猜测，但此时仍然瞪大了眼睛。

"那天下午，我故意在屋里等着他。我知道他经常溜回来，偷懒儿。我把一张'大团结'卷成细卷儿，塞在后墙的一个砖缝里。我见他回来了，就蹲在墙边儿，用一个小树枝儿捅那个砖缝。他看见了，就问我在干什么。我说这里不知道是个什么东西。他看出那是钱，就把我推开，自己蹲在地上往外抠。我回身拿起事前准备好的铁锤，照准他后脑就是一下。他连声都没吭就倒下了。我把他从后窗户顺了出去，埋在我事前挖好的土坑里。我把他的一些像样的东西也埋了进去。这是我这辈子干过的唯一一件违法的事情，但是我并不后悔。"蒋蝙蝠的脸上露出得意的微笑。

"蒋大爷，你为什么一直不告诉我呢？"赵梦龙知道蒋蝙蝠是为了他才干掉大流氓的。

"你太善良，我怕你知道了会睡不着觉。"蒋蝙蝠又笑了笑，"第二件事情嘛，你曾经问过我，究竟是什么人陷害的我，把我送到了这里。过去我一直不愿意说，但是我现在要告诉你。我不想把问题留在你的心里。而且，你这个人太善良，容易把别人想得太好。也许，我的那段经历对你以后的生活会有好处。当然，陷害我的不是一个人，而是一帮别有用心的坏蛋。但是我要告诉你的不是他们，我要告诉你的是一个我曾经救过的年轻人。"

然后，蒋蝙蝠断断续续地给赵梦龙讲了他的另外一个"忘年交"朋友，一个和赵梦龙的年龄和经历都差不多的人。那个人本来也是个好青年，就是骨头软，而且禁不住诱惑，在关键时刻卑鄙地出卖了朋友……

赵梦龙在听了蒋蝙蝠的故事之后，问蒋蝙蝠那个人叫什么名字。蒋蝙蝠说，那人叫孙飞虎。

赵梦龙愣了一下，说他认识这个人，他们曾经是大学同学，也曾经是好朋友。但是后来，他发现自己跟孙飞虎合不来，而且他怀疑孙飞虎干了一件对不起他的事情。但是他没想到孙飞虎还干出了这种恩将仇报、陷害好人的事情。于是，他在心底立下誓言，他要替蒋蝙蝠报仇……

赵梦龙的思绪被警察的声音打断了，后者告诉他，辩护律师来了。他本来不想请辩护律师，想自己为自己辩护。但后来，李艳梅替他请了律师，据说是北京很有名气的洪钧大律师。赵梦龙跟着警察来到看守所的会见室，隔着铁栏，他看到一个非常漂亮的年轻女子，很有些诧异，因为他知道洪钧是男性。

来人是宋佳。她看到了赵梦龙脑子里的问号，微微一笑，说道："洪律师本应跟我一起来，但是家中有急事，没办法，只好我自己来了。您放心，我这是第一次独自出庭辩护，一定会尽心尽力！"宋佳于1996年通过律师资格考试。按照规定，她在洪钧律师事务所又实习了一年，才获得律师执业资格。

赵梦龙本来对请辩护律师的事情就有些不以为然，见这位女律师的态度很坦诚，就点了点头。

赵梦龙投毒杀人案是由武夷山市公安局立案侦查的。侦查终结后，武夷山市公安局把案卷移送武夷山市人民检察院审查起诉。由于本案指控的罪名是故意杀人罪，可能判处无期徒刑乃至死刑，所以按照《刑事诉讼法》的规定应该由中级人民法院管辖。于是，武夷山市人民检察院将案件上交南平市人民检察院，以便起诉到南平市中级人民法院审判。

按照1996年修订的《刑事诉讼法》第33条的规定，人民检察院自收到移送审查起诉的案件材料之日起三日内，应当告知犯罪嫌疑人有权委托辩护人。不过，被告人赵梦龙直到检察院提起公诉之后，才委托了辩护律师。

宋佳来到南平市后，先到法院查阅案卷材料。按照修订后的《刑事诉讼法》，检察院在提起公诉时不再移送全部案卷材料，而是只在起诉书后附上证据目录、证人名单和主要证据的复印件或者照片。因此，宋佳在法院只看到了证人名单和几份鉴定结论的复印件。她来到检察院，要求查阅侦查人员询问证人的笔录和讯问犯罪嫌疑人的笔录，但是被拒绝了，理由是案件已经起诉到法院了。

宋佳首先询问赵梦龙对指控的意见。赵梦龙说，他没有杀人。宋佳问他对侦查人员是怎么说的。赵梦龙说自己是无罪的，对谁都这么说。宋佳又问了关于那几份鉴定结论的问题,但是赵梦龙的回答都很简单。宋佳感觉到,赵梦龙对她缺乏信任。

离开看守所的时候,宋佳的心情有些沮丧。这是她第一次到福建,她很想去游览武夷山,让美丽的风景带给她好心情。不过,她没有时间。再过两天就要开庭了,她要进行一些调查,还要做好法庭辩论的准备。

第二天,宋佳到法院去找法官,提出让公诉方证人韩茶花出庭接受质证的请求。法官说,为了更好地实施新的《刑事诉讼法》,法院也在推进庭审制度改革,包括证人出庭。法官认为,关键证人出庭作证是司法公正的保障,但他还要去征求检察官的意见。

离开法院,宋佳来到五云仙宾馆。正值旅游旺季,宾馆的工作人员都很忙。不过,宋佳并不想打搅别人,她就想看看这个案件发生的地方。她对自己说,这也算是"勘查现场"了。离去时,她认为不虚此行。

第二十八章

1998年8月20日，星期四，南平市中级人民法院开庭审理赵梦龙投毒杀人案。

这是一间大法庭。正面的法官席上方悬挂着中华人民共和国国徽，左侧是公诉人席，右侧是辩护人席，法官席对面是被告人席和旁听席。法官席上坐着三个人。中间的审判长是女的，五十岁左右。两边的审判员一男一女，都是三十多岁。检察官是两个男的，一个四十多岁，一个二十多岁。宋佳穿一套浅黑色职业装，坐在辩护律师的席位上。旁听席上也坐了不少人。

9点整，审判长态度庄重地宣布开庭，依法公开审理赵梦龙投毒杀人案。

赵梦龙在两名法警的押护下走进法庭。他有些吃惊，因为他没想到这是一间大法庭，而且有很多人旁听。他本以为审判会在一个小法庭里进行，既没有旁听审判的人，也没有真正意义上的法庭辩论，整个审判就是简单的审问和宣判。他上次就是这样被判刑的。然而，这一次的法庭气氛很庄重。他向法庭中间的被告人席走去。突然，他的脚步停顿了，因为他在旁听席上看到几张熟悉的面孔，那是李艳梅、钱鸣松、吴凤竹和周弛驹。钱鸣松还向他挥了挥手，但其他人都仅用目光向他表示问候。他没想到四位老同学会来旁听审判。法警在后面推了一把，他继续向前走，来到黑木围栏中间，面无表情地坐在面对法官的椅子上。

审判长首先询问了被告人的姓名、年龄等基本情况以及何时被捕和是否收到起诉书等问题，然后宣布了合议庭组成人员、书记员、公诉人和辩护人的姓名，告知了被告人的申请回避权、自行辩护权、询问证人权、申请取证权和最后陈述权。审判长确认被告人知悉上述权利并且没有回避请求之后，又补充说，如果辩护方申请通知新的证人到庭，或者调取新的物证书证，或者重新进行勘验鉴定，那要由法庭决定是否同意。

审判长宣布开始法庭调查之后，首先让公诉人宣读起诉书。年轻的检察官站起身来，照本宣科地宣读起诉书。在起诉书中，公诉方指控的基本犯罪事实是：被告人赵梦龙因历史恩怨产生杀人动机，借同游武夷山之机，采用投毒的方法将孙飞虎杀害。公诉人认为，被告人的行为已经触犯了我国《刑法》第232条关于故意杀人罪的规定，依法应该追究刑事责任。

然后，审判长让被告人陈述事实经过，强调要如实陈述，并告知，按照我国《刑事诉讼法》第46条的规定，只有被告人供述，没有其他证据的，不能认定被告人有罪和处以刑罚；没有被告人供述，证据确实充分的，可以认定被告人有罪和处以刑罚。被告人能否实事求是地交代犯罪事实，法庭在量刑时会加以考虑。

赵梦龙摇摇头，表示自己没有什么可说的，反正他没有杀人。

于是，审判长就案件发生的前后经过向赵梦龙提了一些问题，例如，赵梦龙他们何时来到武夷山，孙飞虎是怎么得的病，他们怎么去的一线天，孙飞虎是怎么摔下来的。这些问题没有实质意义，赵梦龙都简单做了回答。

然后，审判长问公诉人对被告人有何问题。年长的检察官站起身来，很老练地问道："赵梦龙，你和孙飞虎是大学同学，对吗？"

赵梦龙点了点头。

检察官说:"请你用语言回答问题。"

赵梦龙看了一眼法官,"是的。"

"你和孙飞虎的妻子李艳梅也是大学同学,对吗?"

"是的。"

"你在上大学的时候,曾经和李艳梅谈过恋爱,是吗?"

赵梦龙没有回答。

检察官提高了声音,"这是几十年前的事情了,难道你不敢回答吗?"

赵梦龙犹豫着,似乎感觉到李艳梅的目光落在他的脊背上。他终于张嘴说:"是的。"

"很好。赵梦龙,我再问你,后来李艳梅和孙飞虎结婚,你是不是非常仇恨孙飞虎?"

赵梦龙又沉默了。

检察官又提高了声音,"赵梦龙,我知道你不愿意回答这个问题。没关系,我能理解你的心情。如果我是你,如果有人夺走了我心爱的人,我也会仇恨他的。这是人之常情。好,既然你不愿意回答,我也不勉强。我再问你另外一个问题,你认识蒋蝙蝠吧?"

"是的。"

"是在什么地方认识的?"

"在新疆的劳改农场。"

"你们的关系很好,对吗?"

"他曾经帮过我。"

"所以你很感激他,对吗?"

"是的。"

"你知道蒋蝙蝠曾经和孙飞虎在同一个'五七干校'工作过,

对吗?"

赵梦龙犹豫一下,决定不做回答。

"怎么,又拒绝回答?你没有必要害怕我的问题,我问你的都是事实。那好,我再问你,你知道蒋蝙蝠喜欢画蝙蝠,对吗?"

"是的。"

"他画的蝙蝠,样子很怪,对吗?"

"是的。"赵梦龙觉得很被动,仿佛在被人牵着鼻子走。他很想停下来思考一下,但对方不给他时间。

"你也会画那种蝙蝠,对吗?"

赵梦龙意识到危险,决定不再回答,用抗拒的目光看着检察官。

检察官冷笑道:"怎么,你打算顽抗到底吗?我劝告你一句,那只有死路一条。"

检察官坐下之后,审判长问辩护律师有没有问题。赵梦龙把目光投向宋佳,后者向法官摆了摆手。赵梦龙轻轻地叹了口气。他一直担心这个美丽的姑娘在审判中发挥不了作用,现在看来这担心不无道理。不过,他本来也没对辩护律师抱太大希望。

接下来,审判长让公诉方举证。于是,年轻的检察官站起身来,一份一份地宣读公诉方的证据。赵梦龙听得很仔细,他觉得必须自己把握命运。

检察官先宣读了几份鉴定结论。第一份是法医的尸体检验报告,证明孙飞虎背部和头部的摔伤不足以致死,真正的死亡原因是呋喃丹中毒。第二份是毒物化验报告,证明在孙飞虎的房间里提取的感冒胶囊中的物质是呋喃丹。第三份是笔迹鉴定结论,证明作为本案书证的那六张蝙蝠画与赵梦龙所画的作为比对样本的蝙蝠具有相同的书写习惯特征,因此那六张蝙蝠也都是赵梦龙所画。第四份是指纹鉴定结论,证明那感冒胶囊上显现出来的一小块指纹印是赵梦龙的左手食指所留。

在公诉方每次举证之后，审判长都问辩护方对证据有无意见或问题。每一次，宋佳都简单地起身说没有问题。后来，赵梦龙实在沉不住气，只好自己上阵。他对那个指纹鉴定结论提出疑问。他说在本案调查的初期，侦查人员就说从感冒胶囊上提取到作案人留下的手印，而且声称要提取他们几个嫌疑人的指纹样本进行比对。但是后来警察并没有提取他们的指纹样本，而且一直也没人再向他们提起那手印的事情，所以他们都认为警方根本没有从感冒胶囊上提取到手印，那不过是警察在欺诈他们的口供。后来他被逮捕了，警察例行公事地提取了他的指纹样本。但是在那段时间的审讯中，警察仍然没有提过感冒胶囊上的手印。这不是很奇怪的事情吗？如果警察确实从感冒胶囊上提取到作案人的手印，绝不会在那么长的时间内都不提取他们这些嫌疑人的指纹样本进行比对。如果警察手中确实掌握了重要的指纹证据，那就肯定会在审讯过程中使用，至少会用暗示的方法迫使他认罪。但是，一直到他被移送检察院，准备起诉，他才突然听说有了指纹鉴定结论。因此，他怀疑那个手印的来源有问题。

检察官解释说，从感冒胶囊上提取手印的难度很大。开始，省公安厅的技术人员用了很多方法，都没有显现出来。后来，他们又请外省的指纹专家来帮忙，才成功地提取到一枚面积很小的手印，然后进行了鉴定。侦查人员最初的说法是不是在"欺诈"嫌疑人的口供，公诉人不得而知。但是，即使那种做法中有"欺诈"因素，也是侦查谋略的问题，无可厚非。至于后来的指纹鉴定，从方法到手续都是符合法律规定的。这一切都有指纹鉴定书中的记述为证。

赵梦龙用求援的目光看了一眼辩护律师，但宋佳似乎在专心查阅桌子上的材料。赵梦龙的心中升起一丝怨恨，但也无话可说。

接下来，检察官宣读了五云仙宾馆姓沈的女服务员的证言。她证明赵梦龙在孙飞虎生病期间曾经去过孙飞虎住的203房间,还证明在孙飞虎死后,赵梦龙曾经和李艳梅夜晚外出,半夜才回到宾馆。

然后,检察官说,根据辩护律师的请求,他们请法庭传唤供销社女售货员韩茶花出庭作证。

审判长看了一眼辩护律师,对法警说:"传证人韩茶花出庭作证。"

韩茶花走进法庭,在法警的指引下坐到证人席上。她看了看法官和检察官,又看了看被告人,然后把目光停留在地面上。

审判长询问了韩茶花的姓名、职业等基本情况之后,告诉他要如实提供证言,故意作伪证或隐匿罪证要负法律责任。

韩茶花拿出一张纸,认真地念了起来。她说,在5月2日下午,先是有一个中年男子到供销社来打听有什么农药,然后有一个姑娘来买走了一包呋喃丹。后来,侦查人员安排她对犯罪嫌疑人进行辨认,她认出赵梦龙就是那个到供销社打听农药的人。

随后,检察官出示了侦查人员组织韩茶花对赵梦龙进行辨认的笔录。辨认时间是1998年5月13日10时30分至11时。辨认地点是武夷山市公安局审讯室。辨认结果表明,赵梦龙就是那个去供销社打听农药的男子。

审判长问检察官是否要对证人发问,检察官表示没有问题。审判长又问辩护律师是否要对证人发问。一直沉默的宋佳便站起身来。法庭里的目光都聚集到这位漂亮的女律师身上。

宋佳说:"韩茶花大姐,您别紧张,其实我比您还紧张呢。您是第一次出庭作证,我也是第一次出庭辩护。我问得不合适的地方,还请您多包涵。"

"你问吧,没关系。"韩茶花一下子轻松了许多。

"请问,侦查人员在组织辨认之前找您谈过话吗?"

"找过呀。我记得很清楚,郑队长他们是先到供销社去找我了解情况的。一开始,我也不知道他们是警察,后来他们才告诉我。虽然我是个普通的售货员,但也知道应当协助警察抓坏人。后来,郑队长他们还带着我去找过那俩人,但是没找到。"

"你们去什么地方找了?"

"主要的旅游景点都去了。"

"你们去五云仙宾馆了吗?"

"去了两次呢。第一次,他们让我坐在汽车里,看那些换班的服务员里有没有那个姑娘。第二次在餐厅外面的房间里,看那些去吃饭的客人中有没有那个男人。"

"那些去餐厅的客人中应该有这个被告人吧?您当时认出他了吗?"

"是有他,但是当时隔着窗户,我看不太清楚,所以就没认出来。"

"侦查人员后来组织您去公安局辨认这个人的时候,您认出他就是在五云仙宾馆见到过的那个人,对吧?"

"是的。不过,我也记起来了,他就是到供销社打听农药的那个人。"

"5月13日在公安局的审讯室里辨认的时候,一共有几个辨认对象?"

"什么是辨认对象?"

"就是站在那里让您辨认的人,一共有几个?"

"就他一个呀。"

"谢谢您。"宋佳转身对法官说,"审判长,我没有问题了。"

审判长又问检察官还有没有问题。

年长的检察官站起身来,问道:"韩茶花,你能肯定这个被告人就是5月2日到你们供销社去打听农药的那个人吗?"

"我能肯定。"

"这话不是侦查人员告诉你的吧?"

"不是,他是我自己认出来的。"

"好的,我也没有问题了。"

审判长又对赵梦龙说:"按照我国《刑事诉讼法》第156条的规定,被告人也可以对证人发问。被告人赵梦龙,你有问题要问这位证人吗?"

赵梦龙想了想,说没有。他忽然感觉,这位辩护律师还是挺精明的。

证人离开法庭之后,检察官又宣读了有关部门提供的调查材料,证明赵梦龙在"文化大革命"期间曾经与蒋蝙蝠共同关押在新疆的一个劳改场所,而且两人关系很好,等等。

公诉方举证结束后,审判长让辩护方举证。赵梦龙把目光投向宋佳,宋佳则向法官摆了摆手,表示没有证据。

接下来是法庭的书记员对公诉方提交的证据进行登记等程序性活动。三名法官低声交谈,旁听席上传出窃窃私语。法庭里的气氛不那么紧张了。

审判长宣布法庭调查结束,进入法庭辩论阶段。他首先请公诉人发言。

年长的检察官站起身来,不慌不忙地环视一周,胸有成竹地讲道:"审判长,审判员,根据我们在法庭上提供的证据,在座的各位都可以得出这样的结论:被告人赵梦龙就是投毒杀害孙飞虎的凶手。为了不多占用大家的时间,我简要地概括一下被告人的犯罪过程,以便使各位对本案的情况有更加明确的认识。"

检察官用目光看了看桌子上的发言提纲,"刚才,被告人承认他与被害人孙飞虎的妻子是大学时期的恋人，后来孙飞虎夺其所爱，与他的恋人结婚成家。我们无法评价他们那段感情纠纷中的是非对错，但是可以肯定，被告人的内心深处留下了创伤，同时也就种下了仇恨的种子。后来，被告人在劳改农场遇到曾经受过孙飞虎陷害的蒋蝙蝠。被告人对蒋蝙蝠有感激之情，而且，他们是在那个特殊年代中共过患难的朋友，那种特殊感情是常人难以理解的。于是，被告人一方面为解夺爱之恨，一方面为朋友报仇，便走上了杀人的道路。这条路很漫长，因为他在平反之后一直没有找到仇人。"

检察官停顿片刻，似乎在观察听众的反应，然后继续说："多年以后，被告人赵梦龙在同学聚会时见到孙飞虎，他开始制定复仇计划。当有人提出老同学旧地重游的建议时，他自然举双手赞成，因为到武夷山这种地方旅游，他可以找到很多杀人机会，例如失足落水啦，坠落山崖啦，都是不幸的意外嘛。"

检察官摇了摇头，不知是对这种做法的否定还是在为赵梦龙惋惜。"我认为，被告人来武夷山的时候并没有具体的行动方案，或者他可能有几套行动方案，总之是要见机行事。但是他很自信，确信能有杀死孙飞虎的机会。因此在到达武夷山后，他便把自己按照蒋蝙蝠的方法画的蝙蝠送进孙飞虎的房间。我相信孙飞虎看到那张画之后，一定非常害怕。这正是赵梦龙所追求的效果，或者说这正是赵梦龙复仇计划的第一步。"

检察官又摇了摇头，"后来，孙飞虎突然生病，不能去爬山了，赵梦龙怕失去机会，便决定改用投毒杀人的方案。他先到当地的供销社打听有什么农药，然后利用他的学识和阅历，在街上找了一个旅游的姑娘替他去买呋喃丹。然后，他把呋喃丹放进自己带的感冒胶囊中，再趁着望孙飞虎的机会，用有毒药的感冒胶囊换走了被害人的感冒胶囊。被害人不知道，继续吃药，结果中毒身亡。我们在法庭上宣读的证人证言、指纹鉴定结论和笔迹鉴定结论等证据,都可以充分地证明上述事实。综上,被告人赵梦龙有杀人动机,有作案条件,也有投毒行为。因此,被告人赵梦龙就是投毒杀害孙飞虎的凶手。这一点是确定无疑的。"

最后,检察官降低了声调,很有感情地说:"我还想从个人角度说两句题外话。其实,我个人非常同情被告人赵梦龙的人生遭遇,他在'文化大革命'期间受到冤屈。另外,被害人孙飞虎的人生经历中也有不太光彩的地方。但是,法律是公正的,是不能有感情色彩的。法律绝不允许任何人去非法地剥夺他人的生命。即使杀人者是好人,被杀者是坏人,这也不行。因为法律要维护正常的社会秩序,就不能允许法外用刑。在本案中,尽管我个人很同情被告人,尽管我个人很难赞同被害人的所作所为,但是我必须告诉大家:杀人就是杀人,杀人者必须接受法律的制裁。我的话讲完了,谢谢大家。"

法庭中一片沉静,人们都在思考检察官这些话的含义。赵梦龙面无表情,目光凝滞,他仿佛在法官的身后看到了等待自己的刑场。

接下来该辩护律师发言了。宋佳站起身来,先向法官席鞠个躬,然后看了一眼赵梦龙和旁听席,便把目光落到手中的纸上。和刚才发言的检察官相比,她似乎缺乏在法庭上讲话的经验。她的神情显得有些紧张,她那拿着稿纸的手也有些颤抖。不过,她准备得很认真也很充分,因为她手中的讲稿很厚。

"各位法官,我受本案被告人赵梦龙的委托进行辩护。首先,我提请各位法官注意,公诉方在本案中没有任何直接证据。在本案中,没有任何证据能够直接证明赵梦龙就是投毒杀害孙飞虎的人。公诉方刚才提到的法医尸检报告、毒物化验结论、指纹鉴定结论、笔迹鉴定结论等,都是间接证据。明确这一点是非常重要的。因为我们知道,用间接证据证明案件事实,必须使所有证据形成完整的证明链条,而且要得出排他性的证明结论。但是在本案中,公诉方的证明链条既不完整,也不充分。"

宋佳的心情似乎不那么紧张了,声音中也带出了自信。"在公诉方的证明链条中,从供销社买呋喃丹是一个重要环节。但是,公诉人说那个去供销社买呋喃丹的是个青年女子。那么这个女子究竟是什么人?她与被告人赵梦龙是什么关系?这些问题,公诉方都没有证明。公诉方的证明链条在这里出现了空缺。"

宋佳轻轻咳嗽了两声,不知是在清理嗓子还是在清理思路,"公诉人说,被告人赵梦龙在供销社打听了农药之后,在街上找来一位姑娘,替他买了呋喃丹。这很难让人相信。首先,这只是公诉人的推测,没有证据。其次,一个男子在大街上请一位素不相识的姑娘去替他买农药,这真是大胆的假设。我想请两位女法官考虑一下,假如一个素不相识的男人请你去替他买农药,你会答应吗?"

两位女法官看着宋佳,没有说话,但是她们脸上的表情似乎对律师的观点表示了赞同。

宋佳把稿纸放在桌子上,看来她已完全进入角色了,"公诉人说,他们有供销社女售货员的证言,而且女售货员还在辨认中认定赵梦龙就是那天下午先去供销社打听农药的男子。我认为,这个辨认结论是很不可靠的。首先,证人韩茶花刚才承认,侦查人员曾经带她到五云仙宾馆对赵梦龙等人进行辨认,但她当时并没有认出赵梦龙。公诉方提供的辨认结论是在被告人被拘留之后,是第二次辨认的结果。我请各位法官注意,人的记忆是会随着时间的推移而越来越清晰呢,还是越来越模糊呢?当然是越来越模糊。那么,证人在第一次辨认时没有认出赵梦龙,却在第二次辨认中认出了赵梦龙,难道说那个证人的记忆会随着时间的流逝而越来越清晰吗?这显然违反了人们的记忆规律。其次,辨认不具有可重复性,重复进行的辨认结果是不可靠的。在重复辨认中，证人在第一次辨认过程中对嫌疑人的感知会干扰原来的记忆，所以第二次辨认所依据的可能就不是与案件事实有关的印象，而是在第一次辨认时形成的印象。换句话说，证人韩茶花在刑警队辨认时所依据的印象不是她在供销社里看到的那个男人，而是她在五云仙宾馆看到的赵梦龙。请问，这样的辨认结果可靠吗？"

宋佳看了一眼赵梦龙，又转身对法官们说："公诉方的这个辨认证据还有一个重要的缺陷，那就是侦查人员在组织辨认时没有遵守混杂辨认的规则。我查阅了有关的法律规定，虽然我国的《刑事诉讼法》没有对辨认程序作出具体规定，但是公安部颁布的《公安机关办理刑事案件程序规定》的第9章第9节明确规定，辨认时，应当将辨认对象混杂在其他对象中；辨认犯罪嫌疑人时，被辨认人的人数不得少于7人。刚才证人韩茶花说，她在刑警队进行辨认时，辨认对象只有赵梦龙一个人。这显然违反了混杂辨认规则。严格地说，这应该属于非法取得的证据，不能在审判中采纳。不过，我也注意到了，公安部的上述规定是今年5月14日颁行的，而本案的辨认是在5月13日进行的。这可真是个巧合。5月13日的辨认还应该适用公安部1984年颁布的《公安机关办理刑事案件程序规定》，而该规定没有明确要求混杂辨认。因此，我们不能说本案的辨认违反了法律规定。不过，混杂辨认规则符合辨认的原理，是辨认结论可靠性的保障。"

宋佳喘了一大口气，才继续说："我们知道，辨认是一种很容易受外界因素影响的认识活动。在辨认人对辨认对象的记忆比较模糊的情况下，如果有人以某种方式进行暗示的话，辨认人就很容易接受暗示的影响。辨认对象只有一个人，这本身就是一种暗示。这等于在告诉证人，这个人就是警察抓住的罪犯，你认吧。所以，没有混杂对象的辨认结论是不可靠的，法庭不应该采信。"

法庭里非常安静，人们都在聆听女律师的发言，赵梦龙也对这个漂亮女子刮目相看了。

宋佳继续说:"别看公诉方刚才宣读了那么多证据,其实那只能起到虚张声势的作用。其中,真正能够把被告人同投毒行为联系起来的证据只有两个:一个是指纹鉴定结论,一个是笔迹鉴定结论。但是这两个证据都不足以证明赵梦龙就是杀人凶手。首先,那个指纹鉴定结论是个非确定性的证据。我仔细阅读了公诉方的指纹鉴定书,也仔细查看了那些比对照片。我发现,警方从感冒胶囊上提取的手印只有很小一块儿,连长带短,一共也只有6条纹线。其中与赵梦龙的左手食指指纹相吻合的特征有6个,而且都是特定性价值不高的特征,像起点、终点、分歧、结合之类的。虽然我们国家没有像有些国家那样,明确规定13个特征符合点以上才能得出同一认定的结论,但是仅仅根据这6个特征,绝不能得出确定性的同一认定结论。换句话说,那个指纹鉴定结论最多也只能说感冒胶囊上的手印可能是赵梦龙留下来的。我提请各位法官注意,那仅仅是可能!"

宋佳低头看了一眼稿纸,"另外,那个笔迹鉴定结论也只能证明赵梦龙可能和本案的投毒行为有关联。赵梦龙画的蝙蝠和那6张与本案有关的书证上的蝙蝠并不完全一样。公诉方的鉴定人仅根据赵梦龙的画和那6张画上的蝙蝠都是4个脚趾就认定二者笔迹同一,就肯定那些蝙蝠都是赵梦龙画的,未免过于轻率!说老实话,如果你们让我画蝙蝠,我也可能画4个脚趾。如果我们在法庭里做一次调查,被告人恐怕不是唯一认为蝙蝠有4个脚趾的人!"

宋佳降低了声调,"退一步说,即使赵梦龙就是那个画蝙蝠的人,这也不能证明赵梦龙与杀人行为之间具有必然联系。就算赵梦龙真像公诉人所说的,曾经在劳改农场认识一个叫蒋蝙蝠的人,也知道蒋蝙蝠和孙飞虎之间的关系,所以到武夷山后用那种方法画了蝙蝠,送给了孙飞虎。这就能证明赵梦龙是杀死孙飞虎的凶手吗?当然不能,因为没有证据能直接证明赵梦龙实施了投毒的行为,我们也不能排除其他人投毒的可能性,即使在那几个旧地重游的老同学中间,被告人也不是唯一和孙飞虎有仇的人。另外,在侦查人员还没有注意到的人中间也可能藏有杀害孙飞虎的凶手。我并不否认画蝙蝠的人可能是投毒杀死孙飞虎的人,但是我在这里要强调的是:这也只是一种可能性。另外,我们不应该忘记,公诉方的证据也不能完全排除孙飞虎自杀的可能性。人的思维是非常奇怪的,有时甚至是难以理喻的。孙飞虎干了那些不道德的事情,难道他就不会在自责心理的驱使下结束自己的生命吗?"

宋佳又提高了声音,"我请公诉方不要忘记,我们这是在法庭上进行审判,不是在办公室里分析案情,审判的结果会直接影响到一个人的生活甚至生命。难道我们能够仅仅根据一种可能性的推论,就把一个可能无罪的人送上刑场吗?不!我们追求的是社会正义,是司法公正,我们绝不能容许那种'宁肯错杀也不错放'的陈旧观念再统治我们的司法裁判。因此,公诉方要想证明被告人是凶手,就必须用确实充分的证据证明赵梦龙就是投毒杀人的人。"

宋佳最后说:"总之,公诉方所有证据组合在一起,并不能排排除合理怀疑地证明被告人赵梦龙就是投毒杀死孙飞虎的凶手。实际上,其他人也有可能实施杀死孙飞虎的行为。我请合议庭认真考虑公诉方在这些证明上存在的疑点。我国《刑事诉讼法》第12条和第162条的规定都体现了无罪推定原则的精神。按照无罪推定原则,公诉方必须承担证明被告人有罪的责任,而且公诉方的证明必须达到确实充分的标准。如果公诉方的证据不能达到确实充分的证明标准,法庭就应当作出证据不足、指控的犯罪不能成立的无罪判决。在本案中,公诉方没有能够确实充分地证明被告人赵梦龙实施了投毒杀死孙飞虎的行为,因此我请求合议庭宣判被告人赵梦龙无罪。谢谢大家。"

旁听席上不知什么人带头鼓起掌来。女审判长不得不站起身来，用语言加手势维持法庭的秩序。

此时，赵梦龙觉得这位年轻的女律师其实很有口才。他的脑子里突然产生一个想法，也许这个年轻姑娘故意在审判的前一阶段装出局促的神态，既麻痹了对手，又获得了法庭的同情。人们在观看强弱悬殊的两方对阵时，总会情不自禁地在心理上向弱者倾斜，于是就会在不知不觉中更愿意接受弱者的观点。总之，听了辩护律师如此精彩的发言，赵梦龙不禁为自己内心曾经产生的对这个姑娘的怨恨而感到愧疚。与此同时，他对审判结果也更有信心了。

两个检察官商量了几句之后，年纪稍长者又站起身来，进行反驳，"辩护律师虽然年轻，但是很有哗众取宠的本领。你们别听她讲得头头是道，而且还用了不少专业术语，但实际上毫无道理。我们没有必要去争论什么直接证据或者间接证据的问题。那是证据学家们讨论的问题。我们认为，在本案的具体情况下，我们所提出的证据能够而且已经充分地证明了被告人赵梦龙就是投毒杀害孙飞虎的凶手。我们请求合议庭依法作出判决。"

审判长看了看检察官和辩护律师，见双方都没再说话，便宣布道："法庭辩论结束，下面请被告人做最后陈述。"

赵梦龙沉默片刻才说："我没有什么要说的了。我相信法庭会作出公正的判决。"

三名法官进行了简短的商议之后，审判长说："本法院在新的《刑事诉讼法》颁行之后正在推行庭审方式改革，我们决定当庭进行口头宣判。"然后她带领合议庭成员起立，法庭里的所有人也都跟着站了起来。她大声宣判道——

"根据公诉方提供的起诉证据和理由，以及辩护方提供的辩护意见和理由，我们认为公诉方的证据未能确实充分地证明被告人赵梦龙就是投毒杀害孙飞虎的凶手。根据我国《刑事诉讼法》第162条的规定,在公诉方未能确实充分地证明被告人有罪的情况下,我们宣布公诉方指控的罪名不能成立,被告人赵梦龙无罪。书面判决将于5日内送交检察院和被告人。不服本法庭判决的,可以在收到判决书之后的10日内提出上诉或者抗诉。"

审判结束了,赵梦龙向宋佳投来感谢的目光。

宋佳看到了,微微一笑,起身走出法庭。她的步履格外轻盈。

此案引起了当地媒体的关注,因为这是修订的《刑事诉讼法》颁行以来南平市法院第一起因证据不足而宣告被告人无罪的案件。后来,有人就称之为"无罪推定第一案"。

第二十九章

1998年10月18日，星期天，埃克斯小城的商店都关门了，大街上的行人和汽车也很少，显得有些冷清。但是，佐顿公园里聚满了休闲玩耍的人。街头酒吧里也坐满了饮酒聊天的人。这就是法国人的生活。

从外表看，罗伊·莱尼大酒店的建筑很像现代化的博物馆。浅黄色的方形大楼，配上深茶色的方形玻璃窗，整体线条整齐明快，建筑风格简洁端庄。酒店的正门不大也不豪华，就像普通商店的大门。门的上方有一个绿色的盾牌形标志，盾牌的中心是一个白色王冠。站在门口，人们很难相信它是埃克斯市最高级的酒店。然而，一旦跨进大门，你就会感受到酒店的豪华。

何人刚走进大厅，一位身穿红色制服的侍者就走过来，面带微笑，彬彬有礼地问过姓名，然后引导他穿过大厅，来到楼房环抱的中央庭院。

这里真是别有洞天。在外面看，只知这是一个方方正正的大楼，没想到里面还有这么大的庭院。庭院内种着高大的棕榈树，中间有一个月牙形的游泳池；周围摆放着几排巨大的遮阳伞，伞下是一个个白色的餐桌。在这里，人们仿佛来到了地中海的海滨。

杨先生已经来了，坐在夕阳可以照到的一个餐桌旁，向何人招了招手。他今天特意穿了一身乳白色的高级西装，系了一条紫红色的领带。而且最让何人吃惊的是他居然刮去了长长的胡须，理了头发，简直判若两人。何人觉得杨先生并非老人，而且仪表堂堂，风度翩翩。

何人走到杨先生身边，问好之后用欣赏的目光上下打量。

杨先生微笑道："怎么，不认识我啦？其实，人的外表是可以改变的。不同的场合，不同的环境，人也要有不同的外貌嘛。"

何人说："用北京人的话说，您今天可真是'帅呆'啦！"

"我不懂什么'帅呆'，但是我今天要请你品尝地道的法国南方菜，为你送行。或者说，为我们送行。人生并无固定的方向，说你走和说我走都是一样的。你明白我的意思吗？好啦，你喜欢吃什么？"

"您点吧，我这个人什么都爱吃。记得小时候，我妈就说我特好养活。"

"那好，我就替你点菜吧。"杨先生拿着菜单，用法语跟侍者说了起来。

何人听不懂，便把目光投向四周。

这个庭院此时只有他们两个客人，大概还没到法国人吃晚饭的时间。不知是不是为了适应法国人的生活习惯，这里的夜晚也是姗姗来迟。虽然此时已经七点钟了，但是夕阳仍然留恋着蓝天。金色的阳光从棕榈树的叶片间斜射下来，使游泳池的水面和身边的桌面泛起一片灿烂的辉光，也给这静谧的氛围染上几分生动的色彩。

侍者拿来一瓶红葡萄酒，熟练地打开瓶塞之后，先给杨先生的酒杯里倒了少许，让客人品尝。杨先生用手指托起酒杯，送到嘴边，喝了一口，慢慢地咽下去，然后微笑着向侍者点了点头，侍者这才给两人的酒杯中正式倒酒。

杨先生说："这是1996年的波尔多葡萄酒。你要是买葡萄酒带回国的话，最好买1996年的。"

"为什么？"

"因为那一年的葡萄好,所以生产出来的葡萄酒也好,味道醇香。"杨先生喝了一口,慢慢地品味着。

"杨先生,我明天就要去巴黎,您有什么事情需要我办吗?我的行李不多,如果您有什么东西要带回国去,绝对没有问题。"在这么高雅的环境中,何人感觉自己的话有些俗气。但是中国人在外国,这种话总是要问的。这也是礼节。

杨先生想了想才说:"也许,我会让你带封信的,但是这还要看我今天夜里能不能写出来。"

"没问题。我明天早上到您家去取吧。"

"好吧。"杨先生含糊地应了一句。

侍者送来头牌菜。这是一道当地人喜爱的波斯特汤。汤内的各种蔬菜都已经烂得难辨身份,唯有西红柿和香草调料是生的,后放进去的。汤味比较清淡,但是余香悠长。

接下来是主菜烤羊腿。鲜嫩的羊腿肉和洋葱、青椒等穿在细长的铁钎上,味道很美,旁边还配有茄子和土豆等制成的菜泥。

他们边吃边聊。杨先生的兴致很高,详细地介绍这些菜的制作方法和特点,并且和中国菜进行比较。何人发现,杨先生还是美食家呢。

西面楼房的黑影缓慢但执著地向他们的餐桌靠近。终于,那灿烂的霞辉变成笼罩在头顶的靓丽风景。

主菜之后的甜点是热苹果加奶油,很有些甜腻。

当侍者送来咖啡的时候,天上已然看不到太阳的余晖。在四周楼房的框架内向上望去,清澈的天空是纯正的蓝色,仿佛从未受到人类活动的污染。

二人慢慢地喝着咖啡,谈话转入何人期望的话题。

杨先生从皮包里拿出一摞稿纸,放在面前的桌子上,认真地说:

"我已经读完了你的书稿。我不懂文学，但是我觉得你的小说写得很不错，情节很吸引人，尽管有些地方看起来近乎荒唐。其实生活中有些事情就是荒唐的。你明白我的意思吗？"

何人竭力追寻杨先生的思路，但是未得要领，便问到："杨先生，您是我的老师，又是我这部小说的第一个读者，您还是提些修改意见吧。"

杨先生端起咖啡，慢慢地喝了一口，"看完你的小说，我一直在考虑这个问题。我不能白读你的小说，对吧？别的地方我都说不出什么，我就觉得你对书中男女主人公过去那段爱情经历描写得不够，显得很苍白。我说的是赵梦龙和李艳梅。你明白我的意思吗？"

"我自己也有这种感觉，但是一直没有更好的思路。您知道，我对那个时期的生活不太熟悉，所以编起故事来有些力不从心。"

"那是，你那个时候还太小。"杨先生又喝了一口咖啡，"你书中的主人公跟我的年龄差不多，所以，看了你的小说，我不仅很受感动，而且很有感想，真可以说是浮想联翩啊。你明白我的意思吗？"

"您可以具体谈谈您的感想吗？"这是作者最渴望听到的。

"怎么说呢？我觉得你可以把那段内容写得更详细些。我告诉你，大概是你的小说刺激了我的文学潜质，所以我情不自禁地替你编了一段。"

"是吗？那可太好啦！您快讲给我听听吧。"何人喜出望外。

"我不是作家，不会写小说，只能给你提供一些故事情节，你再拿去加工吧。"杨先生的身体向后靠在椅背上，习惯地用左手去捋他的长胡须，但是抓空了。他的手不自然地在空中停顿一下，又放回椅子的扶手上。他眯起眼睛看着深蓝色的夜空，慢慢地讲述起来——

……大学二年级的时候，史无前例的"文化大革命"席卷了神州大地，赵梦龙和李艳梅自然也被卷了进去。不过，大概和他们的小资产阶级家庭出身有关，他们没有成为狂热的"造反派"，只是随大流而已。由于他们对当时的政治斗争有共同的感受和共同的语言，所以他们之间就萌生了"共同的情感"。在"大串联"的时候，他们一起游览了革命圣地，如延安、韶山、井冈山等。正是在那些革命圣地，他们建立了"革命感情"，决心做"革命伴侣"。

大学毕业的时候，正赶上北京市的中学开始"复课闹革命"，需要政治课教师。于是，赵梦龙和李艳梅都被分配到中学教政治，而且在同一所学校。这主要是李艳梅的功劳，在人际交往方面，李艳梅比赵梦龙略胜一筹。

赵梦龙对教学工作非常认真，也很有才干。即使在那个不重视知识不尊重教师的时代，他的讲课也很受学生欢迎。他跟学生的关系也很融洽。但是在政治方面，他是一个"逍遥派"。除了必须参加的学校活动之外，他的大部分时间都用在养热带鱼上。他自己制作玻璃鱼缸和恒温电加热器，还定期骑车去郊区捞鱼虫。有些学生对此也很感兴趣。

虽然李艳梅也不属于"政治动物"，但是对赵梦龙的"逍遥"很不以为然。她按时参加政治学习，积极靠近党组织，希望早日成为无产阶级先锋队的一员。有时，她也劝赵梦龙不要在政治上落伍。对于她的劝告，赵梦龙总是笑着说，在政治上，你代表我；在生活中，我照顾你。因此，这种分歧丝毫也不影响她对赵梦龙的爱情，有时，她反而感到赵梦龙更加可爱。

然而，那是一个特殊的年代。他们刚参加工作不久，又是在中学教书，所以不能公开谈情说爱。他们非常谨慎，在学校里不单独交谈，在饭厅里不坐在一起，下班后也不一起走出校门。但是赵梦龙很有做"地下工作"的天才，他总能想出避开熟人与李艳梅约会的办法。因此，在一起工作了相当一段时间，同事们都不知道他们是"朋友"。对爱情来说，这种秘密交往并非坏事，因为这加深了他们对幸福的体验。总之，他们沉浸在春光明媚的爱情之中，忘记了生活中的酷暑严寒。

有一天，学校教师政治学习，新来的革委会副主任给大家讲话，赵梦龙和李艳梅意外地发现那人竟然是他们的老同学孙飞虎。

原来，孙飞虎从"五七干校"回到北京之后，在沈青的帮助下，离开了原单位，调到教育局工作。由于他很能干，还有上边的人关照，所以很快就入了党，还当上了科长。后来，他又主动要求调到李艳梅所在的学校当革委会副主任。

老同学重逢，自然都有一番喜悦和兴奋。孙飞虎也不在老同学面前摆官架子，主动请赵梦龙和李艳梅去饭馆吃饭。三人畅谈了这几年的生活经历和对现实社会的看法。

孙飞虎非常关心李艳梅，特别是在入党的问题上。他经常让李艳梅写思想汇报，而且确实把李艳梅列入了学校的"重点培养对象"，而他就是李艳梅的"联系人"。

赵梦龙对孙飞虎的做法有一种本能的反感，但是他也找不出公开反对的理由。有一次，他含蓄地对李艳梅讲出心中的忧虑，李艳梅还笑他心胸狭隘。李艳梅让他放心，孙飞虎就是个热心肠，没有别的意思，还说自己知道应该同别人保持什么样的距离。赵梦龙无话可说。

这时候，学校里传出流言——孙飞虎和李艳梅在大学时就是"朋友"。当这话终于传入赵梦龙的耳鼓时，他找到了李艳梅。李艳梅认为这不过是那些无聊的人在捕风捉影。赵梦龙提出要公开他们之间的恋爱关系，因为他们的年龄已经符合晚婚标准了，别人无可非议。李艳梅认为时机不好，人们刚传说她和孙飞虎原来是"朋友"，她就公开和赵梦龙的恋爱关系,别人肯定会对她议论纷纷。赵梦龙也觉得从李艳梅的角度考虑,确实有这个问题,就同意了。当然,他完全相信李艳梅对自己的爱情是不会改变的。

然而,天有不测风云,人有旦夕祸福。

这天早上,赵梦龙刚刚走进学校的大门,就被两个身穿绿军装的公安人员拦住了,"请"他到保卫组的办公室去。一路上,不少师生在观望。赵梦龙一边跟着走一边不住地问,自己究竟犯了什么错误,但对方只说一会你就知道了。赵梦龙没有遇到过这种阵势,心中不禁有些慌乱,还有些害怕。

在办公室里,那个身材较矮的公安人员和颜悦色地对他说:"赵梦龙同志,你不要紧张。我们是公安局的,今天找你来,也没有什么大不了的事情,就想问你几个问题。"说着,他从草绿色挎包里拿出一本书,举在面前,问道,"这是你的书吗?"

赵梦龙一看,那是自己前不久从一个朋友处借来的,书名叫《你到底要什么》。这是一本新近翻译成中文的苏联当代作家柯切托夫的小说,属于内部发行,但不是禁书。他那颗忐忑不安的心放松了一些,点点头说:"是我跟朋友借的。"

矮公安又从那本书中抽出一张纸,问道:"这上面的字是你写的吗?"

赵梦龙看了一眼,知道那是自己随手写的一段读后感。他回忆一下,认为没有出格的话语,又点了点头说:"是我写的。"

矮公安微微一笑说:"承认就好,反正也不是什么大不了的事情。你在这份笔录上签个字,然后让你朋友来把书取走,就行了。"他从记录的高个子公安手中接过笔录纸,放到赵梦龙面前的桌子上,又递给赵梦龙一支钢笔。

赵梦龙当时就想赶紧离开这间令人窒息的办公室,赶紧结束这令人难堪的问话，便接过钢笔，草草地看了一眼笔录的内容，签上了自己的名字。

矮公安"哈哈"一笑说："好小子，敢作敢当。我就喜欢你这样的人，痛痛快快，大家都省得麻烦。"

"我可以走了吧？"赵梦龙站起身来问道。

"站住。你往哪儿走？"高个子公安拦住了赵梦龙的出路。

"去给学生上课呀。我要迟到了。"赵梦龙说。

"上课？上什么课？你以为我们跟你闹嘻哈吗？"矮个子公安板起了面孔。

赵梦龙莫名其妙地看着公安人员，问道："您刚才不是说我签完字就可以走了吗？"

"走？那得看往哪儿走。往公安局走还差不多。"高个子公安的脸上挂着嘲弄的笑容。

"什么？"赵梦龙愣住了。

"别跟我们装傻。就你写的这些东西，你还想继续给学生讲课？你还想利用我们的革命讲台去宣传修正主义的反动思想吗？我告你，你这纯粹是癞蛤蟆想吃天鹅肉，痴心妄想！"矮个子公安为了加重语气，还猛拍了一下桌子。

赵梦龙被吓得一哆嗦，怯懦地问道："我写什么啦？"

"你写什么都忘啦？难道还用我给你念吗？"矮公安从书中拿出那张纸，"啪"地拍在赵梦龙的面前。

赵梦龙睁大眼睛，仔细一看，顿时觉得脑袋变大了。原来在他写的那段读后感下面，不知什么人模仿他的笔迹又添上了两句话："我们中国人也要像苏联人那样，我们也要走修正主义的道路。"

"怎么样？傻眼了吧？"矮个子公安冷笑道。

"不，这不是我写的！公安同志，这真的不是我写的。"赵梦龙慌忙说道。

"你刚才都承认了,也在笔录上签了字,现在还想翻供吗?没门儿!"矮个子公安瞪着眼睛,又拍了一下桌子。

赵梦龙又被吓得哆嗦了一下,但是马上说:"公安同志,您听我说,这上面的字是我写的,但是下面这两句话真的不是我写的,是别人后添上去的。"

"放屁!都是一样的笔迹,上面是你写的,下面就不是你写的?你想糊弄谁?你以为老子是好糊弄的吗?我告你,赵梦龙,你想蒙混过关,只有死路一条!"矮个子公安又拍了一下桌子。

赵梦龙真的傻眼了,他被押出学校,带到了公安局。

一周以后,赵梦龙又被带回学校,参加"批斗大会"。他被两个人押着,站在操场的水泥台上,弯着腰,低着头。一些教师和学生登台发言,揭发批判他平时流露出来的修正主义思想,以及他在讲课时散布的反动言论。"批斗大会"持续了一个多小时。他的肌肉僵硬了,他的神经麻木了,但是当他最后在一片"打倒"的口号声中被押下台的时候,他的目光与站在人群后面的李艳梅那痛苦的目光相遇了,他觉得心被刺中了。

后来,赵梦龙被定为"现行反革命",并且被判了无期徒刑。

判刑后,赵梦龙的头脑反而清醒了。坐在铁窗下,面对人生绝路,他首先想到的就是李艳梅。他该怎么办?自己这一生已经完了,他绝不能连累心爱的人。但是他的内心也很矛盾,一方面,他盼望李艳梅来看他;另一方面,他又害怕李艳梅来看他。每天望穿铁门,他既失望,又庆幸。

然而,就在他即将被押到新疆的劳改农场服刑时,李艳梅来看守所看望他了。见面后,姑娘的眼睛里含着泪水,看着他,半天没有说出话。还是他先问:"你怎么来了?这让别人知道,多不好。"

"没关系。"李艳梅终于张开了嘴,然后看着赵梦龙的眼睛小声问道,"那……那真是你写的吗?"

在心爱的姑娘面前,赵梦龙责无旁贷地坚强了起来。他苦笑了一下,然后故作轻松地反问道:"你认为我会干那种傻事儿吗?"

"我当然不信。可是……那到底是怎么回事儿呢?"

"一定是有人陷害我。"这句话已经到了赵梦龙的嘴边,又被他咽了回去。他瞟了一眼在旁边假装读《毛主席语录》的警察,想到自己来之前得到的警告,决定还是不说为好。而且,他知道自己对李艳梅说了也没有任何意义,只能增加李艳梅的心理负担和痛苦。此时此刻,他看着爱人,心里已经满足了,因为李艳梅敢于来探监,就证明了她的爱情,对他这样不幸的人来说,这就足够了。人已经活到这种地步,还能有什么奢望吗?他不是英雄,但也是个男子汉啊,他要给自己的爱人留下一个"顶天立地"的形象。他说:"那件事情已经说不清了,就算了吧,别提它了。我还有句话要对你说。"赵梦龙觉得自己的喉咙有些发堵,他深深地吸了口气,艰难地说,"艳梅,我就要走了,大概永远也不会回来了。咱们之间的事情就到此为止吧。我这辈子最值得庆幸的事情就是认识了你,而且得到了你的爱情。我知道你不愿意和我分手,但是我们必须面对现实。我是个劳改犯,注定要死在监狱里了,这是你我都无法改变的。我想,反正咱们也没在学校公开关系,别人都不知道。你曾经说过,我挺有保密工作的天才,那咱们就继续做下去吧,让这种关系永远成为你我心中的秘密!艳梅,我非常感谢你今天来看我。真的!我现在感到非常幸福。艳梅,我也知道你不会把我忘掉,但是我希望你把我忘掉。反正你绝不要等我,因为我不会回来了。不会了,真的。今天就是咱们的最后一次见面。艳梅,我祝你幸福!"此时此刻,赵梦龙突然觉得自己很像个大义凛然的英雄。

李艳梅哭成了泪人。她哽咽着，断断续续地重复着一个字："不！不！"

探监时间结束了。

第二天，赵梦龙被押上西去的火车，他从此失去了李艳梅的消息。在劳改农场那种生活条件下，他坚强地活了下来。这不仅因为他懂得生命的宝贵，而且因为他心中有一个需要解答的问题：究竟是谁陷害了他？诚然，他的心中有所猜测，但是没有证据。

多年以后，当他终于得到平反的时候，他才从有关的材料里找到了陷害他的那个人的蛛丝马迹。原来，这一切都是他的老同学孙飞虎一手炮制的，这验证了他的猜测。此时，他已不是原来那个善良软弱的年轻人，数年的劳改生活使他提前进入中年期，也使他的心变冷变硬了。不过，他心中并没有不顾一切的复仇冲动，他要冷静地报仇！

出狱之后，赵梦龙曾经回到原来的学校去找李艳梅和孙飞虎，但是没有找到。几经周折，他才得知李艳梅和孙飞虎结了婚，两人去了南方。

赵梦龙当时面临的首要问题是生存，是活下去。而且，他要活得像个样子，因此，他必须把复仇的问题暂时放在一边。多年的劳改生活使他变成意志坚强的人，一个比常人更能付出也更珍惜收获的人。经过一番奋斗，他考取了出国留学生，去了美国。后来，他的全部精力都被吸引到专业学习上，使他忘了复仇。

许多年以后，赵梦龙在老同学聚会的时候又见到已然是老夫老妻的孙飞虎和李艳梅。看着他们成双成对的样子，复仇之火又在他的心底燃起。他也曾试图说服自己，事过多年就算了吧。但是他一闭上眼睛，就会看到孙飞虎那张丑恶的嘴脸，就会看到孙飞虎在与自己心爱的姑娘寻欢作乐……一想到这些，他就会感到胸中憋闷得喘不过气来。他一定要报仇，他甚至觉得自己活着的唯一目的就是报仇。他可以利用自己的知识和智慧,设计一套完美的行动计划。一想到他能让孙飞虎在恐惧和悔恨中死亡,他就会感到强烈的兴奋和欣喜……

何人发现杨先生很有讲故事的天才。也许,这是他多年从教的结果吧。当然,他编的故事也很感人。何人猜想,他为编这个故事,一定花了不少心血和时间。何人说:"谢谢您,杨先生,您编得太好啦,我一定把它写进小说里。"

杨先生又倒上一杯咖啡,加了些牛奶,用小勺轻轻地搅拌着,若有所思地说:"我觉得,你给小说起了一个很有意境的书名——《黑蝙蝠·白蝙蝠》。从表面来看,黑蝙蝠代表那个姓蒋的老先生;白蝙蝠嘛,指的是武夷山的白蝙蝠。但是把它们并列在一起,还可以引发人们更深层次的思考。你明白我的意思吗?"

"我倒没有想那么多。"

"是吗?这就是作者无意,读者有心了。黑蝙蝠,白蝙蝠,这似乎体现了司法裁判的两难处境。在因证据不足而使案件事实处于模糊状态的时候,司法人员的裁判难免出现错误。判有罪吧,可能是错判。判无罪吧,可能是错放。你明白我的意思吗?那么,在这两种可能的错误面前,司法应该作出哪种选择呢?是宁肯错判也不错放,还是宁肯错放也不错判?英国著名法学家布莱克斯通在200年前就说过,宁可错放十个,也不错判一个。错判实在是太可怕了!所以,中国一定要在刑诉法中确立无罪推定原则。"杨先生的眼睛里流泻出淡淡的忧伤。

何人感觉到了,但是没有问。

教堂里传来午夜的钟声。他们恋恋不舍地走出酒店,沿着宁静的小街向杨先生的家走去。

何人把杨先生送回家之后，带着几分酒意向旅馆走去。他觉得在埃克斯这最后一个夜晚过得很有情趣也很有收获，而且还有很多值得回味的东西。

突然，一阵悠扬的箫声随风飘进耳鼓。何人情不自禁地停住脚步，回头望去。箫声是从杨先生的房间传出来的，毫无疑问，这是他吹的。对了，杨先生的房间里有一支紫色的长箫，但是何人没想到他吹得这么好听。

这是一曲"春江花月夜"。在这寂静的夜晚，在品味了高雅的晚餐之后，这优美熟悉的旋律别有意味。何人被陶醉了，难以迈步。然而，听着，听着，他又觉得这乐曲声是那么凄婉，那么催人泪下。

回到旅馆，何人在一楼的信箱里看到一封来信，是国内那位律师写来的，正是他所期待的，便迫不及待地打开来，借着楼道的灯光看了起来——

何人兄：

　你好！

　来信所求之事，我费尽九牛二虎之力才见分晓。根据法学界的朋友所说，你信中讲的那位怪僻的老先生肯定是杨保良教授。他这个人的经历很坎坷。在"文化大革命"期间，他被打成了反革命，好像在劳改场关了多年。"文化大革命"结束之后，他被平反，开始从事证据学的教学和研究工作。后来他出国留学，应该是去的美国，拿到博士学位后在美国工作一段时间。然后他又去了欧洲，具体在哪个国家就不清楚了。但是他曾回国参加一些研讨会之类的活动，去年他回国期间还莫名其妙地卷入一起杀人案，被列为重大嫌疑人，后来因证据不足而被释放。据说他又出了国，没有再回来。

我想，你一定把他作为小说中的人物素材了吧？希望早日拜读你的新作。

祝你

生活愉快！

经华

1998年10月11日

突然，一个可怕的念头从何人的心底升起，使他感到一阵心惊肉跳。

第三十章

10月19日早上,何人居然起晚了。也许,这应归咎于那些1996年产的波尔多葡萄酒。他刚穿完衣服,约好前来送行的杜邦先生就敲响了房门。

进门后,杜邦看了看何人的样子,假装生气地用汉语说:"你可真是个大作家!我告诉你,我的汽车可以等你,那火车可不会等你。"

杜邦绝对是个热心人,他们相识多年,何人这次到法国访问就是他安排的。因为是老朋友了,何人故作沉着地说:"那怕什么?如果我赶不上埃克斯去马赛的火车,你就直接送我去马赛火车站嘛!"话虽然这样说,他的手已经开始很快地收拾行装了。

"没门!我才不管你呢。你可以步行去巴黎嘛,走一个星期,我估计你还能赶上去北京的飞机。"

"谢谢。我会认真考虑你这个建议的。"

何人跟着杜邦走下楼,办理离店手续,然后走出旅店大门。他用留恋的目光看了一眼生活了两个月的地方,钻进杜邦的小汽车。他看了看手表,对杜邦说:"还来得及。请你开车往佐敦公园东面绕一下,我得去朋友那里取封信。"

"你这么快就交上朋友啦?难怪你后来不找我了,连个电话也不打。是法国姑娘吗?"杜邦把车开出旅馆的院门,向右拐上大街。

"你想什么哪?你以为我是你吗?"何人想起了杜邦在北京时多次

要求他给介绍中国女朋友的事情。

杜邦笑了，"你当然跟我不一样啦，你根本就没有让我帮忙！她很漂亮吗？"

"是男的。"

"那就是同性恋了，你可真时髦啊！"

"我告诉你，那是一位老先生。"

"老先生？那就更时髦啦！"

"我说你有没有别的话题？难怪你们法国人在街头酒吧一坐就是好几个小时，一杯啤酒，一杯咖啡，一点儿都不闷得慌，原来你们都是在谈论这种话题啊！"

"不不，我们也谈非常严肃的话题。"杜邦一脸认真。

"谈什么？把每周五天工作制改成四天？"

"不是，我们谈中国的'文化大革命'！"

"得，得，还是谈你们的同性恋吧！"何人知道，每当他和杜邦发生争论的时候，杜邦就会提起"文化大革命"来。

"怎么样，你们的'文化大革命'比不过我们的同性恋吧？一比零！"

"还有你们的'裸滩'！"何人知道杜邦对那种集体在草地或海滩上裸露身体的行为不以为然。

"你去看过啦？"杜邦诧异地看了何人一眼。

"我怎么敢去那种地方？在那些裸男裸女中间，我绝对是个外星人！"

"那你也裸嘛！"

"我们中国人可没有那种习惯！"

"那你们的公共浴池算什么？"

"那可是男女分开的。"

"还是同性恋。"

"那你为什么不敢去'裸滩'呢?"何人决定反击。

"哦,我也不喜欢那种习惯。"杜邦的口气果然疲软了。

"在你们法国,那'裸滩'可是最时髦的地方!"何人乘胜追击。

"得,得,一比一,握手言和。"杜邦投降了。

说笑之间,汽车来到杨先生的楼下。在楼门外,停着两辆警车,楼里有人在大声说话。何人觉得很奇怪,就快步从打开的楼门走了进去。

来到二楼,他看见几名法国警察在杨先生的房间里,一种不祥之兆从心底升起,他急忙向门里走去。

一位警察拦住他,用他听不懂的法语问话。他连忙用英语解释。但是那个警察的英语也很糟糕。正在他和警察尴尬地望着对方时,杜邦从楼下走了上来,便充当翻译。

警察首先查问何人的身份。何人给他看了护照,说自己是访问学者。他看了看护照,问何人到这所房子里来干什么。何人说来找杨先生。他问何人与杨先生是什么关系。何人说是杨先生的朋友和学生。他想了想,又问何人最后一次见到杨先生是什么时候。何人说是昨天晚上。他们一起吃的晚饭,然后何人送他回家,时间大概是半夜12点钟。

警察让何人走进客厅,坐在沙发上,然后对他说杨先生死了。何人感到很震惊,忙问是怎么死的。他说现在还不知道,要等法医的检验结论。他让何人讲一下和杨先生交往的情况,特别详细地询问了昨天晚上的经过。然后,他说他们在现场发现一封信,是用中文写的,很可能是写给一位中国朋友的。何人说那信一定是给他的,因为据他所知杨先生在此地只有他这一个中国朋友,而且杨先生说过要让他给国内带一封信。他要求看一看那封信。但警察说现在还不能让他看,要等找人翻译成法文了解了信的内容之后，才能决定是否把信给他。他说只看一下信的内容，并不把信拿走，而且看了信的内容之后很可能就会得知杨先生究竟是怎么死的。这对警方的调查很有帮助。警察说必须照章办事，尽管他觉得何人的话很有道理，但是他无权把信交给何人。何人在心里骂了一句，可恶的法国官僚主义！

何人不死心，继续向警察解释，说下周就要回中国了，而且已经买好了今天去巴黎的火车票，他不能在埃克斯等候。没想到那位警察听了之后，要求看火车票和飞机票，并且告诉何人现在不能离开埃克斯，要等杨先生的死亡原因查清之后才能走。他的态度很客气，而且表示他们可以和铁路部门联系，帮助改换车票。接着，他又意味深长地补充了一句，如果有这种必要的话！

其实何人现在也不想走。虽然他和杨先生纯属萍水相逢，但是，如果他在杨先生死因不明的情况下回国，他也会感到遗憾和不安。他把自己的想法告诉了杜邦。杜邦也同意他的决定，并把自己的住址和电话号码告诉了警察。然后，警察把他们送了出来。

杜邦让何人住到他家去。何人知道西方人是不愿意让外人打扰私生活的，便决定住回那家旅馆。于是，他又住进了那间熟悉的小屋。

下午，何人无所事事，漫无目的地走到街上，又不知不觉地来到佐敦公园。他坐到经常和杨先生同坐的那个长椅上，默默地望着面前那棵高大的柏树他又看到一队大蚂蚁在树干上不知疲倦地爬上爬下，他仍然看不出它们究竟在为什么奔忙。他的眼前一片模糊。

杨先生死了，这是令人难以相信的消息。他是自杀还是他杀？如果是自杀，那么他为什么要突然结束自己的生命？如果是他杀，那么杀害他的人又是谁？虽然何人正在写一部侦探小说，但是他无法回答这些问题，现实生活中的案件比小说中的案件还要复杂。

杨先生的死会对他产生什么影响吗？警察已经怀疑他了。如果杨先生在那封信中写了一些不利于他的话，那他该怎么办？他应该到什么地方去收集有利的证据呢？但愿杨先生不要在生命的最后时刻跟他开这个玩笑，不要给他留下一道他可能永远也无法解开的证据难题。于是，他感到了恐惧和不安。

他站起身来，觉得不能听天由命，必须去做点什么。他回到旅馆，在自己那间小屋里不停地来回走着，思考着。

他整理着自己的记忆和思维，把自己和杨先生相识的经过从头到尾回想一遍，努力追忆杨先生说过的话，并试图分析那些话语之间的联系。

何人知道，他只能听天由命了。

时间过得真慢！

20日早上。

何人一夜未眠，头觉得昏沉沉的。他放慢自己的动作，以便让自己感觉时间不那么难熬。他等待着，相信今天会有消息，起码杜邦应该来。

终于，走廊里传来沉重的脚步声，而且一直走到门口。接下来是重重的敲门声。他下意识地整理一下衣服，才起身开门。

门口站着两个人，一个是杜邦，另一个就是昨天上午的那个警察。

何人愣愣地望着他们，不知该说些什么。

杜邦若无其事地问好，然后故意问能否让他们进屋。何人连忙把他们让到屋里，坐在椅子上，自己坐到床边，尽量保持脸上的微笑和内心的平静。

警察用平和的语气开始了问话，当然还是通过杜邦的翻译。"你叫何人?"

何人点了点头。

"你正在写一部侦探小说?"

何人别无选择,只好又点了点头。

"我们认为,你应该为杨先生的死负责。"

"为什么?"何人站了起来。

"我们这样说是根据杨先生临死前写的那封信。"警察不动声色。

"那封信是写给我的?"

"是的。"

"我能看看吗?"

"当然可以。"警察从皮包里拿出一个夹子,打开,从里面抽出两张复印纸,递了过来。

何人接过信纸,很快地浏览。他的眼前渐渐模糊起来……

因时间紧迫,杜邦开车一直把何人送到了马赛火车站。

何人总算赶上了去巴黎的高速火车。在站台上,他和杜邦告别,表示了由衷的感谢。杜邦祝他一路平安。

火车缓缓地开出车站,逐渐加快速度,先向东再向北,穿过马赛市区,然后就飞快但平稳地奔驰在以绿色为主的山峦原野之间。

何人坐在车窗旁边,默默地望着窗外向后移动的景物,花草、树林、牧场、果园、村镇、蓝天、白云……然而,这些美丽的景色未能驱走内心的压抑,这明媚的阳光也未能照亮心头的阴影。他知道,这都是因为杨先生的事情。他站起身,从提包里拿出那两张信纸,又仔细地阅读起来——

何人先生：

　　我没有想到此生的最后一封信会写给一个相识很短的朋友。大概你也不会想到我生命的最后时刻会与你一起度过。然而，这正是我生命的最后一次冲动。

　　我要告诉你一些你这些天来一直很想知道的事情。我早就看出来了，你一直对我很感兴趣，想知道我是谁，想知道我为什么这样生活。现在我决定满足你的愿望。

　　我是一个既幸运又不幸的人。因此，在我的内心深处既有善良美好的东西，也有邪恶丑陋的东西。

　　我出生在一个高级知识分子的家庭。我的童年生活是非常幸福的。我的学生生活是一帆风顺的。但是我的爱情生活是非常不幸的。上大学以后，我爱上了一个美丽的姑娘。我们用不谙世事之心在花前月下订立海誓山盟。我们要相亲相爱，直到地老天荒。我们曾经是幸福的。

　　然而，后来爆发了"文化大革命"，我的父亲变成了"反动学术权威"。当时，那对我的影响不算太大，因为我已经独立了。我有自己的生活，而且也还不错。按照某些人的说法，我是个"逍遥派"。但是后来，我也被打成了"现行反革命"。这真是"有其父必有其子"啊！再后来，我被押送到劳改场，一关就是八年！

　　我不用说那八年是怎么过来的，因为那是人们可想而知的。但是我还有另外一样痛苦，那就是我的心中一直思念着我的恋人。我既担心她因我而受到牵连，又担心她经受不住时间的考验。当时，我的内心是非常矛盾的。一方面，我希望她没有忘记我们的诺言；另一方面，我又害怕她一直在苦苦地等待着我。

当我终于被"平反"之后，我要做的第一件事情就是去找她。但是，人海苍茫，她已无影无踪。我在尽了一切努力之后，终于明白我所做的努力都是徒劳的。我决定忘记过去，开始新的生活。

恢复高考之后，我报考了研究生，而且选择了法律。亲身遭遇告诉我，中国最需要的就是法律，代表人民意志而且至高无上的法律。我要把自己剩余的生命贡献给中国的法学研究和法制建设。研究生毕业后，我又考取了出国留学生，我去了美国。我把自己的研究方向选为证据学。学成之后，我回到祖国，在大学里教书。后来，我第二次来到国外，并且在法国找到一份很好的工作。尽管我在法国的生活相当优越，但我始终没有忘记过去，没有忘记祖国。我尽可能寻找机会回国参加学术会议，或者回国讲学。为了不触动内心深处的伤疤，我尽量把活动局限在学术领域内。但是，人不可能生活在真空之中，而且还有命运。

我又遇到了一些大学同学，也又遇到了她。命运就是这样捉弄人！我的兴奋和激动都是短暂的，因为我很快就知道她不仅已经结婚生子，而且她的丈夫就是我们当年的同班同学，就是当年把我打成"现行反革命"的那个卑鄙无耻的跳梁小丑！这是什么样的命运？！

不知为什么，我开始恨她，当然最恨的还是她的丈夫。而且我的心底经常升起一种复仇的欲望。这种欲望非常强烈，以至于我情不自禁地设计了复仇的方案，而且一次又一次地在内心实施这个方案。这会使我的心中产生奇怪的快感。

后来，我终于安排并实施了我的复仇方案。我利用老同学聚会的机会杀死了她的丈夫，我的仇人。我想我没有必要向你讲述我的做法。我只想告诉你，我干得非常巧妙。我逃脱了法律的制裁。

从某种意义上讲，我昨天晚上给你讲的故事就是我的亲身经历。也许我讲这句话已经多余，因为你大概早就猜到了。你很聪明，又是侦探小说作家。

我又逃回法国，过起隐居生活。然而，我的心中渐渐没有了复仇之后的快感，代之而来的是越来越强烈的负罪感。这是我始料不及的事情。

许多年来，我一直认为自己是那场社会灾难的最大受害者，因此总觉得社会欠我太多，应该给我补偿。然而，我渐渐认识到，那场灾难的受害者何止万千！我们中国人几乎都是在劫难逃啊！从某种意义上讲，那些迫害人的人又何尝不是受害者呢？她和他又何尝不是受害者呢？我们不应沉湎于一己的痛苦，而应更多地考虑到自己作为社会成员的责任。于是，我为自己那狭隘的复仇行为感到羞耻。我要忏悔自己的罪恶。于是，我每天到教堂去祈祷，去忏悔。我希望自己的虔诚最终会使我得到主的宽恕。阿门！

然而，你突然闯入我的生活。你的出现打破了我内心的沉静与平衡。特别是你让我看了你写的小说之后。你编的故事竟然和我的经历有如此之多的相似之处！我不相信生活中竟然会有这样的巧合。我相信这一切都是主的安排。万能的主为了拯救我那迷失本性的灵魂，通过你的小说向我显示了他的无所不知和他的旨意。我感谢万能的主，阿门！

另外，从你的小说中，我还明白了，其实她早就知道我是杀死她丈夫的凶手。但是她不仅没有揭发我，而且还企图替我承担罪责。我知道，她仍然爱着我。

是的，我明白得太晚了！

就在不久前，她随一个代表团来到法国，给我打了两次电话，想跟我见面。我不知道她是从什么地方找到我的电话号码的。但是我去了马赛，见到了她，就是我们去基督山岛的那天上午。我本想当面向她承认我的罪恶，但是我当时没有勇气面对她的眼睛。我又一次选择了逃避。

万能的主，我有罪，我罪孽深重。面对这一切，我唯一的解脱办法就是结束自己的生命。我决定这样做，因为我知道这是主的旨意。阿门！

我并不怨恨你，我生活中最后的朋友。我将结束自己有罪的生命，我期待着万能的主赋予我新生。阿门！

这封信可以算作我给你讲证据学的最后一课吧。其实，这封信本身就是证据，而且是证明价值很高的直接证据。它能够证明那些与我有关的事实。你明白我的意思吗？因此，我希望你能把它交给需要的人。你擅长调查和推理，当然能够查明这个人是谁。

谢谢你！

"赵梦龙"
1998年10月19日凌晨

高速火车在广袤的绿色原野中奔驰。何人看着窗外，眼睛不知不觉地模糊起来。他不住地问自己,如果杨先生没有遇到他,没有看到他的小说,还会自杀吗?难道,是他杀害了杨先生?不,杨先生是自愿结束生命的,他是在上帝的指引下走向死亡的……何人在内心挣扎着,从不同角度为自己开脱。然而,那个可怕的念头顽固地折磨他的心灵。

为了摆脱,他开始思考另外一个问题:回国以后,他应该到什么地方去寻找那个"她"呢?杨先生为什么没有告知她的姓名和地址呢?他竭力追寻杨先生在生命最后时刻的思维线路,但始终无法得出确切的答案。

这是杨先生留下的最后一道难题。

番外漫画·神秘失踪

文:何然　图:木文草

《黑蝙蝠之谜》书评

何家弘的作品在我们所不熟悉却又关心的法律与法律所定义的犯罪领域的探索,恰恰是非常贴近社会生活的。说他的犯罪小说是一次深度创作,不仅因为其中包含着犯罪、谋杀、惊悚、悬疑、推理等艺术要素,背后有着专业的深度,更重要的是他的创作还体现了社会深度,人性深度,历史人生,社会背景,利益关系,罪与罚,情感与欲望。有关知识分子自省与精神层面上的课题,与犯罪问题相联系的伦理问题,以及对社会历史合法性和道德合理性的深层思考,都进入了何家弘的小说视野。我觉得何家弘的文学创作不仅修正了侦探推理小说必然是"低层次"创作的这样一个认识误区,也打破了习惯上把严肃文学与通俗文学对立起来的这样一种思维误区。这正是他作品的独到贡献。

《黑蝙蝠之谜》更多地体现了何家弘不断扩大的追求。时间是人生的标志,他的作品可上溯推演直至"文化大革命"时期;空间则由国内的武夷山风景区扩大到了国外法国南部的一个小城,实际上这部小说是设置了两个"现场":犯罪的现场和某种精神溯源、探求的现场。两条叙事线索并置又交叉相互推进。从形式上看,把小说写作过程写入作品是一种后现代的解构方式,《黑蝙蝠之谜》敏锐地吸收了现代叙述成果；但这还仅是从表面上看问题，小说的具体内容则可视为是两个互相套叠的故事，具有内在的互相阐明、互相深化的联系。悬疑及其破解正是它们共同的特征。

何家弘先生的小说语言简洁明快，叙述风格总体上保持着一种有节制的低调叙述，出入自如，含蓄着心理的力量。其中也有变化，譬如当视角转移到法国埃克斯小城写何人与杨教授交往时，便如同抒情散文，不仅叙事描写细致传神，更有一种静态动势，让人感受到其背后蕴涵的内心冲突，这显示了作家适应不同艺术要求、目标的叙述掌控能力。可是从根本上说，小说的文学性仍然要从其故事性中寻找，从其人物形象塑造中获取。何家弘的侦探推理小说把各种知识性的高雅文化的成分和有关政治、历史、法律、道德、宗教的内容融入紧张、曲折的破案过程之中，丰富了它的故事性；又从心理分析开始，进而达到了人性的开掘，完成了不同人物的创造。我认为他的创作，对于回答什么是小说性、文学性、审美普遍性和达到有深度的畅销书创作，提供了成功的范例。

——**文学评论家　吴秉杰**

专家与媒体评论

　　读何教授的侦探推理小说，感觉妙趣横生，觉得又像当年小学时代那样，体验到了阅读的快感与乐趣。

——作家　莫言

　　我欣赏何先生小说中包含的现实人生经验和历史沧桑记忆。作者很少虚张声势，一惊一乍，他是一步步把读者诱进他的迷阵。

——文学评论家　雷达

　　何教授在不同种类的侦探推理小说技巧中做到得心应手、游刃有余。他的小说既是谜语小说，又是悬疑小说。

——法国翻译家　玛丽·克劳德

　　读者能从其小说中看到一幅生动的当代中国全景图

画——农民、工人、小贩、学生、城市专业人士、冒险的私人企业家，当然还有官员，共同组成了何家弘先生的现代化中国的"人生喜剧"。

——法国编辑兼记者　艾里克·苏鼎德

何家弘小说中最引人入胜之处是关于日常生活的美丽描述。

——英国作家　凯瑟琳·萨姆森

何家弘笔下的主人公"洪律师"深受读者喜爱。他的小说既秉承了学者的严谨之风，又不失舒畅优美的文笔和扣人心弦的悬念。

——意大利汉学家　巴尔巴拉

何家弘的生活就像一本小说，他的创作灵感介于写实与虚构之间。他根据自己的生活体验创作了以洪律师为主人公的小说。这位洪律师颇有阿瑟·柯南道尔笔下的福尔摩斯风范。他的武器是智慧，他坚持用文明的方式解决问题。

——西班牙《先锋报》

何家弘选择的是一种新式生活：他既是法学教授，又是侦探推理小说作家，他要从两个方面为司法公正而战斗。他的小说涉及错案和腐败等社会问题。他出生于北京，在"文化大革命"期间曾到黑龙江的农场工作8年，因此他的小说中有农场的故事，而且带有田园诗的情调。

——西班牙《新闻报》

在简单的侦查活动背后，我们看到了一个国家的传统文化，栩栩如生的人物与他们的人生观相互交织，让我们惊讶，也让我们着迷。看中国的另一个视角：诗意且现实。

——法国《处女地》杂志 克里斯蒂·费尔尼特

峰回路转。何家弘将洪律师及其欢快的助手宋佳刻画得栩栩如生。面临着无处不在的死亡威胁及各种磨难，他们二人解决了跨越时空的谜团。展现了中国城市现代化的一面与乡土气息的另一面。

——法国《她》杂志 米歇尔·菲图西

一位中国的麦格雷特探长，侦探推理更为严谨。栩栩如生的行文，令人着迷的历史：一杯值得一品的香茗。

——法国《西部法国》杂志

这是一本创作精巧的悬疑小说,强调推理和演绎法——如福尔摩斯一般。并且,宋佳比华生更为有趣。

——法国《读书周刊》

在20世纪中国风情的装点下,这本由演绎法构成的侦探推理小说的行文衔接给我们带来了扣人心弦的悬念……极具潜力的系列小说。

——法国《世界报》 杰拉德·姆达尔

何家弘是杰出的法学教授。他的主人公洪钧把西方的法治理念与中国的善良正直观融合在一起……有了这样的地理和历史内涵,这部小说看上去就像是一个民族的寓言,一个关于中国现代化的寓意深远的故事。理性、专业和现代的洪钧在这里赢得了今天的斗争,而作者大概也在暗示中国的未来属于洪钧和他的同道,属于应比掌权者利益更为重要的法治理想。

——香港《南华早报》 道格拉斯·科尔

来自北京的作家、法学家何家弘在留学美国期间对福尔摩斯情有独钟。应该说,他笔下的主人公洪钧身上就有何家弘自己的影子,仿佛是他个性的另一面。洪钧是私人律师,这种身份在当今中国法制体系中是比较前卫的。通过洪钧,何家弘为我们展示了一幅独特的文学景象。

——意大利《新闻报》

福尔摩斯对何家弘的影响是显而易见的,但他的小说风格也与其他犯罪文学作家——如达希尔·哈米特、雷蒙德·钱德勒和J.M.采恩——的作品有可比之处,都是经典而且欢快的现代风格,再加上中国式的情节曲折。何教授的研究兴趣包括比较刑事司法制度、犯罪侦查和刑事诉讼程序。他的专业知识使他的小说更加可信,也更加发人深省。

——《亚洲文学评论》凯丽·法考尼尔